Viveca Lärn, geboren 1944 in Göteborg, arbeitete als Journalistin und Dramaturgin und veröffentlichte auch zahlreiche preisgekrönte Kinderbücher. «Weihnachten auf Saltön» ist eine in sich geschlossene Fortsetzung ihres erfolgreichen Romans «Sommer auf Saltön» (rororo 23376).

Viveca Lärn

Weihnachten auf Saltön

Roman

Deutsch von
Susanne Dahmann

Wunderlich Taschenbuch

Die Originalausgabe erschien 2001
unter dem Titel «En fröjdefull jul»
bei Wahlström & Widstrand, Stockholm

Neuausgabe November 2005

Veröffentlicht im Rowohlt Taschenbuch Verlag,
Reinbek bei Hamburg, November 2004

Umschlaggestaltung any.way, Andreas Pufal
(Foto: Photonica/Jeanene Marie Scott)
Gesamtherstellung Clausen & Bosse, Leck
Printed in Germany
ISBN 3 499 26594 X

Die Personen:

Emily Schenker, die nach vielen Jahren Ehe mit Thomas Blomgren den Aufstand geprobt hat. Ist nach Göteborg gezogen und hat ein Café eröffnet.

Doktor Schenker, Emilys Vater, Witwer, der sich in Magdalena Månsson verliebt hat, die Witwe des Konservenfabrikanten der Stadt.

Thomas Blomgren, Inhaber des Zigarrenladens und der Informationszentrale von Saltön.

Paula Blomgren, Tochter von Emily und Thomas, lebt auf einer Missionsstation in Afrika. Schwanger.

Orvar H. Blomgren, der zurückhaltende Bruder von Thomas Blomgren.

Christer Strand, zugezogen. Stattlicher Polizist aus Stockholm.

Johanna Karlsson, Aushilfe im Zigarrenladen ihrer Jugendliebe Thomas Blomgren.

Magnus Karlsson, der Sohn Johannas mit einem italienischen Seefahrer. Besitzt gemeinsam mit dem Bibliothekar Hans-Jörgen das Magazin *Sunkiga Sune*.

Philip O'Don, «der Botschafter», Badeanzugdesigner in Paris mit luxuriösem Sommerhaus auf Saltön.

Sara Palm, freimütige junge Witwe aus Stockholm, die Verwirrung stiftet.

William MacFie, älterer Mann, der Ehe und Karriere als Auslandskorrespondent in Paris hinter sich gelassen hat, um mit seinen Tieren auf der Insel zu leben, wo er geboren ist.

Kjell Albert (Kabbe) Nilsson, Gastwirt und Inhaber des Restaurants *Kleiner Hund*, von Lotten Månsson getrennt.

Magdalena Månsson, ältere Frau und Witwe des alten Fabrikanten Karl-Erik Månsson senior.

Lotten Månsson, Magdalenas Tochter und die Schwester des verstorbenen Fabrikanten Karl-Erik Månsson junior.

Kristina Månsson, die junge (dritte) Ehefrau von Karl-Erik Månsson junior, von der er sich kurz vor seinem Tod getrennt hat.

Lizette Månsson, Karl-Eriks Tochter, die die Fabrik übernommen hat.

Hans-Jörgen Mårtensson, Bibliothekar, Lottomillionär, Lebensgefährte von Magnus Karlsson.

Die alte Greta, ehemalige Bedienung auf den Amerikadampfern.

Klas «Klasse» der Koch, schuftet im *Kleinen Hund*.

Tommy Olsson, Großstadtjournalist und trockener Alkoholiker, auf der Jagd nach menschlichem Material für seine Wochenzeitung.

Der Fotograf, Großstadtfotograf, der zeitweise mit Tommy arbeitet.

Der Mann mit der Baskenmütze, an Zeitungen mit unbekleideten Mädchen interessiert und an allem, was in Blomgrens Zigarrenladen passiert.

Ragnar Ekstedt, Lehrer.

Kapitel 1

Kjell Albert Nilsson hatte beschlossen, sich am Weihnachtsmorgen das Leben zu nehmen.

Da er sein Restaurant über die Weihnachtsfeiertage immer geschlossen hatte, würde er erst nach drei Tagen gefunden werden. Wenn die kleine Truppe Personal reingetrampelt käme, wäre alles so wie immer. Die Tische würden seit drei Tagen mit weißen Tischdecken und roten Papierservietten zum Mittagessen eingedeckt sein, der Weihnachtsbaum im Fenster würde erleuchtet sein und die Bar sorgsam verschlossen.

Wahrscheinlich würde der Koch seinen Chef finden und ihn dann mit einem Filetmesser oder vielleicht einfach mit dem großen Kochmesser abschneiden. Aber bis dahin war noch viel Zeit.

Kabbe trat, erleichtert über seinen finsteren Entschluss, in den scharfen Wind hinaus und betrachtete die Terrasse des Restaurants *Kleiner Hund*. Sollte er vielleicht zum ersten Mal eine Mistel über die Tür hängen? Alle weiblichen Gäste mussten den Wirt küssen, ehe sie Platz nahmen. Alle unter dreißig. Vielleicht auch ein paar von den männlichen Gästen. Das Leben ist kurz, halt dich ran, hatte Kabbes Mutter immer gesungen. Sie kam aus Polen, lebte aber auf dem schwedischen Festland, und ihr fehlte ein Bein. Sie war mit nur einem Bein geboren, ein biologisches Wunder. Für Kabbe hatte sie oft ein aufmunterndes Wort parat.

Er sah in den Karton, in dem alle roten, gelben und blauen Lichterketten für draußen zu einem Gewirr von Kabeln verknäult waren. Von Kabbes Leben war ja nicht mehr sonderlich viel Zeit übrig, und die gedachte er wirklich nicht auf solche Probleme zu verwenden. Er war sehnig und ziemlich durchtrainiert, hatte blonde Strähnen im Haar, keine Kinder, aber eine leichte Solariumbräune. Viele Sommergäste hielten ihn bestimmt für nicht mal vierzig.

Kabbe versetzte dem Karton einen Tritt und ging wieder ins Restaurant. Das Leben hatte sich verändert, seit seine Lebensgefährtin als Bedienung gekündigt hatte, um stattdessen zusammen mit ihrer neuen Freundin Sara das erste Reformhaus der Insel aufzumachen.

«Saras und Lottens Gesundheit» stand auf einem Keramikschild über der Tür zu dem ehemaligen Milchgeschäft. Das Schild war ihre erste Tat gewesen, und nach einem Ansturm Neugieriger hatte Lotten noch ein Pappschild an die Tür gehängt: «Eröffnung in Kürze».

Sowie die beiden den Plan ausgeheckt hatten, einen Laden aufzumachen, hatte Lotten ihn verlassen und war in die Villa ihres verstorbenen Bruders Karl-Erik Månsson gezogen. Das heißt, in der Villa lebte Lizette, die Tochter des Konservenfabrikanten. Lotten musste im Gartenhaus wohnen, der Heimstatt aller freigelassenen Frauen auf Saltön. Sie wohnte dort einfach und gemütlich. Aber als Kabbe ihre Reisetaschen dorthin gebracht hatte, war ihm aufgegangen, dass sie das kleine Gästehaus keineswegs allein bewohnte, sondern es mit Sara teilte. Doch er hatte sich im Griff.

«Sprecht ihr sogar nachts über Eskimofett und Sibirischen Ginseng?», hatte er gefragt und sein besonderes, schiefes kleines Lächeln aufgesetzt.

Die Frauen hatten sich nur verliebt angeschaut, als würden sie ein großes Geheimnis miteinander teilen.

Kabbe hatte einfach weitergelächelt. Er war kein Mann, der einfach die Fassung verlor.

Und rechnen konnte er. Innerhalb kürzester Zeit hatte er zwei Bedienungen und eine Lebensgefährtin verloren.

Die Großstadtpflanze Sara hatte er wegen hartnäckiger Aufmüpfigkeit rausgeschmissen. Lotten hatte ihn ohne ein unfreundliches Wort verlassen. Und das, wo sie all die Jahre immer so eifersüchtig gewesen war, welche Szenen hatte es nicht gegeben! Aber jetzt war sie einfach aus seinem Leben rausspaziert, frischer und lebendiger denn je und mit einem zerstreuten kleinen Lächeln auf den Lippen. Als ob ihm das was ausmachen würde. Ihm war sowieso alles egal. Und das war genau das Problem.

Er hatte zwei neue Bedienungen eingestellt, doch denen fehlte es an Routine. Die eine war ein langbeiniges blondes Mädchen mit lustiger Himmelfahrtsnase, dem er vielleicht ab und zu einen Platz im Bett anbieten könnte, damit es nicht jeden Abend acht Kilometer mit dem Fahrrad fahren musste. Doch dieses kleine Vergnügen verschob er auf später, denn momentan fehlte es ihm an Motivation.

Der Herbst und damit die Nebensaison im *Kleinen Hund* ging zu Ende, und es standen goldene Zeiten vor der Tür. Denn wenn Kabbe sein Weihnachtsbuffet auffuhr, dann drängten sich die Leute zu den großen, repräsentativen Abendessen. Er hatte bereits mehr Vorbestellungen denn je. Den Unternehmen in der Umgebung, und zum ersten Mal seit vielen Jahren auch den Bootsbauern, ging es richtig gut. Das Hotel *Saltsjöbaden* hatte auch angefangen, Konferenzräume anzubieten, aber wer wollte denn da schon essen? Schlemmerkrabben – das war doch lächerlich. Man musste schon ein Anfänger an der schwedischen Westküste sein, um sich an gefrorenen Krabben zu erfreuen, die im Speisesaal in einem Kahn auf eine Eisscholle geschüttet waren.

Das Reservierungsbuch vom *Kleinen Hund* war bis zum Zweiundzwanzigsten gefüllt. Alles würde perfekt laufen. Nichts durfte dem Zufall überlassen werden, aber es würde auch keine neumodischen Ideen oder Übertreibungen geben. Er hatte vor, sein Schiff bei voller Fahrt zu verlassen.

Früher war Kabbe gern rausgegangen und hatte den Direktoren der Konserven- und Heringsfabriken die Hand geschüttelt. Die glatzköpfigen Herren genierten sich fast, wenn sie zum vierten oder fünften Mal am Buffet zulangten, und murmelten Kabbe dann zu, dass sie nur deshalb so schlemmen würden, weil alles so gut sei. Der gepökelte Lachs! Der eingelegte Hering! Die Dorschleberknödel mit selbst gemachter Butter! Der Kaviar! Und dazu die wunderbare Gerstengrütze! Und der Eierkäse von Tjörn ... Doch Kabbe war egal, wie viel sie aßen. Er sah mit kaltem Blick, aber schiefem Lächeln in ihre wässrigen Augen und zählte die Grogs.

Je mehr Grogs, desto besser. Viel Alkohol im Dezember konnte eine Infrarotheizung für die ganze Terrasse oder neue Auslegeware bedeuten.

Kabbe sah übers Meer. Weit hinten erkannte er zwei Fischerboote, die an diesem frostigen Samstagnachmittag durch das kalte Wasser hinausfuhren. Das Meer sah viel dunkler aus als der Himmel. Kein Schnee, kein Eis, aber drei Grad minus. Wenn der Januar fast vorbei war und wenn die Bewohner von Saltön schon dachten, der Winter sei geschafft und sie könnten ihre Spaten in die Erde der kargen Gärtchen setzen, legte sich manchmal ganz unerwartet noch das Eis übers Meer. Lernten sie es eigentlich nie? Aber das brauchte er alles nicht noch einmal zu erleben. Er strich sich über den Schnurrbart, um zu fühlen, ob es ihn noch gab. Ein Kitzeln bestätigte es, hier war Kabbe, der einsamste Mann der Welt.

Am Freitag waren die Krabben nicht weggegangen. Die Leute von Saltön machten ihre Krabben selbst und saßen dann zu Hause in ihren Sesseln, aßen und sahen fern. Die Jüngeren gingen raus und soffen und schlugen sich dann kurz vor Mitternacht. Kabbe hatte im Laufe des Abends zwei Schlägereien abwehren müssen, doch in einem so frühen Stadium, dass alle Fenster und Möbel noch heil waren. Das waren Triumphe.

Heute Abend würde er die Krabben von gestern servieren, in viel Butter und Knoblauch gratiniert. Er würde ihnen irgendeinen verführerischen Namen geben. «Schalentiere zur Wintersonnenwende» vielleicht oder «Krabben à l'Amour». Am Samstagabend ging alles gut, was irgendwie mit Amour zu tun hatte. Da kamen die Einheimischen gern in den *Kleinen Hund*, oft paarweise. Bereits nach dem ersten Getränk legten sie einen Schlafzimmerblick auf, selbst wenn sie schon jahrelang verheiratet waren. Die Leute mussten einfach ein bisschen spielen dürfen. Das hatten Kabbe und Lotten auch gemacht, auch wenn er ihrer schnell müde geworden war und wegen der Spannung neue Herausforderungen und neue Blondinen gebraucht hatte. Arme Lotten.

Er musste mit dem Koch über die Krabben diskutieren. Der wollte nämlich unbedingt aus allen alten Krabben- und Hühnchenresten immer Paella machen, nur weil er ein Jahr auf Marbella gearbeitet hatte. Er besorgte auch billigen Safran, mal was anderes als Kurkuma zum Reis. Kabbe musste plötzlich an seinen alten Freund, den Hühner- und Bienenzüchter MacFie denken. Der musste sich jetzt auch mit seinem gackernden Kleinvieh zufrieden geben, seit die garstige Sara sein Haus verlassen hatte und mit fliegenden Fahnen zu Kabbe gezogen war. Ein ganz schöner Skandal.

Das traditionelle Hummerfest auf Saltön war nur, was die Hummer anging, traditionell gewesen. Auch die in Butter geschwenkten Pfifferlinge von Emily hatte es gegeben, aber ansonsten endete alles in einem Chaos, wie es noch keiner gesehen hatte.

Emily hatte das Fest mit Christer, dem fetten Polizisten der Insel verlassen, während ihr Mann mit dem Gesicht auf der Papiertischdecke eingeschlafen war, auf die er seine Reiseroute nach Afrika eingezeichnet hatte, wo die schwangere Tochter des Paares hockte und missionierte.

Philip, Gastgeber des Hummerfestes und Badeanzugdesigner und Sommergast aus Paris, hatte sich mit MacFie um Sara geschlagen. Die hatte jedoch beide ignoriert und beschlossen, zusammen mit Lotten ein Reformhaus aufzumachen. Und offenbar nicht nur ein Reformhaus, das war ihm im November klar geworden. Er hatte schon immer schnell denken können, das hatte er von seiner Mutter geerbt, aber was nutzte es ihm? Kabbe war ein furchtbar trauriger Mann, das spürte er tief in der Brust. Er konnte es direkt körperlich empfinden. Es war nicht das Herz. Nicht die Muskeln. Nicht die Lungen. Nicht die Kehle. Es war die schreckliche Erkenntnis, dass sein Leben nicht so geworden war, wie er es sich vorgestellt hatte. Und dabei hatte er sich gar nichts Besonderes vorgestellt. Er hatte lediglich angenommen, dass hinter jeder neuen Tür eine bessere Überraschung wartete. Dass alles immer besser werden würde.

Er dachte an den Herbst zurück, als sich das Leben wie auf einem der Schachbretter in der Bibliothek mit ein paar Zügen hierhin und dorthin verschoben hatte. Aber die Züge schienen doch nur von dem Freiheitsdrang und der einfältigen romantischen Sehnsucht der Frauen bestimmt zu sein, oder?

Emily war nach Göteborg gezogen, und Blomgrens alte Klassenkameradin Johanna tat alles, um Frau Blomgren Nummer zwei zu werden. Emilys Vater hatte sich auf seine alten Tage noch in Kabbes ehemalige Schwiegermutter Magdalena Månsson verliebt. Und so weiter. Wie die Parodie auf eine schlechte Seifenoper im Fernsehen. Wie ein schlecht zusammengestelltes Fischgratin.

Kabbe mochte gar nicht daran denken, wie sehr sich die idyllische Gemeinde verändert hatte. Früher waren die Bewohner von Saltön ihr ganzes Leben lang mit derselben Frau verheiratet und kriegten einen Haufen Kinder. Ein paar soffen sich zu Tode, ein paar zogen weg, aber die meisten blieben, bekamen einen Job, bauten ein Haus, kauften einen Volvo, fuhren zum 50. Geburtstag nach Thailand, wurden zur Silberhochzeit für die *Saltö Tidning* fotografiert und ließen sich auf dem kleinen Steinfriedhof auf der Halbinsel unterhalb der Kirche begraben.

Jetzt war alles durcheinander gebracht. Woher kam das nur? Sicher war die junge Witwe Sara schuld, die in die Stadt gekommen war und mit ihren Flüchen und ihrer vulgären Art alles auf den Kopf gestellt hatte. Der arme MacFie. Und jetzt: der arme Kabbe? Nein, ihm war wirklich alles egal.

Er trat gegen den Lampenkarton, dass er in die Ecke flog.

Viele Jahre lang war er der Platzhirsch gewesen. In dem Sommer, als er sechzehn wurde, war Kabbe der Erste, der in die neue Ausnüchterungszelle wanderte. An dem Tag, als er achtzehn wurde, war er auch der Erste, der sich in Nyhavn hatte tätowieren lassen. Und auf jeden Fall war er in jedem Sommer der Erste, der Sommergäste aus Stockholm verführte. Als er das Lokal aufmachte, wurde der *Kleine Hund* schnell zu einer Oase für die schicken Städter. Und Kabbe freundete sich mit Musikern und DJs aus Stockholm und Göteborg an. Wenn er dann im Winter in die Stadt fuhr, erinnerten sie sich an ihn, und er durfte an den Schlangen vorbeigehen. Blut ist dicker als Wasser. Und jetzt? Jetzt hatte er ziemlich lange völlig unnötigerweise mit einem Knäuel Lichterketten hier herumgestanden.

Ein Taxi kam langsam den Kai entlanggefahren. Kabbe konnte auf dem Beifahrersitz ein Gesicht mit eifrig suchenden Augen erkennen. Er sah auf die Uhr. Eigentlich hatte er die Küche schon geschlossen, aber für einen fetten Touristen machte er immer eine Ausnahme. Lustlos ging er zur Tür und drehte das Schild auf «geöffnet». Im Augenwinkel konnte er sehen, wie das Auto vor dem Eingang zum *Kleinen Hund* parkte.

Kabbe steckte den Kopf in die Küche und befahl dem Koch Klas, der gerade Mittagspause machen wollte, sich die Schürze wieder umzubinden.

«Ich sehe keine Gäste.»

«Intuition.»

In «Saras und Lottens Gesundheit» herrschte fast eine sommerliche Atmosphäre. Sara, die einen Kopf größer war als Lotten, stand auf einem Hocker und strich die Decke honiggelb. Sie hatte die Ärmel des Jeanshemdes, das die Uniform im *Kleinen Hund* gewesen war, hochgekrempelt, und Lotten sah beunruhigt zu, wie die Farbe auf Saras Schultern tropfte.

Das Emblem mit dem kleinen Hund auf dem Rücken des Hemdes erinnerte sie überflüssigerweise an das alte Leben im Restaurant.

«Wenn dir das noch Probleme macht, hast du dich noch nicht freigemacht», dozierte Sara.

«Dass du immer auf alles eine Antwort hast, wo du doch so viel jünger bist als ich.»

Lotten rieb weiter auf dem alten Marmortresen des Milchgeschäftes herum.

«Tja, vielleicht liegt das daran, dass ich mit einem Mann zusammengelebt habe, der doppelt so alt war wie ich. Ein Wissenspaket. Ein Seminar.»

«Soll ich jetzt vielleicht beeindruckt sein?», murmelte Lotten und wechselte den Lappen, konnte aber nicht umhin zu lächeln.

«Jetzt sei es doch einfach!»

Sara bespritzte sie mit Farbe.

«So gut wie mit dir hatte ich es noch nie. Keine harten Kanten.»

Jeden Tag kam der Lieferwagen aus der Stadt, und im Keller, der immer noch nach saurer Milch roch, standen stapelweise Büchsen und Pakete.

«Das mit dem Geruch müssen wir bis zum Sommer hinkriegen», sagte Sara.

Sara fasste alle praktischen Beschlüsse, und Lotten wusste nicht so recht, ob das eine Veranlagung war oder an der Branchenkenntnis lag, die von dem Reformhaus herrührte, das Saras Vater in Stockholm hatte.

«Ich finde, wir sollten Vitamin-C-Brausetabletten mit Orangengeschmack ins Sortiment nehmen», schlug Lotten vor. «Die schmecken so schön frisch.»

«Bringt nichts», sagte Sara, und damit war die Diskussion erledigt.

«Vielleicht sollten wir das Fenster putzen, ehe wir anfangen zu dekorieren.»

«Total unnötig. Vergiss es.»

Ihre unterschiedlichen Vorstellungen von Einrichtung trafen in dem kleinen Gartenhaus aufeinander, in dem sie wohnten. Sara kaufte einen schwarzen Stoff mit Leopardentatzen, den sie über das Bett warf.

Am nächsten Tag hatte Lotten das Ganze durch einen rosa Betthimmel mit silbernen Troddeln vervollständigt. Sie wartete nervös auf Saras Urteil.

«Verdammt kitschig», sagte Sara.

Die Bewohner von Saltön wanderten auf dem Weg zum Kai gern einmal an dem alten Milchladen vorbei, und alle schielten verstohlen in das Schaufenster, wo große Fotografien hingen, die die Besitzerinnen darstellten. Das Bild von Lotten war ein nettes Atelierfoto mit retuschierten Zähnen, während das von Sara sie ganz zeigte und neueren Datums zu sein schien. Die schlaksige Gestalt war leicht wiederzuerkennen, wie sie da mit muskulösen Waden und teuren Joggingschuhen über die Klippen lief. Und die Schuhe waren so elegant, dass manch einer kaum merkte, dass sie nahezu das einzige Kleidungsstück waren, das Sara am Körper trug.

Zwischen den Bildern stand eine elegante Pyramide Ginsengdosen.

«Ist das vorher und nachher? Ich meine, die Bilder», fragte der Mann mit der Baskenmütze, der auf dem Weg zu Blomgrens Zigarrenladen war, um sich den neuen *Playboy* anzuschauen.

«Rate mal, Baby», antwortete Sara von einer Leiter herab, wo sie gerade die Markise reparierte. Der Mann mit der Baskenmütze wurde rot.

Am Samstagnachmittag waren die Straßen auf Saltön fast leer. Die meisten Inselbewohner waren mit dem Auto zu dem großen, vor Göteborg gelegenen Einkaufszentrum gefahren und würden nicht vor dem Abend mit einem Vierundsechzigerpack Haushaltspapier, zwölf Dosen dänischem Rotkohl und einem Gästebett mit passender Matratze zurückkommen. Die Geschäftsleute auf Saltön, abgesehen von Blomgren natürlich, knirschten mit den Zähnen.

«Wenn wir jetzt nur Sommergäste als Kunden bekommen?», fragte Lotten. «Da werden sich die Einheimischen totlachen, weil wir nach einem Jahr wieder zumachen müssen.»

«Ach was», meinte Sara. «Es war schließlich die Idee von Magdalena Månsson, auf Saltön ein Reformhaus aufzumachen. Hier gibt es massenhaft Menschen, die keine Lust haben, sechzig Kilometer in ein Einkaufszentrum voller kreischender Kinder und ätzend langer Schlangen zu fahren. Da geht man doch lieber in ein sonniges Geschäft in der Nähe und erhält professionellen Rat, was man gegen seine Krampfadern und für seinen Blutdruck tun kann. Passt doch hervorragend.»

«Wenn es richtig gut läuft, dann können wir ja nach Thailand fahren. Lange weiße Strände und Schnorcheln nach Dorsch.»

«Versuch doch mal, etwas spannender zu sein», erwiderte Sara. «Mach dich frei.»

«Aber das habe ich doch schon.»

Lotten konnte nicht begreifen, dass Kabbe keinerlei Widerstand geleistet hatte. Zu Anfang, als sie zusammengezogen waren, hatten sie sich viel gestritten, weil Kabbe Lotten nicht zur Teilhaberin vom *Kleinen Hund* machen wollte. Aber da hatten sie sich sowieso über das meiste gestritten, zum Beispiel über Lottens ermüdende Eifersucht und den Kilometerzähler, der nicht mit seiner Aussage übereinstimmte, wo er angeblich die Nacht verbracht hatte. Sie hatten über kleine und große Sachen gestritten, und in der Zwischenzeit hatten sie nette kleine Shoppingausflüge zusammen unternommen und Kleidung gekauft, die sie dann auf der Strandpromenade vorgeführt hatten. Oft im Partnerlook.

Und jetzt das. Es ging fast zu einfach.

«Du musst dir eine neue Bedienung suchen, denn Sara und ich werden einen Laden aufmachen.»

«Aha. Ja, davon habe ich im Zigarrenladen schon gehört.»

«Ich ziehe übrigens auch hier aus. Ich werde meinen Nachttisch, die Kleider und den Spiegel mitnehmen, den Rest kannst du behalten. Ich habe ja noch eine Menge von meinem Bruder geerbt.»

«Aha. Ja, gut. Tschüs dann.»

Das war fast unverschämt.

«Sei doch froh, dass es so leicht ging», sagte Sara. «Wenn es Streit gegeben hätte, dann hätte ich dich mit einem Karottenkuchen trösten können.»

Kapitel 2

Ein kleiner, muskulöser Mann mit fragenden braunen Augen und herunterhängendem Schnurrbart betrat den *Kleinen Hund*.

«Zu spät zum Mittag?», fragte er.

«Nicht für Leute aus Stockholm», antwortete Kabbe und reichte ihm die Karte.

Gleichzeitig dachte er, dass niemand den Kummer erahnen konnte, den er unter dem Jeanshemd mit dem Emblem vom *Kleinen Hund* im Herzen trug. Alles nur eine Frage der Disziplin. Manchmal war das Leben fast zu einfach.

Der Gast sah ihn nach einem schnellen Blick auf die Karte an.

«Meine Güte, und ich habe gedacht, ihr lebt hier draußen von Fischklopsen und Makrelensuppe. Ich nehme die Schweinenoisetten. Rind esse ich nicht in Lokalen, die ich nicht kenne.»

Kabbe lachte, als wären sie im selben Club.

«Und zu trinken? Ein Bier vielleicht?»

«Nein, die Zeiten sind vorbei. Ein Mineralwasser und dann bitte auch gleich die Rechnung.»

«Gern», sagte Kabbe. «Dahinten gibt es Salat und Brot.»

«Ist mir zu umständlich. Aber geben Sie mir doch ein paar Tipps, womit Sie sich hier draußen so den lieben langen Tag beschäftigen.»

Kabbe ging in die Küche und überreichte dem Koch die Bestellung.

«Das Gesundheitsamt ist da», sagte er und schielte zum Kopf des Kochs, auf dem eine Wollmütze mit Rentieren thronte. «Vielleicht auch ein Maulwurf», fuhr Kabbe fort. «Weg mit dem Tran und nimm die Butter zum Braten.»

Er brachte dem Gast sein Mineralwasser.

«Woran genau sind Sie denn interessiert?»

«Der Fotograf kommt morgen», sagte der Mann, «dann muss die Sache in den Kasten. In der Zwischenzeit rekognosziere ich. Soll heißen, ich beobachte. Wir werden eine Reportage machen, bei der kein Auge trocken bleibt. Schlagzeile: Weihnachten im schwedischen Schärengarten. Die Idylle, von der Sie dachten, dass es sie gar nicht mehr gibt. Gönnen Sie sich diese lebensbejahende Reportage, während Sie mit Ihrer DVD, der Sat-Antenne und dem zwölf Jahre alten Whiskey im Sessel sitzen. Farbbilder. Alte Damen in schwarzen Kopftüchern schliddern mit Kerzen übers Eis, um Wasser für die Weihnachtsbäckerei zu holen. Vielleicht schlagen sie auf dem Heimweg ein Loch ins Eis und nehmen mit rissigen Fingern den Käscher, um sich ein paar Krabben zum Abendessen zu holen. Eine Familie mit sieben Kindern, die in einer Bootshütte ohne Elektrizität auf den Weihnachtsmann wartet. Der junge Fischersmann, der gegen sechs Meter hohe Wogen ankämpft, wenn er die Anchovis für seinen einsamen Fischauflauf à la Jansson nach Hause bringt. Alte Männer, die Netze auslegen, um den letzten Stockfisch des Jahres zu fangen.»

«Klingt gut», sagte Kabbe und lachte zum ersten Mal über das ganze Gesicht.

Emily hatte gerade den zweiten Tag ihr Café geöffnet, als ein schmutziges Wohnmobil vor dem Fenster parkte.

Hoffentlich würde es nicht ein paar Wochen dort stehen bleiben. Auf Saltön kam es vor, dass Touristenautos vierzehn Tage lang auf einer Stelle standen, bis ein ganzer Packen Parktickets an der Windschutzscheibe flatterte. Aber doch wohl nicht in dem dicht bewohnten Stadtteil Haga mitten in Göteborg.

Emily wollte nicht, dass der Eingang zum *Zuckerkuchen* im Dunkeln lag. Um vier Uhr in der Frühe schon hatte sie die rosa karierten Gardinen aufgehängt.

Der Eröffnungstag hatte ohne Gardinen und mit zwölf Kunden stattgefunden. Gar nicht schlecht.

Elf hatten Brot und Kuchen zum Mitnehmen gekauft, und ein Gast hatte im Café gesessen, ein wortkarger und flaumiger Priester. Sie hatte ihm kostenlos Kaffee nachgeschenkt, jedoch nicht, ohne darauf hinzuweisen.

«Vielen Dank.»

Bei seinem Beruf war er es natürlich gewohnt, Kaffee gratis zu bekommen. Wurden die Leute nicht deshalb Priester? Aber das war vielleicht nur ein dummes Gerücht. Emily beschloss, der Frage nicht weiter nachzugehen. Sie war ja so diplomatisch geworden, seit sie in Göteborg wohnte.

Aus dem Wohnmobil kletterte ein untersetzter Mann mittleren Alters. Er riss die Tür zum Café auf und musterte Emily mit scharfem Blick.

«Haben Sie Sandwichtorte?»

Emily rang nach Atem. «Also, im Moment gerade nicht, aber ich kann natürlich welche machen. Einen Augenblick bitte, dann hole ich meinen Auftragsblock.»

Sie ging mit klopfendem Herzen hinter den Vorhang. Welch eine Herausforderung. Sie nahm einen Taschenkalender mit, das musste reichen.

«Eine für die Angestellten und eine für die Arbeiter», murmelte der Mann. «Also, eine muss für vierzig Personen sein und eine für zwanzig. Ich würde sie gern um Viertel vor zwölf abholen.»

Vielleicht würde sie das Café schließen müssen. Emily spürte die Aufregung im ganzen Körper, das Wasser lief ihr im Mund zusammen. Sie schloss die Augen und sah Reihe um Reihe kleine Rosen aus Lachs mit dicken Scheiben Leberpastete und elegant geschnitzten Radieschen.

«Geht es Ihnen nicht gut? Kriegen Sie das hin? Was wird es kosten?»

Unter dem eindringlichen Blick des Mannes fand Emily ihre Beherrschung wieder.

«Natürlich. So ungefähr tausend Kronen, denke ich.»

Sie tat so, als würde sie im Kopf nachrechnen.

Drei Stunden, ja, das würde gehen – wenn sie nur Christer hätte anrufen können, aber der saß in seiner Polizeistation auf Saltön. Zwar war er ein feiner und hilfsbereiter Freund, doch würde er wohl kaum runtergefahren kommen, um Emily beim Tomatenschneiden zu helfen.

«Eintausendvierhundertfünfundneunzig», sagte sie. «Inklusive Steuern.»

Der Mann nickte bestätigend. Mündliche Absprache gilt.

Um halb zwölf musste Emily in ihre Wohnung hinauflaufen und duschen, aber sie war maßlos stolz auf ihre Sandwichtorten.

Als sie runterkam, standen zwei wütende alte Tanten vor der Tür. Die eine ruckelte an der geschlossenen Tür, und die andere drückte sich die Nase an der Scheibe platt.

Als Emily öffnete, drängten sie sich an ihr vorbei und kauften mit bösen Mienen vier Vanilleplundern.

Das Wohnmobil stand immer noch da, und Viertel vor zwölf kam der Mann herein.

Sie hatte ihm vertraut, hatte nicht einmal nach seinem Namen gefragt. Als er die großen Kartons erblickte, entspannte er sich ein wenig. Emily hob die Deckel stolz hoch, und der Mann brummte anerkennend.

«So soll es sein. Ich habe gestern den letzten Tag in der Puppenstubenfabrik gearbeitet. Vierundzwanzig Jahre, aber jetzt ist Schluss damit. Sowie die Torten hier aufgegessen sind, geht's auf nach Afrika.»

«Nach Afrika! Und wie lange?»

Der Mann lachte fröhlich.

«Woher soll ich das wissen? Ich habe meine Wohnung und fast mein ganzes Eigentum verkauft. Ich bin ein freier Mann.»

«Sie haben also in einer Puppenstubenfabrik gearbeitet.»

«Ja, deshalb bin ich so klein.» Der Mann lachte kurz. «Ich war Geschäftsführer. Also, Direktor. Puppendirektor.»

Emily öffnete die Tür, während der Mann beide Torten auf einmal heraustrug, und sie hielt ihm auch die Beifahrertür auf. Er stellte die Kartons übereinander gestapelt vorsichtig auf dem Sitz ab. Im Auto roch es ein wenig feucht. Wie geräuchert.

Er sah Emily respektvoll an und gab ihr die Hand.

«Es ist immer schön, auf einen Profi zu treffen», sagte er. «Ich danke vielmals.»

Er ging ums Auto und sprang hinein.

Emily lief hinter ihm her.

«Aber hallo!», rief sie. «Die Bezahlung. Sie haben vergessen zu bezahlen!»

Der Mann sah erstaunt aus und suchte in seiner Innentasche.

Wenn er nur keine Pistole rauszieht, dachte Emily. Sie hatte zwar eine Art Verhältnis mit einem Polizisten, aber Christer würde so etwas Verrücktes sicher nicht denken. Er holte seine Brieftasche heraus.

«Entschuldigen Sie bitte», sagte er. «Ich bin so gedankenverloren, seit ich frei bin.»

Die Brieftasche war völlig platt.

Der Mann sah lange und tief hinein.

«Sie ist leer», sagte er. «Wahrscheinlich bin ich beraubt worden.»

Emily starrte ihn an.

«Das kann ja wohl nicht wahr sein! Mein erster richtiger Auftrag, und hier stehe ich Auge in Auge mit einem Betrüger. Aber so leicht kommen Sie mir nicht davon, Freundchen! Ich habe Ihre Autonummer, und außerdem kenne ich einen Polizisten.»

Der Mann hörte nicht auf sie. Er legte seine Brieftasche auf den Fahrersitz, ging mit kräftigen Schritten nach hinten und schloss die Tür des Wohnmobils auf.

Er rieb sich die Stirn, und dann rief er Emily.

«Kommen Sie mal her.»

Sie ging wütend auf ihn zu, bis sie ganz nah bei ihm stand. Sie war einen Kopf größer als er.

Er machte die Tür auf.

«Schauen Sie mal!»

Vor ihr stand ein Puppenhaus mit drei Etagen. Vielleicht stellte es eine Villa auf dem Lande dar, vielleicht in England, nein, da waren keine Schornsteine zu sehen. Für Kalifornien war sie zu hoch. Neuengland vielleicht, oder auch South Carolina. Sie war zurückhaltend eingerichtet, und die Möbel, die es gab, mussten festgeleimt sein, denn im ganzen Haus herrschte vollkommene Ordnung. In einem Sessel vor dem Kamin saß eine kleine Frau und strickte, während ihr Mann aus den Tiefen eines Ledersessels fernsah. Zu seinen Füßen lag ein Hund. Im Esszimmer war für acht Personen gedeckt, und in der Küche gingen anscheinend die Vorbereitungen für das Abendessen vonstatten. Der Ofen war eingeschaltet, und die Neonröhre über der Arbeitsfläche leuchtete. Von der Diele aus führte eine Treppe in die obere Etage, wo das Schlafzimmer der Eltern und ein Jungen- und ein Mädchenzimmer lagen. Das Mädchen war auf dem Bett in seinem Zimmer ausgestreckt und las ein Pferdebuch, der Junge saß an seinem Schreibtisch und spielte ein Computerspiel.

In der unteren Etage gab es einen Weinkeller, einen Vorratskeller und eine Garage für zwei Autos – einen roten herrschaftlichen Volvo und einen kleinen japanischen Shoppingwagen. Wand an Wand mit der Garage gab es einen Stall, doch anstelle eines Pferdes stand da ein Doppelbett. Auf jedem Kopfkissen lag ein grau gelockter Kopf.

«Oma und Opa!»

Emily hatte noch nie etwas Vergleichbares gesehen.

«Mein Abschiedsgeschenk von den Angestellten der Fabrik», sagte der Mann. «Ich würde mal annehmen, dass es ungefähr eintausendvierhundertfünfundneunzig Kronen wert ist. Inklusive Steuern. Was meinen Sie?»

Emily nickte stumm.

Fünf Minuten bevor sie zumachen wollte, kamen zwei Studentinnen mit Ringblöcken herein und begannen, an irgendeiner größeren Gruppenarbeit zu tüfteln. Jede nahm eine Tasse Tee. Emily knirschte mit den Zähnen.

Sie wischte die Tische ab, dass es bis zu den beiden hinüberspritzte, und hustete ein paar Mal, aber die Studentinnen kauten auf ihren Bleistiften und arbeiteten unbekümmert weiter, während sie an ihrem Tee nippten.

Emily begriff, dass sie wahrscheinlich unzählige Studienkollegen hatten, und sie wollte nicht den Ruf bekommen, eine alte Hexe zu sein, die junge Leute auf die Straße warf.

«Mein Tee ist nicht richtig heiß», klagte das eine Mädchen nach einer Viertelstunde.

Emily versuchte, nicht die Augen zu verdrehen, während sie die Tasse gegen eine neue mit dampfendem Hagebuttentee austauschte.

«Ich muss leider bald schließen», sagte sie. «Es ist Viertel nach sechs, und es wartet jemand auf mich.»

Das Mädchen starrte entsetzt die riesige Frau in der Schürze mit den großen Flügelärmeln an. Wer sollte auf die warten? Unmöglich ein Mann.

Als sie endlich raus waren, machte Emily das Licht aus und schloss ab. Dann eilte sie über den Hof und die Treppe zu ihrer Wohnung hinauf. Ihr Herz klopfte, und die Luft wurde ihr knapp.

Sie lächelte erleichtert. Das Puppenhaus stand noch da, wo der Mann es hingestellt hatte, und daneben lag eine große Tragetasche mit anderem Zubehör.

«Der Flügel ist handgearbeitet und die Chippendale-Möbel auch. Passen Sie gut darauf auf», hatte der Mann noch gesagt. «Solche Sachen haben wir in der Firma nicht routinemäßig gefertigt.»

Sie war so glücklich, dass sie ihm fast das Moskitonetz mitgegeben hätte, das sie als Erinnerung an den Besuch bei ihrer Tochter in Afrika auf der Hutablage liegen hatte. Aber wegen dieser Beleidigung nahm sie davon Abstand.

Passen Sie gut darauf auf! Was dachte der eigentlich?

Sie ignorierte die Umzugskartons, die immer noch nicht ausgepackt waren, und stellte das Puppenhaus auf den Küchentisch. Mit einem Messer, etwas Benzin und Alkohol schaffte sie es, die festgeklebten Möbel abzulösen. Als sie damit fertig war, saugte sie das Haus mit der kleinen Düse aus, wischte die Wände in der Küche mit Chlorin und bohnerte den Fußboden im Wohn- und im Esszimmer.

Im Schlafzimmer lag seltsamerweise weiße Auslegeware. Unhygienisch und unpraktisch, aber darüber wollte sie sich nicht weiter auslassen.

Sie legte die sechs Puppen und den Hund in eine Reihe nebeneinander auf ihre Küchenspüle und besah sich ihre Gesichter.

Wer war böse, wer war gut?

Keiner hatte Übergewicht, aber die Oma schien etwas krumm zu sein. Vielleicht brauchte sie einen Rollator. Warum die beiden wohl im Stall wohnten? Ob sie sich das selbst ausgesucht hatten? Sie hätte ihnen ein anderes Leben gegönnt, und plötzlich musste sie an ihren eigenen Papa und Magdalena Månsson denken. Sollte sie den beiden zur Abwechslung vielleicht auch mal etwas Glück wünschen?

Als Christer anrief, war Emily so abwesend, dass er sie irgendwann fragte, ob sie Besuch habe.

«Nein, nein. Was hast du gesagt? Ist es windig auf Saltön? Hast du irgendwelche Bösewichte gefangen?»

«Wenn du müde bist, reden wir vielleicht besser morgen.»

Er klang traurig.

Emily wusste nicht, woher sie die Kraft nahm. Die Arbeit im Café hielt sie achtzehn Stunden am Tag auf Trab, und wenn sie ins Bett fiel, dann schlief sie augenblicklich ein, manchmal noch mit Malerfarbe oder Weizenmehl auf den Armen.

Und jetzt konnte sie sich nicht von dem Puppenhaus losreißen. Gegen drei Uhr nachts war endlich die Liste komplett, welche Kleider die Puppen sofort brauchen würden, welche Möbel verändert und welche Tischtücher genäht werden müssten.

Sowie sie am nächsten Morgen erwachte, ging sie in die Küche und sah in die kleinen, harten Puppengesichter.

Vielleicht sollte sie der Mama eine Brille malen, um ihren stechenden blauen Blick etwas abzumildern.

Emily duschte schnell und zog sich ihre Zuckerkuchenkleider über. Als sie gerade gehen wollte, klingelte das Telefon. Vielleicht sollte sie sich mal ein Handy anschaffen.

«Bist du heute wacher?»

Christer klang nervös.

«Du fehlst mir!»

«Du mir auch», sagte sie.

Sie merkte sofort, dass sie die bequeme Antwort gewählt hatte, deren sich die Männer, die sie gekannt hatte, so oft bedient hatten. Das hätte Blomgren auch sagen können, und dann wäre sie sicher wütend geworden. Aber Christer war nicht wütend.

«Ist das sicher?», fragte er.

Er sollte Lotten Månsson mit einer Parkgenehmigung helfen. Sara und sie wollten im alten Milchgeschäft neben dem Schusterladen, der zum Bingolokal umfunktioniert worden war, ein Reformhaus eröffnen.

«Lotten wartet!», sagte er ermahnend.

Emily versuchte sich zu konzentrieren, doch obwohl sie Saltön erst vor zwei Wochen verlassen hatte, und sie beide als junge Mädchen Freundinnen gewesen waren, konnte sie sich kaum erinnern, wie Lotten aussah.

«Aber vielleicht ist es dir lieber, wenn ich heute Abend runterkomme und dich besuche?»

«Ja, das ist mir lieber.»

«Also, dann um acht Uhr. Ich freue mich.»

Er legte auf, was sie noch eine ganze Weile später ärgerte.

Kurz vor acht Uhr am Abend breitete sie ein Laken über die Puppenstube und schob sie unter den Küchentisch.

Er kam eine dreiviertel Stunde zu spät, genau so lange, wie sie brauchte, um sich doch nach ihm zu sehnen und ihre teilnahmslosen Antworten am Telefon zu bereuen.

Obwohl er groß, dick und einsam war, zog er Frauen doch an. Oder vielleicht genau deshalb. Wahrscheinlich stand schon halb Saltön Schlange.

Sie war gerade dabei, ihre roten Wangen zu kühlen, als sie endlich sein kraftvolles Klopfen an der Außentür hörte.

Sein ganzer großer Bärenkörper war warm und wohlmeinend, die braunen Augen liefen vor Zuneigung fast über, und er hatte neun rote Rosen in Zellophan dabei.

In der Nacht brachte er sie zum Seufzen und zum Lachen.

Am Morgen wollte er über die Zukunft reden, aber das wollte

sie nicht. Sie war wirklich froh, dass er sich einen Tag frei genommen hatte und noch ein paar Stunden in Göteborg bleiben konnte. Gleichzeitig konnte sie nicht umhin, immer voller Unruhe an das Puppenhaus zu denken. Was machten die da unter dem Laken? Obwohl Emily als Kind wirklich alles bekommen hatte, worauf sie gezeigt hatte, hatte sie doch nie ein richtiges Puppenhaus besessen. Es war einfach nicht dazu gekommen.

Nun war das Puppenhaus genau zum richtigen Zeitpunkt in ihr Leben eingetreten, und sie hatte tatsächlich das Gefühl, nachlässig zu sein, wenn sie die Puppen unbeaufsichtigt im Haus liegen ließ. Ehe sie das Laken übergeworfen hatte, hatte sie alle in die Badewanne gelegt. Natürlich ohne Wasser, aber immerhin. Der kleine Junge hatte einen ängstlichen Zug um den Mund. Litt er womöglich unter Klaustrophobie?

Und hatte sie die Kühlschranktür zugemacht?

Aber als Christer sie verliebt ansah, vergaß sie sogar fast das Puppenhaus.

«Ich gehe mit ins Café und helfe dir, Emily.»

Sie strahlte ihn an. Dann hatte sie angenehme Gesellschaft, und niemand schnüffelte in der Wohnung herum. Immerhin war er in Stockholm bei der Kripo gewesen.

Kapitel 3

Im Café angekommen fing Christer sogleich an, eine kaputte Tür zu reparieren, eine Glühlampe auszuwechseln und vor der Eingangstür zu fegen.

Emily betrachtete seinen Nacken und seinen Rücken durch das Küchenfenster, während sie die Käsebrote mit Rucolasalat dekorierte.

Bedeutest du Sicherheit? Heute verlässlich, aber acht Jahre jünger als ich.

Als er reinkam, sah er aus, als habe er das Rad noch einmal erfunden.

«Ich könnte dir helfen, günstig an ein Neonschild zu kommen! Ich habe einen Kumpel in Stockholm, der die verkauft. Stell dir nur vor, ‹Zuckerkuchen› in leuchtenden Buchstaben. Vielleicht mit einer verlockenden Zimtschnecke rechts und links von dem Wort. Dann kommen noch mehr Kunden.»

«Aber Christer. Ich habe doch kein Bordell.»

Um neun Uhr schloss sie die Tür auf, und Viertel vor zehn kam der erste Kunde.

«Neonschild», sagte Christer ab und zu mit einem Augenzwinkern.

Er fand selbst Aufgaben für sich, ohne dass sie darauf zeigen oder ihm Anweisungen geben musste. Das kannte Emily gar nicht. Und man musste ihn auch nicht nach jedem gewischten Fußboden und jeder begossenen Blume loben.

Wenn er zwischen Küche und Café hin und her ging, musste er den Kopf einziehen.

«Darf ich an der Kasse stehen?», fragte er, als die ersten Kunden kamen. «Dann kannst du dich deinen süßen kleinen Kuchen widmen.»

«Du weißt doch gar nicht, wie man eine Kasse im Café bedient, Christer. Und außerdem mache ich Quiche. Die ist nicht süß.»

«Mach dir keine Sorgen, kleine Quiche.»

Während sie wie der Bäcker in San Remo Brokkoliröschen über die Quiche streute, hörte sie draußen Lachen und das Klappern von Geschirr.

Irgendwie ging Christer alles etwas zu leicht von der Hand. Sie schämte sich für ihre gemeinen Gedanken. Wenn sie sich Blomgren hier an der Kasse vorstellte, dann merkte sie, wie ungerecht sie war. Da hätte sie mindestens fünfmal rausrennen und ihm helfen müssen, um dann am Ende doch alles selbst zu machen.

Sie beschloss, Christer am Abend zu einem luxuriösen Essen in der Küche einzuladen. Vielleicht erst einmal etwas falschen Kaviar …

Da verspürte sie seinen warmen Atem im Nacken.

«Heute Abend gibt es eine Überraschung», sagte er. «Es reicht, wenn ich morgen früh um fünf nach Saltön fahre. Und das bedeutet: Heute Abend ein festliches Essen.»

Dann sah er sie plötzlich streng an.

«Denn du möchtest doch wohl, dass ich noch eine Nacht bleibe? Sonst sag es bitte.»

Emily sah ihn lange an.

«Ja, also es ist so», sagte sie und legte ihre großen weißen Hände auf seine Schultern, «ich habe beschlossen, wirklich zu sagen, was ich will und was nicht. Und ich will gerne, dass du noch bleibst.»

Er war nur ein klein wenig größer als sie, aber er schwang sich locker den siebenundneunzig Kilo schweren Körper von Emily über die Schulter und stieg mit ihr die Treppe zur Wohnung hinauf.

Als sie in die Küche kamen, wo es nach einer Mischung aus Thymian, Basilikum und Knoblauch roch, streckte er seinen Fuß unter den Tisch und hob das Laken an.

«Aha, ein Puppenhaus! Na klar, du wirst ja zu Weihnachten Großmutter. Ich wusste gar nicht, dass die Kleinen so früh anfangen, mit Puppenstuben zu spielen. Und hast du bedacht, dass es auch ein Junge werden könnte? Oje, entschuldige bitte, zum Glück ist gerade keine meiner Kolleginnen hier.»

«Nein, hier bin nur ich», lachte Emily, die auf dem Küchentisch lag, wo er sie abgelegt hatte, und die nun wartete, wie es weitergehen würde.

Um vier Uhr früh klingelte sein Wecker in der Jackentasche, und sie schoss hoch.

Sie weckte ihn mit einer Schale Milchkaffee und den Worten:

«Wenn du bei mir bist, will ich, dass du immer bei mir bist, aber wenn du nicht hier bist, bin ich nicht so sicher.»

In weniger als einer Sekunde war er hellwach.

«Bald wirst du dich entscheiden müssen», sagte er und ging.

«Wie soll ich wissen, dass das nicht nur eine neue Falle ist?», sagte Emily zur Puppenmama, als er gegangen war.

Sie hatte die Puppen auf der Fensterbank aufgereiht.

«So, da bleibt ihr jetzt sitzen, während ich eure Küche streiche. Farbe einzuatmen ist nicht gut, vor allem nicht für die Kinder.»

Auf Saltön scheuchte Blomgren gerade den Mann mit der Baskenmütze aus dem Laden und stieß nun den letzten Seufzer des Tages aus.

«Hau jetzt endlich ab, du kannst den *Playboy* mit nach Hause nehmen und morgen früh wiederbringen.»

Der Mann mit der Baskenmütze hüpfte vor Freude.

«Mach die Fenster gut zu», sagte Blomgren zu Johanna. «Heute Nacht wird es Frost geben.»

«Unser erster gemeinsamer Frost», erwiderte Johanna und kuschelte sich an ihn. «Wie romantisch.»

«Frost ist nicht gut für die Fenster», bemerkte Blomgren.

Seit Emily ihn verlassen hatte, erwog er, mit den Fenstern im Haus weiterzumachen, aber es war einfach die verkehrte Jahreszeit dafür. Stattdessen ging er jeden Abend schweren Schrittes die Kellertreppe hinunter und tischlerte an einem Gitterbettchen. Er war sogar zu unruhig, um noch das Bingo im Fernsehen zu verfolgen.

Wenn Kunden hereinkamen und irgendwelche Dinge kommentierten, die im Fernsehen passiert waren, stand er völlig dumm da, aber Johanna eilte ihm meist zur Hilfe, ehe der Mann mit der Baskenmütze oder Blomgrens Bruder Orvar bemüht werden mussten. Johanna war schnell wie eine Kobra und diesem Tier auch sonst recht ähnlich. Lang, geschmeidig und schlank.

«Nein, also dass Emily dich schon wieder sitzen gelassen hat. Ist es diesmal auch ein Sommergast? Ist sie vielleicht mannstoll?»

«Sie hat mich nicht sitzen lassen. Sie hat sich von mir getrennt. Sie hat in Göteborg eine Bäckerei aufgemacht.»

«Die Tochter vom Doktor? So eine Schande.»

Blomgren starrte sie an.

«Das kann man so nicht sagen. Der Doktor ist stolz auf Emily. Er zwingt jeden seiner Patienten, nach Göteborg zu fahren und Emilys nettes Café in Haga zu besuchen. Wir Leute von Saltön müssen zusammenhalten, sagt er.»

«Zusammenhalten? Wieso das denn?»

Die kleine aufrechte und spindeldürre Gestalt von Magdalena Månsson tauchte plötzlich in der Tür auf.

«Habt ihr solche Servietten, die immer nass sind?», fragte sie und sah Blomgren forschend an.

Der Mann mit der Baskenmütze lachte verschwörerisch.

«Solche, wie es sie im Flugzeug gibt?»

Plötzlich war es mucksmäuschenstill.

«Ach, will Magdalena auf ihre alten Tage nochmal raus und richtig verreisen?», fragte Orvar und tätschelte ihr die Schulter. «Wohin soll's denn gehen? Taka-Tuka-Land?»

Magdalena schob seine Hand weg und ging zum Tresen.

«Der Doktor und ich werden für die Weihnachtseinkäufe nach London fahren», sagte sie zu Blomgren, «und ich weiß natürlich auch, dass man im Flugzeug so ein feuchtes Tuch bekommt, aber ich will mehr davon haben. Es ist einfach so schön, sich die Stirn abwischen zu können, wenn man im Flugzeug sitzt.»

«Sind Sie denn schon mal geflogen, Magdalena?», fragte Blomgren.

«Was glaubst du denn? Wie oft wirst du denn wohl geflogen sein, wenn du achtundsiebzigeinhalb bist?»

«Nicht so oft. Geht Emily mit?»

Magdalena lachte.

«Emily? Sicher nicht. Es wird völlig elternfrei.»

Das Telefon klingelte, als Emily gerade dabei war, die Krabbenbaguettes zu füllen.

«Papa, ich hab gerade wirklich keine Zeit zu reden.»

«Ich will deine kostbare Zeit auch nicht in Anspruch nehmen, liebe Emily, sondern dich nur davon in Kenntnis setzen, dass ich morgen für eine Woche nach London reisen werde. Mit meiner lieben kleinen Magdalena.»

Emily schloss kurz die Augen und spießte dann mit dem Messer eine Krabbe auf. Sie bemühte sich, möglichst natürlich zu klingen.

«Deine liebe Magdalena. Wie schön. Dann hast du ja Gesellschaft.»

«Oja, und mehr als das», antwortete der Doktor.

«Wie bitte?»

Ihre Stimme war so scharf wie das Brotmesser.

«Wie gesagt, wir fahren morgen, deshalb rufe ich heute Abend an und sage auf Wiedersehen. Ich wohne in demselben Hotel in Kensington wie immer. Das, in dem du auch mit uns warst, als Mama noch lebte.»

«Wirst du mit Magdalena im Doppelzimmer wohnen?»

«Tschüs, meine Liebe. Pass gut auf deinen *Zuckerkuchen* auf.»

Emily schnippelte wie wild Dill über die Mayonnaise. Sie wünschte, sie hätte die kleine Familie mit runtergenommen. Sie hätte zwischen den Hyazinthen im Fenster sitzen können.

Im Café durfte nicht geraucht werden, und das war ja nur gut für ihre Kleider, aber es gab natürlich Essensgerüche.

Zum Beispiel pflegte Emily den Bacon in der Mikrowelle zu braten, damit er weniger fett war.

Das jedenfalls sagte sie ihren magersüchtigen Kunden. In Wirklichkeit briet sie ihn in echter Butter so richtig knusprig, und ein paar Herren bekamen schon von ihren fetttriefenden Frühstückssandwiches feuchte Augen.

Sie selbst hatte es kaum geschafft, überhaupt etwas zu essen. Das Kleid hing ihr lose um die Hüften, und der Brustumfang hatte sich merklich verringert. Vor ein paar Wochen noch hatte sie ihren unendlichen Busen als zusätzliches Tablett benutzen können.

Sie schüttelte verärgert den Kopf. Warum konnte sie die plumpen Scherze von Blomgren nicht vergessen?

Immer wenn sie den Esstisch abgeräumt hatte und mit den Händen voller Geschirr in die Küche marschiert war, hatte sie seine sanfte Stimme aus dem Fernsehsessel gehört:

«Aber Emily, warum gehst du denn so oft, wenn du doch ein eingebautes Tablett dabeihast?»

Sie verspürte ein unangenehmes Ziehen im Nacken.

Johanna stand im Zigarrenladen und überlegte, wann Blomgren das letzte Mal ihre Rippen gezählt hatte.

«Du hast so eine schöne Figur. Du bist fast wie eine Ziehharmonika.»

Noch nie war sie so einem romantischen Mann begegnet.

«Wie läuft's mit der Scheidung?», pflegte sie ihn zu fragen. Es war ohne Frage ein Schritt in die richtige Richtung, dass Blomgren ihr die Verantwortung für den Laden übertragen hatte, wenn er nach Afrika fahren und seine Tochter besuchen würde. Aber schon bald würde es Zeit für den nächsten Schritt sein.

Sowie sie Frau Blomgren geworden war, würde sie sich eine Hängematte aus Fallschirmseide kaufen. Davon träumte sie schon seit vielen Jahren. Im Fernsehen hatte sie einmal eine Reportage über die Flohmärkte in London gesehen, und in Camden Lock hatte ein Mann gestanden, der aussah wie Robert Redford und Hängematten aus Fallschirmseide verkaufte. Die wogen weniger als ein Becher Schlagsahne.

Vielleicht könnte Magnus ihr eine besorgen, denn bestimmt fand man so was nicht in gewöhnlichen Geschäften, nicht einmal in Göteborg. Nein, dass sie einen Sohn hatte, der einmal um die Welt gereist war!

Manchmal fragte sie sich, woher Magnus und Hans-Jörgen den ganzen alten Kram kriegten, den sie in ihrem geheimnisvollen Laden *Sunkiga Sune* verkauften. Aber wenn sie sich die Fernsehreportagen aus anderen Ländern ansah, dann war klar, dass unglaublich viel alter Kram im Umlauf sein musste. Es schien Leute zu geben, die noch nie davon gehört hatten, wie praktisch Plastik war.

Sie hatte sogar schon entschieden, zwischen welchen Bäumen

auf Blomgrens Grundstück die Hängematte hängen würde. Zwischen einem Birnbaum und einer Birke. Da würde sie dann liegen, leicht schaukeln und in die Wolken schauen.

Die Leute von Saltön würden vorbeigehen und zueinander sagen:

«Johanna Blomgren, das ist eine Frau mit Stil.»

Sie lächelte versonnen.

«Ich, die ich nie Stil gehabt habe. Jetzt plötzlich. War es also doch so einfach, sich Stil zuzulegen? ‹Sich nach oben schlafen› nennt man die Methode.»

Sie erinnerte sich, dass die Hängematte im Fernsehen groß genug für zwei Personen gewesen war, zumindest für zwei schlanke wie Blomgren und sie. Sie würde in seinem Arm liegen, und sie würden reden, ja, worüber würden sie reden? Vielleicht über die Zukunft.

Emily duschte, zog sich an und ging dann in den *Zuckerkuchen*. Mit schnellen und effektiven Bewegungen knetete sie zwei Quicheteige zusammen, die sie dann in Plastikfolie gewickelt in den Kühlschrank legte.

Eine Stunde später öffnete sie ihr Café, und als sie sich herabbeugte, um den zusätzlichen Riegel beiseite zu schieben, verspürte sie in ihrer linken Armbeuge Christers Geruch. Gleichzeitig erblickte sie zwei Hosenbeine, die zu jemandem gehörten, der darauf wartete, dass das Café geöffnet würde. An jedem Hosenbein saß schön ordentlich eine Fahrradklammer.

Emily richtete sich langsam und mit pochendem Herzen auf.

«Bitte schön», sagte sie und hielt dem Mann mit den Fahrradklammern die Tür auf.

Er trat eilig ein, warf einen prüfenden Blick durch das Lokal, entschied sich für einen Tisch und setzte sich, um dann das Menü auf der kleinen Karte aus Keramik, die an der Wand hing, zu studieren. Pfefferkuchenbraun mit weißen schnörkeligen

Buchstaben. Sein Profil war scharf, intelligent, vielleicht sogar aristokratisch.

«Ragnar», sagte Emily. «Du bist es, Ragnar.»

Er sah auf.

Vor ihm stand eine große Frau mittleren Alters, mit einem flehenden, erwartungsvollen und etwas verzweifelten Blick.

«Entschuldigung?», fragte er in formellem Ton.

Also, das konnte keine ehemalige Schülerin sein. Dafür war sie zu alt. Er musste ihr irgendwie entlang der Fahrradwege begegnet sein. Seltsam. Zwar war er in den Sommerferien durch Göteborg geradelt, vielleicht irgendwann Anfang Juli musste das gewesen sein, aber er war sicher, dieses Café noch nie besucht zu haben, ja, nicht einmal diesen Stadtteil. Haga hieß er. Er runzelte die Stirn. Das war sehr ärgerlich. Der Rektor pflegte doch immer lobend zu erwähnen, was für ein gutes Personengedächtnis er hatte.

Emily sank auf einen Stuhl ihm gegenüber.

Ihr eisblauer Blick bohrte sich in seinen.

«Ragnar», sagte sie. «Erkennst du mich nicht einmal wieder? Das kann ja wohl nicht wahr sein. Und ich habe mein Leben für dich aufgegeben.»

Er fasste sich an die Stirn und warf mit einem kurzen Lachen den Kopf zurück.

«Emily, ja, meine Güte! Emily Schenker. Wie könnte ich dich je vergessen?»

Er griff schnell nach ihrer Hand und küsste sie eilig. Sie zog sie weg.

«Du musst seit dem Sommer dreiundzwanzig Kilo abgenommen haben!»

«Ungefähr acht.»

Er sah ihr unbeschwert in die Augen.

Sie stand auf und verschränkte die Arme vor der Brust.

«Wohin bist du damals verschwunden, Ragnar?», fragte sie. «Du bist am Mittsommerabend nicht gekommen. Ich habe da oben auf dem Berg gesessen und mit unserem Festessen gewartet. Wir wollten doch zusammen mit dem Fahrrad weiterfahren. Nach Kalmar, erinnerst du dich?»

Er runzelte die Stirn noch mehr. Während er nach einer Antwort suchte, schielte er auf die Schlagzeilen der Zeitung.

Jetzt hatte Emily die Hände in die Seiten gestützt. Sie hatte eine Taille bekommen. Der Gedanke, dass ihr seinetwegen der Appetit vergangen war, machte ihm Spaß.

Im selben Augenblick ging die Tür auf, und drei Studenten drängten sich herein.

«Haben Sie schon Kaffee fertig, Emily? Und haben Sie wieder diese großen Zimtwecken gebacken? Wir sind völlig verhungert!», rief ein hochgeschossener junger Mann mit rasiertem Schädel und einem Ring in der Nase.

Emily schluckte. Wie günstig für Ragnar.

Sie ging hinter dem Tresen vorbei zum Tisch der jungen Leute. Als sie ihre Bestellungen aufnahm, musste sie feststellen, dass die Kaffeekannen leer waren, und sie ging in die Küche, um die Kaffeemaschine einzuschalten. Gleichzeitig warf sie einen Blick in den Spiegel, den Christer für sie an der Innenseite der Schwingtür angebracht hatte.

Als sie wieder herauskam, war Ragnar Ekstedt weg.

Seit er nach Saltön gezogen war und in seiner tristen Junggesellenwohnung lebte, hatte Christer sich nicht die Mühe gemacht, einen Weihnachtsbaum anzuschaffen. In diesem Jahr wusste er nicht einmal, ob es für ihn überhaupt ein Weihnachtsfest geben würde. Emily war so unabhängig und bestimmt, seit sie Blomgren dazu gebracht hatte, die Scheidungspapiere zu unterschreiben.

«Weihnachten? Nein, ich weiß nicht, Christer. Ich werde machen, was mir gerade einfällt. Vielleicht etwas mit dir, vielleicht mit jemand anders, vielleicht etwas mit mir selbst.»

Und sie hatte ausweichend gelächelt.

«Aber du weißt doch wohl, ob du in Göteborg oder auf Saltön sein wirst. Der *Zuckerkuchen* wird wahrscheinlich während der Feiertage geschlossen sein, oder?»

«Woher soll ich das wissen? Darüber kann ich mir immer noch Gedanken machen. Ich bin es Leid, alles im Voraus festzulegen. Wer die Mürbeteigkekse zu Weihnachten mitbringt, wer sich um die Lieder kümmert und wer um die Spiele. Das ist mir scheißegal. Jetzt jedenfalls. Früher nicht.»

Christer atmete tief durch. Er dachte an die Polizeihochschule und wechselte die Taktik.

«Emily», sagte er und drückte sie an seinen breiten Brustkorb. «Ich will einfach nur wissen, ob du zu Weihnachten im *Zuckerkuchen* einen Mistelzweig aufhängen wirst.»

Emily rang nach Luft, als plötzlich Ragnar Ekstedt vor ihrem inneren Auge erschien. Sein magerer intellektueller Körper.

«Keinen Mistelzweig», erwiderte sie. «Vielleicht werde ich nach Griechenland fahren und mich unter einen Mispelzweig setzen.»

«Mispel?»

Sie sah ihn verärgert an.

«Du weißt ja wohl gar nichts von Pflanzen. Ich habe mal einen Mann gekannt, der sogar eine Pflanzenpresse, eine Botanisiertrommel und ein mobiles Herbarium auf seinem Fahrrad dabeihatte.»

Christer lachte unbekümmert.

«Ein Herbarium auf dem Fahrrad! Ich weiß genau, wen du meinst, und ich habe versprechen müssen, dich niemals an diesen Missgriff zu erinnern.»

«Das machst du wirklich gut», murmelte sie. «Eine Mispel ist ein hübscher, etwas struppiger Busch mit Früchten, die aussehen wie Zitronen. Sie wächst in Griechenland.»

«Vielleicht sollten wir Last Minute nach Rhodos fahren?»

Er drückte sie wieder an sich.

«Rhodos! Ist das für dich dasselbe wie Griechenland? Griechenland, das ist für mich die Akropolis. Inseln habe ich zu Hause in Bohuslän genug.»

Christer ließ sie los und ging zur Tür. Sie wurde sogleich unruhig und folgte ihm.

«Aber ich liebe dich, Christer.»

Er sah sie erstaunt an und nahm sie in den Arm.

«Ich weiß, aber du bist eine sehr anstrengende Frau.»

Kabbe kassierte bei dem Journalisten, und der versuchte, ihm zwanzig Kronen Trinkgeld zu geben.

«Danke», sagte Kabbe, «aber ich bin hier der Wirt.»

Als Zeichen dafür, dass er überrascht und beeindruckt war, gab der Journalist einen kleinen Pfiff von sich – das hatte er in einem alten Western gelernt.

«Dann habe ich ja den Richtigen getroffen», sagte er. «Hätten Sie heute Zeit auf ein Glas?»

Kabbe verbeugte sich leicht.

«Warum nicht? Ich habe Leute, die sich hier um das laufende Geschäft kümmern, auch wenn das jetzt gerade nicht so aussieht. Im Winter haben wir zwischen Mittag- und Abendessen geschlossen.»

«Ich komme so gegen neun Uhr», sagte der Journalist und gab ihm die Hand. «Tommy heiße ich. Tommy Olsson.»

«Ein guter Name für einen Journalisten», sagte Kabbe und lächelte. «Ich meine, macht sich sicher gut unter einem Artikel.»

Tommy lächelte zurück. Dieser kleine Wirt von Saltön wollte zeigen, dass er Ahnung hatte.

Kabbe hielt ihm die Tür auf, als er ging.

«Eine Neuigkeit werden Sie verpassen», sagte er. «Nicht so die *Saltö Tidning*, die kommt nämlich am Tag nach den Feiertagen raus.»

«Ich bin nicht mehr hinter Neuigkeiten her.»

Doktor Schenker saß im Zahnarztstuhl und war zufrieden.

«Man erlebt doch immer noch Überraschungen», sagte die Zahnärztin, «Sie sind der erste Rentner, dem ich die Zähne bleiche.»

Der Doktor lächelte.

«Ich habe einen alten Freund, der ist plastischer Chirurg in Stockholm. Der könnte mir die Sorgenfalten von der Stirn machen, wenn ich das wollte. Wir leben doch in einem freien Land, oder? Aber die Zähne werden erst mal genügen.»

Die Zahnärztin lächelte ihn an und schob die Brille mit den stark vergrößernden Gläsern über ihre gewöhnliche. Vielleicht war es noch nicht zu spät. Seit sie Witwe geworden war, hatte sie aufgegeben, und dabei war sie doch zwanzig Jahre jünger als der Doktor auf Saltön. Vielleicht sollte sie mal was gegen ihre Krampfadern unternehmen. Schließlich arbeitete sie schrecklich gern mit Laser.

«Und wie werden Sie Weihnachten verbringen? Kommt Emily aus Göteborg nach Hause? Oder Ihre Tochter, wie heißt sie doch gleich?»

«Paula.»

«Paula, ja. Ich habe im Zigarrenladen gehört, dass sie da unten in Afrika ein Kind erwartet. Kommt sie Weihnachten nach Hause? Nein, wie schön, ein Enkelkind …»

Kapitel 4

MacFie drehte eine Runde um die Bienenkörbe und sehnte sich plötzlich nach dem Frühling, wenn endlich wieder Leben in den Stöcken sein würde.

«Ja, Clinton», sagte er zu seiner Katze. «Was ist deine Meinung zur weltpolitischen Lage? Sieht streckenweise ganz schön finster aus, nicht wahr? Und die Bevölkerungsexplosion, was machen wir denn damit?»

Clinton sah MacFie nachdenklich an und kratzte vorsichtig an einer gefrorenen Dreckpfütze vor dem Hühnerhaus.

«Was meinst du, sollen wir die Hühner rauslassen und sie mal zu der Sache befragen?»

Er öffnete die Luke und lockte die Hühner, während Clinton seinem Herrn dabei behilflich war, ins Dunkel zu spähen.

«Cyd Charisse, Liz Taylor, Ginger Rogers, wo seid ihr? Und du, Gregory Peck, ist dir in der Dezemberkälte der Kamm eingefroren?»

Er kicherte über seinen eigenen Witz. Andere zweibeinige Zuhörer waren ja nicht da. Der Einzige, mit dem er manchmal ein paar Gedanken austauschen konnte, war der alte Doktor, doch seit der ein Verhältnis mit Magdalena Månsson angefangen hatte, kriegte man ihn nicht mehr zu Gesicht.

Worüber konnte der Doktor denn mit der Frau reden? MacFie schüttelte den Kopf. Sie mussten andere gemeinsame Interessen haben als nur die Wissenschaft.

Was das anging, hatte MacFie mit Sara auch nicht so viele Gedanken ausgetauscht, obwohl sie gewisse kleine Ansätze in Humanwissenschaften und sakraler Kunst aufwies, die man hätte weiterentwickeln können. Aber er wollte überhaupt nicht mehr an Sara denken.

Clinton miaute hinten vom Kompost. Er sah auffordernd aus, und da lag tatsächlich Audrey Hepburn und versuchte, sich in der Isolierung zu wärmen. MacFie lockte sie mit einer Hand voll Mais und entdeckte im selben Augenblick ein zimtbraunes Ei, immer noch warm. Er nahm es vorsichtig auf und sandte dem Huhn einen dankbaren Blick.

«Du bist nicht wie die anderen, Audrey. Du gehst deine eigenen Wege, und dafür danke ich dir. So ein schönes Ei mitten im Dezember. Man möchte meinen, dass du in diesem Jahr die Lucia-Königin wirst. Und grüße mir Mel Ferrer.»

«Was hast du in MacFie eigentlich gesehen?», fragte Lotten, während sie Dosen mit Nesselsuppe im Schaufenster zu einer ordentlichen Pyramide auftürmte.

Sara, die mit Nägeln im Mund auf der Leiter stand, gab als Antwort nur ein Grummeln von sich. Sie beschloss, die Nägel den ganzen Tag lang im Mund zu behalten, denn an MacFie wollte sie nicht denken.

«Warst du in den alten Bock wirklich verliebt?»

Sara nickte.

«Der hat ja nicht mal Elektrizität.»

Lotten ging seufzend in die Bude hinter dem Laden und holte orangefarbenes Papier, um die Preise darauf zu schreiben.

«Weißt du was», sagte sie, «sollen wir auf die grünen Zaubertabletten einen Altersrabatt geben? Nicht den gewöhnlichen Seniorenrabatt, sondern mehr. Ihre letzte Chance, sich zu erinnern. Zehn Prozent für alle über siebzig. Da wird MacFie sofort ankommen.»

Sara funkelte sie böse an und steckte sich noch einen Nagel in den Mund. Sie war auf die raffinierte Idee gekommen, Gardinen und Vorhänge vor die Fenster zu nageln, damit sie nicht zu nähen brauchte. Sie stand ganz oben auf der Leiter und verlängerte diese noch mit ihrem schlaksigen, mageren Körper.

Im selben Augenblick ging die Tür auf, und MacFie kam herein. Er begrüßte Lotten.

«Ist der Laden schon eröffnet?», fragte er.

Lotten lächelte lieblich.

«Nein, Sie müssen sich noch ein wenig gedulden, MacFie. Was suchen Sie denn? Ginseng fürs Gedächtnis?»

«Ja, was haben Sie geglaubt? Honig?»

Die Tür schlug hinter ihm wieder zu.

Sara hätte fast einen Nagel verschluckt. Er hatte sie nicht einmal gesehen. Oder doch?

Sie nahm die Nägel aus dem Mund.

«Mach mal ein bisschen Musik an, Lotten», sagte sie. «Und zwar ordentlich laut.»

«Willst du dieses uralte ‹Das Leben ist ein Fest› wieder hören?»

In Blomgrens Zigarrenladen blätterte der Mann mit der Baskenmütze, möglichst ohne Eselsohren zu produzieren, schlecht gelaunt durch das Angebot an Herrenzeitschriften.

«Wann kommt Blomgren nach Hause? Hier ist alles durcheinander, seit er weg ist.»

Johanna warf ihm einen strengen Blick zu.

«Fragen Sie seinen Bruder.»

Orvar stand an die Wand gelehnt, tief versunken in ein Trabrennen auf Solvalla, das im Fernseher, der unter der Decke hing, gezeigt wurde.

«Niemals, wenn Sie mich fragen. Paula wird schon eine Menge Hilfe von ihrem Papa brauchen, da unten in Afrika. Sie ist nun mal einfach so.»

«Aber es wird doch wohl jemand etwas von ihm gehört haben, oder?»

«Fragen Sie Emily», antwortete Orvar, und der Mann mit der Baskenmütze lachte schadenfroh.

«Ja, es ist eben doch die dicke Emily, die den größten Platz in seinem Herzen einnimmt.»

«Das glauben vielleicht Sie.»

Johanna sah auf die Uhr und fragte sich, ob sie es noch zum Spirituosengeschäft schaffen würde. Jetzt, wo sie allein im Laden war, schaffte sie es kaum mehr, wegzukommen.

Sie hatte abgenommen, seit Blomgren nach Afrika gefahren war, um seine Tochter zu besuchen. Jetzt ahnte man die Schlüsselbeine und die Rippen durch den kanariengelben Trainingsanzug. Und das, obwohl Bier und Wodka angeblich so unglaublich viel Kalorien hatten.

Orvar und der Mann mit der Baskenmütze tauschten einen Blick und gingen dann dazu über, von dem Rennen zu reden.

«Dass Blomgren mich nicht angerufen hat, liegt einfach daran, dass er sicher weiß, dass ich seinen Laden gut und richtig verwalte», sagte Johanna. «Wenn er anrufen würde, dann hieße das, er traut mir nicht zu, dass ich es richtig mache. Diesen Kummer will er mir ersparen. Er liebt nämlich mich und niemand anders.»

Niemand hörte auf sie, und in dem Moment ging die Tür auf; ein Fremder mittleren Alters mit wippendem Schnurrbart betrat den Laden. Er tat das auf eine freimütige und selbstverständliche Weise, als hätte er schon tausendmal den Zigarrenladen von Blomgren betreten, aber auf Saltön täuscht man niemanden.

Der Mann mit der Baskenmütze sah von seinem Rennzettel auf.

«Die Ansichtskarten sind für den Winter weggeräumt», murmelte er. «Aber es gibt noch Streichholzschachteln mit Muscheln drauf.»

Der Mann mit dem Schnurrbart sah ihn amüsiert an.

«Was für eine nette kleine Bude. Da fühlt man sich doch gleich zu Hause. Findet heute der Frauen-Marathon statt?»

Er sah auf Johannas Trainingsanzug, und sie wurde rot, fing sich aber schnell wieder.

«Und wer sind Sie? Wollten Sie mitlaufen?»

«Nun ja, die Operation habe ich nun noch nicht vornehmen lassen.»

Er wollte eine Karte über Saltön kaufen, und Johanna grub eine aus. Außerdem zwei Dosen Energydrink, ein Päckchen Zigaretten (Haben Sie in diesem schönen Geschäft wirklich keine Gauloise? Dann müssen es extra lange von einer anderen Marke sein), und alle Tageszeitungen, die überhaupt erschienen waren.

Der Himmel war grau, das Meer fast schwarz, aber die Weihnachtsdekorationen aller Art sollten Saltöns Hauptstraße ein wenig einladender gestalten. Die Menschen gingen vornübergebeugt im scharfen Wind.

Die Kinder wurden jetzt nicht mehr in Kinderwagen mit auf der Erde hinterschleifenden Schmusedecken in die Tagesstätte geschoben. Sie wurden in warmen Autos gefahren, von Vätern, die sie in Wind und Schneeregen blitzschnell in enge Vorräume schoben, wo die Schneeanzüge und die mit Klettband versehenen Handschuhe an Haken aufgehängt wurden.

Das Antiquitätengeschäft *Sunkiga Sune* hatte im November, nachdem sich der letzte Kunde für einen Nähmaschinentisch aus den dreißiger Jahren interessiert hatte, ergeben seine Läden geschlossen. Zu Weihnachten wollte niemand gebrauchte Schneidebretter und in Eiche geschnitzte Bootsnamen verschenken. Zu Weihnachten sollte es etwas Blitzendes und Blinkendes sein, neu, mit frischen Batterien und unbenutztem Einwickelpapier.

Hans-Jörgen und Magnus sahen das ein und zogen rechtzeitig nach Madrid ab. Hans-Jörgen besaß immer noch ein beträchtliches Kapital, seit er der erste Lottomillionär von Saltön geworden war. *Sunkiga Sune* wartete auf das Frühjahr und neue leicht zu fangende Touristen. Bisher hatte der Laden nur Verlust gemacht, aber sie hatten ihren Spaß gehabt.

«Es ist einfach herrlich, kein kleiner Spießer mehr zu sein», sagte Hans-Jörgen.

«Iss doch voll klar, ej, dass man kein Spießer ist», gab Magnus zurück.

Plötzlich fand er, dass Hans-Jörgen wie ein Rentner aussah, während Hans-Jörgen sich wünschte, Magnus würde mal seinen Slang ablegen.

«Ich möchte zu Weihnachten nach Hause fahren», sagte Magnus, als sie jeder mit einem Bier in Madrid saßen und auf eine Palme starrten. «Nicht, dass an Saltön irgendwas Besonderes wäre, mal abgesehen von den Weihnachtskeksen natürlich, aber man muss einfach nachsehen, ob es ein paar Leuten auch gut geht.»

Hans-Jörgen strich ihm über den Arm.

«Ich verstehe», sagte er. «Deine Mama.»

Er lachte freundlich, und der Diamant in seinem Zahn glitzerte.

«Und wir dürfen schließlich den Stockfisch nicht verpassen», fuhr er fort. «Und das Wunder vom Kirchturm. Ich frage mich, wer dieses Jahr wohl die Madonna wird. Du kannst dir gar nicht vorstellen, wie nah ich dran war, Madonna zu werden, nachdem ich meinen Wehrdienst abgeleistet hatte. Alle hatten auf mich gesetzt. Aber das hat sich natürlich geregelt, wie alles andere auch.»

Er setzte seine verbittert-weltmännische Miene auf und bestellte ein neues Bier.

«Diesmal bitte ohne Schaum, por favor.»

Kapitel 5

Doktor Schenker ging mit großen Schritten die Treppen von der Untergrundbahn am Syntagma-Platz in Athen hinauf. Magdalena trippelte in Sandaletten neben ihm her. Eigentlich war es noch keine richtige Sandalenzeit, die Athener gingen in Pelz, Lederjacke und Stiefeln, aber Magdalena hatte beschlossen, dass sie in dem Alter war, wo eine Erkältung ihr nichts anhaben konnte, und sie hatte schlanke schöne Beine. Sie hob den Rock und machte einen kleinen Hüpfer über eine Dreckpfütze.

«Es wäre natürlich noch phantastischer gewesen, wenn wir ein paar Monate gewartet hätten», sagte Doktor Schenker. «Bis März. Wenn der Mohn auf dem Filopappos rot blüht, wenn die Zypressen auf der Akropolis von Tausenden Butterblumen umgeben sind, und wenn um die Cafés in Koulinaki die Kirschen blühen und die Mädchen barfuß gehen.»

«Ja, mein Doktor», sagte Magdalena und sah ihn stur an. «Aber wir haben ja wohl keine Zeit zu warten, oder?»

«Das ist wirklich wahr, Magdalena. Das ist wirklich wahr», murmelte er gegen den grauen Himmel, der über ihnen hing.

Sie nahm ihn bei der Hand, und er zog sie an sich und spürte ihren kleinen Vogelkörper an seinem, der groß, kräftig, aber nicht mehr so stark war.

Sie warfen einen Blick in die Einkaufsstraße Emrou, die in ihrer Weihnachtsbeleuchtung ziemlich übertrieben wirkte. Die Geschäfte wetteiferten miteinander um die vielfältigsten Licht- und Musikeffekte, und mitten auf der Straße standen zwei grauhaarige Männer und nudelten jeder auf seinem Elektroklavier eine eigene Weihnachtsmelodie.

Eine Frau mit einem kleinen Kind auf dem Arm verkaufte Salatschüsseln aus Olivenholz.

Es war ein paar Grad über null, und es war schön, ins Hotel zu gehen. Wie üblich wurden sie von dem Türsteher willkommen geheißen, und der Portier lächelte ihnen schon von weitem zu.

«Sehr guten Abend, Herr Doktor.»

Magdalena betrachtete die neuesten Schlipsmodelle in einem Glaskasten, während der Doktor den Schlüssel zu Zimmer 504 holte. Und das war kein trauriges Plastikkärtchen, sondern ein vernünftiges Ding aus Messing, wie sie manchmal hier oder da in die Briefkästen der Welt fallen gelassen und zum Hotel zurückexpediert wurden.

«Ist doch schön, einen neuen Schlips gekauft zu haben», sagte Magdalena.

Der Doktor nahm ihre Hand und küsste sie.

«Immer ist er in die Suppe geraten», flüsterte er.

Der Doktor stand mit einem Glas Whiskey am Fenster und ließ sich von der Aussicht über den Syntagma-Platz gefangen nehmen. Magdalena lag wie ein eifriges Kleinkind vor einem neuen Spielzeug auf den Knien und untersuchte die exklusive Minibar.

«Ich kann einfach nicht glauben, dass deine Knie weder kneifen noch knirschen, noch knacken oder schmerzen», sagte der Doktor und betrachtete die beiden Eiswürfel, die einander in seinem Glas jagten.

«Du Schmeichler! Das sind einfach gute Gene. Das solltest du doch wohl wissen.»

Nach einigem Überlegen mischte sie ein kleines Paket Saft mit einer Miniflasche moussierendem Wein in einem Glas.

Der Doktor schüttelte den Kopf.

«Wirst du dir nie besseres Benehmen und bessere Gewohnheiten zulegen?»

«Das schmeckt doch gut.»

Sie zeigte auf die Parlamentsgebäude und die Soldaten in den weißen Röcken, die vor dem Grab des Unbekannten Soldaten paradierten.

«Stimmt es eigentlich, dass die keine Unterwäsche tragen?»

«Nein, natürlich nicht. Und in jedem Rock stecken sechzehn Meter Stoff.»

Der Doktor hatte eine Falte auf der Stirn. Magdalena begriff, dass sie wieder vulgär gewesen war, und machte einen kleinen Satz in das Doppelbett mit den Messingknöpfen.

«Du bist meine liebste Wiederholungssendung, Doktor.»

Sie war unwiderstehlich. Jetzt lachte der Doktor wieder.

Kabbe und Tommy saßen jeder auf seiner Seite des Tisches und maßen einander mit Blicken. Zwischen ihnen auf dem Tischtuch mit tanzenden Weihnachtszwergen standen ein großer Krug Starkbier und einer mit Limonade.

«Also, ehrlich gesagt, verstehe ich ja nicht, dass einer wie Sie es den ganzen Winter in so einem Loch aushält», sagte Tommy und trank die Limonade aus.

«Wahrscheinlich, weil manchmal so interessanter Besuch aus der Großstadt kommt. Leute, die aus der Szene sind, so wie Sie.»

Sie tranken noch eine Runde. An der Bar war viel los an diesem Abend, und es kamen immer wieder mehr oder weniger angetrunkene Gäste vorbei und schlugen Kabbe auf den Rücken und wollten wissen, wer denn sein neuer Kumpel sei, aber Kabbe war verschwiegen.

«Der Laden läuft doch gut, nicht wahr, Kabbe? Solltest du nicht mal langsam eine Band engagieren?»

Er verzog das Gesicht.

«Nur über meine Leiche.»

Und dann lächelte er. Nicht so richtig listig, sondern mehr hintergründig.

Kabbe sah aus dem Fenster. Draußen war es so kalt, dass der

Rauch aus den Schornsteinen kerzengerade aufstieg. Die Riggs der Fischerboote waren weiß von Raureif.

«Aber die Madonna kommt zu Weihnachten. Das können Sie ja schreiben.»

Tommy seufzte und suchte in der Brusttasche nach einem Päckchen Zigaretten.

«Aber ich habe Ihnen doch schon erklärt, dass mir dieses Weihnachten scheißegal ist! Die Artikelserie wird nächstes Weihnachten laufen.»

«Ja, aber die Madonna kommt jedes Jahr.»

«Was ist denn das für ein blödes Gerede. Madonna kommt nicht mal, wenn der König einen runden Geburtstag hat.»

Kabbe lächelte überlegen, steckte sich eine Portion Snus unter die Oberlippe und winkte nach einem neuen Bier.

«Ich rede nicht von Madonna, sondern von der richtigen Madonna. Der heiligen Madonna der Schären. In der Nacht vor Weihnachten steigt sie vom Kirchturm herab. Sie trägt immer ein bodenlanges weißes Kleid. Und dann steht sie ein paar Minuten lang ganz still da, sodass alle sie sehen können. Danach steigt sie die goldene Leiter herab. Aber das sieht man nicht. Alle, die vor der Kirche stehen, sind sozusagen geblendet, aber es tut nicht weh. Wenn sie die letzte Sprosse heruntergeklettert ist, dann fangen die Kirchenglocken an zu läuten, und zwar ohne dass die Glöckner die Seile auch nur leicht berührt haben. Es ist einfach phantastisch. Und dann gehen alle nach Hause, denn sie ist verschwunden. Echt stark.»

Tommy sah ihn an.

«Aber was passiert denn, nachdem sie den Fuß auf die letzte Sprosse gesetzt hat?»

«Dann wird sie unsichtbar, aber eigentlich ist sie das schon, wenn sie anfängt, vom Turm herunterzusteigen. Die Leiter ist auch unsichtbar, müssen Sie wissen. Aber vorher, wenn sie oben am Turm steht, dann können alle sie sehen. Das ist der magische

Moment. Dann darf man nicht versuchen, sie anzuschauen, sondern muss gottesfürchtig sein Haupt neigen. Das machen alle auf Saltön. Und die, die es nicht machen, werden von schlimmem Unglück heimgesucht. Ich kann Ihnen da ein paar Begebenheiten erzählen, wenn Sie wollen.»

«Ja, tun Sie das», sagte Tommy und steckte sich zwei Zigaretten gleichzeitig in den Mund, während er nach seinem Block suchte. Das hier war höchst eigenartig. Das war stark. Das würde die Zeitung sogar ins Ausland verkaufen können. Er würde reich und berühmt werden.

Er lächelte in sich hinein. Eigentlich war er immer erfolglos gewesen, immer unterwegs, bis er sich fast zu Tode gesoffen hatte. Aber jetzt würde er einen neuen Anfang in einem neuen Genre wagen. Die Abteilung für Wunder und übersinnliche Erscheinungen.

«Können wir nicht mal langsam nach Hause gehen?»

Lotten fand, dass Saras Energie allmählich ermüdend wirkte. Natürlich war es aufregend, einen Laden aufzumachen, vor allem zusammen mit Sara, aber eigentlich gehörte der Laden ja Lotten allein, denn das Geld stammte von ihr.

Als sie klein war, hatte ihre Mutter Magdalena sie immer ermutigt, eine selbständige und stolze Frau zu werden, aber wie sollte man das schon anstellen mit einem großen Bruder wie Karl-Erik, dem Direktor der Konservenfabrik, der an Mittsommer Knall auf Fall gestorben war? Und als Lotten mit Kabbe zusammengezogen war, hatte es zu Hause Krach gegeben, denn Kabbe wollte eine Kneipe aufmachen, war ein Frauenheld und kam noch nicht mal von Saltön.

Lotten hatte Kabbe immer verteidigt. Das machte gar nichts, dass andere Frauen ihn anschauten. Umso besser für die Geschäfte und für mich, denn er ist ja hundertprozentig treu (von wegen).

Und das mit der Kneipe – wer auf Saltön wollte denn nicht ein

Lokal aufmachen und den Touristen das Geld abnehmen? Aber nur wenige besaßen den Ehrgeiz von Kabbe. Und das dritte, dass er vom Festland kam und eine polnische Mutter hatte, ja, dagegen konnte sie nichts ausrichten. Allerdings stammte er aus einem Haus, das nur zwanzig Kilometer von der Brücke entfernt war.

Aber Magdalena hatte ihre Tochter ohnehin losgelassen, sowie sie von zu Hause ausgezogen und in Kabbes hässliche Einzimmerwohnung hinter dem *Kleinen Hund* gezogen war.

Und Lotten hatte sich Kabbe untergeordnet, und sie hatte ihn wirklich geliebt. Das dachte sie jedenfalls, bis zu dem Abend im September beim Hummerfest, wo Sara sie auf dem Steg des Botschafters mit einem gefährlichen Blitzen in den Augen angesehen hatte. Sie hatten getanzt, und alles war so selbstverständlich gewesen mit Saras Zimtgeruch, der auf sie herniederströmte, und um zu zeigen, dass Lotten eben Lotten war, hatte sie ihre neuen teuren und sehr aufsehenerregenden Pumps ins Meer gekickt.

Dann war alles sehr schnell gegangen.

Sie hatte Kabbe auf Wiedersehen gesagt und ihm erklärt, dass Sara und sie einen Laden aufmachen wollten.

«Kann gut gehen. Kann auch den Bach runtergehen.»

«Das wissen wir selbst», hatte sie gesagt. «Aber so ist es nun mal hier draußen. Und vielleicht ist es ja auch gut für dich, wenn ich nicht Tag und Nacht um dich rumschnüffele. Wir bleiben doch Freunde, oder?»

«Na klar.»

Er hatte in der Tür zu seinem kleinen Büro im *Kleinen Hund* gestanden. Sonnengebräunt, blonde Strähnchen in den Haaren, das Jeanshemd am Hals aufgeknöpft. Aber das war es nicht, was ihn so attraktiv machte. Lotten musste schlucken.

«Wenn ich dich so sehe, dann ist es wie damals, als wir in der Schule, weißt du, zum ersten Mal …»

Er zog eine Augenbraue hoch, blieb aber an den Türrahmen gelehnt stehen.

«Vielleicht können wir ja irgendwann mal ein Bier zusammen trinken und reden», sagte sie.

«Klar, hier im *Kleinen Hund* ist das Bier immer preiswert.»

Er streckte sich und sah auf die Uhr.

«Wenn du mich jetzt bitte entschuldigen würdest», sagte er und lächelte schief. «Die Pflicht ruft.»

So hatte er mit ihr noch nie geredet, immer nur mit allen anderen. Das tat weh.

Sie beeilte sich, wegzukommen, und als sie durch die kleinen Gassen ging, fragte sie sich zum ersten Mal, ob sie das Richtige getan hatte.

Aber dann landete sie mitten im Trubel bei einer eifrigen Sara, die versuchte, die Fenster zu putzen und gleichzeitig Befehle auszuteilen, und so kam sie auf andere Gedanken. Sara war nicht gerade gut im Fensterputzen. Es konnten ja nicht alle die häusliche Magdalena als Mutter und eisenharte Lehrerin gehabt haben. Lotten konnte sogar dicke Biestmilch kochen. Und was das Fensterputzen anging, gab es einfach feste Regeln. Eine drei Tage alte Zeitung musste es sein und kein Putzmittel, nur klares Wasser. Kein Salzwasser.

Lotten hörte auf, an Kabbe und seine mächtige Anziehungskraft zu denken, die sie verspürt hatte, als sie ihr mickriges «Auf Wiedersehen» gesagt hatte.

Lotten und Kabbe hatten sich viele Jahre lang nicht geküsst. Außer am Kai natürlich, wo alle anderen zusahen. Ob er jetzt wohl eine andere küsste? Natürlich nicht. Er hatte ja so viel zu tun, da jetzt all die Weihnachtsessen kamen. Sie hoffte, dass die neuen Bedienungen nicht faul waren und kapierten, dass sie beim Eindecken und vor allem beim Nachfüllen der verschiedenen Gerichte auch ein wenig Eigeninitiative ergreifen mussten. Die

Eierhälften und vielleicht die Fleischbällchen und der Weißkohlsalat mussten Priorität haben. Krabben und andere Schalentiere ebenso wie die Paté ganz am Schluss. Reis à la Malta und die bohusländische Weizengrütze waren auch billig und um diese Jahreszeit die Spezialität im *Kleinen Hund*. Zum Glück kam vor Weihnachten immer die alte Greta zum Helfen. Lotten wollte nicht, dass Kabbe Schwierigkeiten bekam.

Sie übernahm das Fensterputzen, damit Sara sich etwas gröberen Arbeiten wie dem Stapeln der Kartons und dem Zugipsen des Lochs in der Mauer zum Lager widmen konnte.

Als Lotten sich selbst in der glänzenden Scheibe sah, ärgerte sie sich, dass das Bild nicht mit dem übereinstimmte, was sie erwartet hatte. Irgendwie hatte sie geglaubt, die gemeinsame Arbeit mit Sara würde auch bedeuten, dass sie ein wenig so aussähe wie die Freundin. Hübsch, jung, dunkel, rastlos, schlaksig, durchtrainiert. Aber im Spiegelbild war sie immer noch die kleine mollige und blonde Lotten, zwar mit der tollsten Himmelfahrtsnase der Stadt, aber trotzdem klein.

Sie wäre gern viel größer gewesen.

MacFie fand keine Ruhe, und das nervte ihn unbeschreiblich. Vor ungefähr einem halben Jahr noch hatte er gefunden, dass das Leben einfach war und dass die großen Beschlüsse, die er in fortgeschrittenem Alter getroffen hatte, intelligent, wohlüberlegt und souverän gewesen waren. Er hatte ein hektisches Leben als Auslandskorrespondent in Paris mit einer anstrengenden Französin an seiner Seite hinter sich gelassen. Er hatte alle seine Besitztümer, außer den Büchern, die ihm etwas bedeuteten, abgelegt, und war auf die Insel seiner Kindheit zurückgekehrt. Das spießige Saltön, wie er es von Paris aus immer genannt hatte. Er hatte keine Verbitterung, sondern aufrichtige Erleichterung gespürt, als er merkte, wie schnell alle ihn vergaßen. All die intellektuellen Freunde in Paris, Brüssel und Stockholm. Alle Kollegen, alle jüngeren Journalisten, alle.

Er war nach Saltön zurückgekehrt, wo man ihn noch als einen begabten und rastlosen jungen Mann kannte, war in eine verfallene Hütte ohne Elektrizität gezogen (nur, um sich das Leben sauer zu machen), die aber wunderbar in einer Senke zwischen den Klippen direkt am Meer lag. Er hatte die alte Jolle seines Vaters, fast das Einzige, was von seiner Familie und ihrem Besitz noch übrig war, wieder aufgetakelt. Jedes Mal, wenn er in der Jolle unterwegs war, hörte er die Ermahnungen des Vaters:

«Das Steuern nicht vergessen. Such dir dahinten einen Punkt. Nicht zu hoch an den Wind gehen.»

MacFie war kaum sieben Jahre alt gewesen, als er zum ersten Mal aus dem Hafen rausfahren, segeln und hinterher das Schiff vertäuen durfte.

Manchmal war das fast zu viel gewesen. Weder der Vater noch er selbst hatten im Sinn, dass der flinke, lernbegeisterte Junge zur See fahren würde.

Wie schön wäre es gewesen, wenn man wie ein Huckleberry Finn halb liegend das Boot hätte lenken können. Aber nein, der Vater war hart.

«Das hier musst du können, und so sollst du das machen. Ich möchte die Gewissheit haben, dass ich ins Meer fallen oder Knall auf Fall sterben kann und du trotzdem das Boot, ohne Schaden zu nehmen, nach Hause kriegst.»

Als MacFie Saltön verlassen hatte, um auf die Universität zu gehen, hatte er nur seinen alten Klassenkameraden Doktor Schenker als echten Freund behalten, mit dem er aber selten zusammentraf. In den letzten Jahren hatten sie sich ein paar Mal gesehen und waren in Paris zusammen Schnecken essen gegangen, hatten ein paar gute Weine miteinander getrunken oder im *Cattelin* in Stockholm gegrillten Hering gegessen. Die Intensität der Begegnungen war in den letzten Jahren gewachsen, obwohl ihr Leben so unterschiedlich verlief. Als der Doktor einen Kongress für Allgemeinärzte in Berlin besucht hatte, war MacFie hingeflogen, und sie hatten einen Abend lang Bier getrunken und miteinander gelacht.

Dann hatte MacFie das graue Haus übernommen und war mit seinen Büchern und ein paar alten Möbeln eingezogen. Bald hatte er sich nach Gesellschaft gesehnt. Am dritten Abend war der Kater gekommen und hatte sich an seinen sehnigen Beinen gerieben.

Das Tier hatte Tränensäcke unter den Augen, was MacFie an den damaligen Präsidenten der USA erinnert hatte, und so nannte er ihn Clinton.

Nach einer Weile hatte er angefangen, Bienen zu züchten, und dann schaffte er sich die Hühner an, die er nach alten Filmstars benannte. Jetzt konnte er einem ruhigen und gebildeten Lebensabend mit interessanten Gesprächen mit sich selbst und seinen Tieren entgegensehen. Kein hysterisches Durcheinander mehr.

Aber hysterisch war genau das richtige Wort für seinen Zustand, seit am letzten Mittsommer Sara in sein Leben getreten war. Sie hatte mit einer hungrigen und ungestümen Seele Liebe gegeben und genommen, und er hatte allen Verstand verloren. Und sein Herz noch dazu, was doch einfach lächerlich war.

Nach ein paar wunderbaren Monaten hatte er an sich selbst eine lächerliche Eifersucht feststellen müssen, ein Besitzergreifen, für das er andere Leute, vor allem seine Ehefrauen, ein ganzes Leben lang verhöhnt hatte.

Und das alles hatte natürlich zur Folge, dass Sara geflohen war und sich mit einem idiotischen Badegast zusammengetan hatte. Er wurde «der Botschafter» genannt und lebte in Paris, wenn er nicht gerade in seinem protzigen Neureichenhaus residierte, das ganz draußen auf der Landzunge lag und auch noch näher am Meer war als die Hütte von MacFie. Die ganze Sache hatte während des Hummerfestes zu einem ziemlich dummen Streit zwischen MacFie und dem Botschafter Philip geführt, woraufhin Sara frank und frei verkündet hatte, dass sie keinen von beiden wolle, denn sie würde mit Lotten Månsson ein Reformhaus aufmachen.

Eine traurige Entwicklung.

MacFie, der auf Saltön eigentlich zurückgezogen hatte leben wollen, fand sich plötzlich in das verhasste Dorfgeschwätz hineingezogen, und es gab immer jemanden, der ihn bemerkte, wenn er durch den Ort ging, um sich eine Zeitung zu kaufen.

«He, da kommt MacFie. Schließt eure kleinen Lämmer ein.»

Er hörte gar nicht hin. Aber die Sehnsucht nach Sara spürte er unter dem Brustbein, und die war sehr schmerzhaft.

Natürlich würde ihm nie einfallen, mit ihr zu reden. Sie musste selbst sehen, wie sie klarkam.

Kapitel 6

Kabbe war als junger Mann zur See gefahren.

Er war so scharf darauf gewesen, wegzukommen, dass er den Schulabschluss in der Neunten verpasst hatte. Copacabana. Rio. Palma de Mallorca. Örnsköldsvik. Bergen. Und seine Mutter hatte Verständnis gehabt. Natürlich.

«Dein Vater hätte es genauso gemacht», sagte sie und wackelte auf ihrem einzigen Bein herum.

«Aber das sind doch Hirngespinste, Mama, wem soll das dienen? Du weißt doch nicht einmal, wer mein Vater war. Das hast du selbst gesagt.»

Sie fühlte sich ertappt.

«Jaja, ungefähr so, Charles», sagte sie. «Ungefähr.»

«Hör auf, mich Charles zu nennen. Ich bin kein Prinz.»

Ihre kleinen Bernsteinaugen wandten sich nach innen. Sie zog es vor, in der Welt zu leben, die sie sich selbst geschaffen hatte.

Seine Tasche war seit langem gepackt – eine alte Sporttasche vom Handball. Jetzt war er frei. Eine der Arbeitskolleginnen seiner Mutter hatte einen Cousin, der Reeder auf Donsö war, und über den hatte er sich einen Job auf einem Tanker besorgt.

«Vielleicht komme ich ja auch nach Gdynia oder Gdańsk», sagte er und gab seiner Mutter zwei Abschiedsküsschen. «Pass gut auf dich und dein Bein auf.»

«Das Leben auf See, das ist kein Zuckerschlecken», hatte Kabbe dann zwei Jahre später zu Lotten gesagt, als er nach Saltön gekommen war und sie anfingen, zusammen ins Freilichttheater im

Volkspark zu gehen. Vielleicht nicht direkt «ins» Theater, sondern mehr «in die Richtung» und dann vor allem in die Büsche hinter der Bühne.

Nach einer Weile wurde er unruhig und wollte wieder weg. Weil er sich in der Küche als geschickt erwiesen hatte, wurde er von dem Kapitän des Schiffes, auf dem er angemustert hatte, als Beikoch angeheuert. Er teilte eine Kajüte mit dem zweiten Maschinisten und kümmerte sich außerdem aus eigenem Interesse um die Bibliothek im Gemeinschaftsraum. Da standen die Bücher hinter Gittern, damit sie bei Seegang nicht rausfielen. Alles, was eingesperrt war, stellte eine besondere Verlockung für Kabbe dar, und er fing an zu lesen, anstatt mit den anderen Matrosen Poker zu spielen.

Im Laufe der Zeit fing Kabbe an, besondere Ansprüche an seine Lektüre zu stellen. Belletristik war nichts für ihn. Er wollte Kochbücher lesen, Restaurantbücher, Bücher über Getränke und Handbücher, wie man sein eigenes Lokal aufmachte.

«Der wird eines Tages Koch werden», sagte der Kapitän.

Und das wurde er auch, wenn auch aus tragischem Anlass, denn der eigentliche Koch, ein 47-jähriger Mann aus Östgötaland, wurde in einer Dezembernacht in der Biskaya über Bord gespült.

Als Kabbe nach Schweden zurückkehrte, war es Zeit für den Wehrdienst. Er arbeitete in der Lagerküche, und am Tag seiner Entlassung gingen Lotten und er zum Pfarrer auf Saltön, weil Lotten ein Kind erwartete. Aus der Heirat wurde nichts, denn sie hatten vergessen, das Aufgebot zu bestellen.

Und dann gab es eine Fehlgeburt, und stattdessen wurde der *Kleine Hund* ihr Kind.

Als die Geschäfte gut liefen, fingen Kabbe und Lotten an, jedes Jahr um Weihnachten nach Gran Canaria zu fahren. Das war die beste Urlaubszeit: Die Nächte waren lang und dunkel, und das Lokal war leer, denn die Leute auf Saltön hatten kein Geld mehr.

Da fing Kabbe dann an, ein wenig über ihre Kinderlosigkeit zu scherzen.

Wenn Eltern ihre Kinder trösteten, die am Rand des Pools gefallen waren oder sich an Glasscherben geschnitten oder Prügel von ihren Geschwistern bekommen oder ihr Eis hatten fallen lassen, dann tätschelte Kabbe Lottens Arm und sagte: «Na, Lotten? Wir müssen niemals aufstehen, wenn wir nicht wollen. Wir können einfach hier liegen bleiben. Aber in vier Minuten ist es an der Zeit, das Steak zu wenden und den Rücken von der Sonne bescheinen zu lassen.»

Die Lage gefiel Kabbe überhaupt besser, denn da konnte man den Mädchen nachschauen, die vorbeigingen, und Lotten bemerkte nie, dass er in seinem Kochbuch keine einzige Seite umblätterte. Er musste mit Bedacht vorgehen, denn Lotten legte gern schon mal eine öffentliche Eifersuchtsszene hin und stampfte mit ihren kleinen Füßen auf, dass die runden glatten Wangen nur so zitterten.

Kabbe war schick und hatte massenhaft Kleider, darunter sogar einen Armani-Anzug, den er in Stockholm bestellt und selbst abgeholt hatte. Er trug handgenähte Schuhe aus Spanien und einen echten Wolfspelz. Wer würde das alles nach Weihnachten erben? Seine kleine Mama würde in einen Ärmel des ganzen Pelzes passen.

Magdalena schlief lautlos und sah in dem riesigen Hotelbett aus wie eine kleine Spitzmaus. Der Doktor lächelte zärtlich und machte sehr leise die Tür hinter sich zu. Es war noch früh am Morgen.

Er ging die breite Marmortreppe mit dem dicken roten Teppich hinunter und sah sich mit wachem Blick in der Lobby um.

Da gab es Tageszeitungen aus der ganzen Welt und ein reisefertiges elegantes Paar, das Frappé trank. Eiskaffee im Dezember. Den Doktor schauderte es.

Aber er war trotzdem guter Dinge, als er sich in einen Sessel setzte und über den Syntagma-Platz schaute. In den Bäumen hingen rote und weiße Lämpchen, sehr geschmackvoll, und die meisten Menschen, die vorbeieilten, waren gut gekleidet und sahen zufrieden aus. Aber diese Aussicht reichte nicht. Der Doktor liebte Athen. Er würde mit Magdalena einen Spaziergang durch den Nationalpark zum Koulinaki machen und ihr die richtig eleganten Menschen in den exklusiven Cafés zeigen. Dann ein Besuch im Benaki-Museum mit seinen schönen alten Stoffen und Ikonen. Vielleicht würde sie ein Schmuckstück haben wollen oder eine hübsche Bluse. Magdalena Månsson war keineswegs eitel, aber sie war so verknallt in den Doktor, dass sie die meisten seiner Ideen gut fand. Weniger gelungene Aktionen von ihm behandelte sie auf eine Weise, die er nicht richtig durchschaute. Da geschahen Dinge in einer Grauzone, die außerhalb seines Fassungsvermögens lag. Ehe er sich's versah, war ein ausgezeichneter Vorschlag, den er Magdalena vorstellte, schon von ihm selbst verworfen. Er wusste nicht, wie oder warum das geschah, und schaffte es auch nicht, richtig darüber nachzudenken. Das hatte er aufgegeben. Zur allgemeinen Zufriedenheit.

Aber es gab auch Grenzen für Magdalenas Übergriffe. Es war ihr nicht gelungen, ihn zum Dienstagsbingo nach Uddevalla mitzuschleppen. Nach dem zweiten Anlauf hatte sie das Projekt aufgegeben.

«Ich fahre dann zum Bingo, wenn du mal mit MacFie angeln gehst.»

«Gehen MacFie und ich angeln?»

Er sah sie erstaunt an.

Sie aber hatte nur mit den Schultern gezuckt und mit ihren neuen weißen Zähnen gelacht.

«Ja, warum denn nicht?»

Ja, warum eigentlich nicht. Ein paar Stunden später, als der Doktor auf MacFies Handy anrief, dachte er bereits, dass es seine eigene Idee gewesen sei.

«Darauf warte ich wirklich schon lange», sagte MacFie. «Nicht weil ich sonderlich viel Spaß am Eisangeln hätte, aber wenn ich das schon mache, dann nur mit dir. Also, auf den Dorsch mit dem Senker.»

Magdalena lächelte zufrieden, nahm ihr neues protziges Auto und fuhr nach Uddevalla, wo sie ein Thermometer mit integriertem Kugelschreiber und Taschenlampe im Dschungelmuster gewann.

Der Doktor verspürte Magenschmerzen und ging rauf und legte sich neben Magdalena ins Bett.

Sie wachte davon auf, dass die Sonne ihr auf die Nase schien, und warf einen schnellen Blick auf den Doktor, der auf dem Rücken lag und schlief. Sie beschloss, ihn in Ruhe zu lassen. Also ging sie zum Fenster und besah sich den Syntagma-Platz. Die Griechen waren offenkundig Frühaufsteher. Das mochte Magdalena. Massen von Menschen liefen über den Platz und durch die Straßen, viele mit Aktentaschen.

Der Doktor wälzte sich unruhig herum. Er hatte wieder geträumt. Wenn er nur die düstren Gedanken über Emily und ihre Familie loswerden könnte. Das quälte ihn viel mehr als seine Krankheit, die doch eigentlich seine ganze Zeit in Anspruch nehmen müsste. So hatte er es selbst jedenfalls bei vielen betroffenen Patienten erlebt.

Es tat ihm im Herzen weh, dass Emily ihm Magdalena nicht gönnte. Seine neue Liebe, die so anders war als die pragmatische Liebe, die er für seine Frau gehegt hatte. Und so unerwartet! So lange war er allein gewesen. Außerdem hatten Emily und ihr Vater einander immer nahe gestanden. Das Verhältnis zwischen Tochter und Mutter hingegen war immer sehr angespannt gewesen.

Der Doktor hatte Emily im *Zuckerkuchen* besucht. Er hatte ihr mit den Bankangelegenheiten geholfen und alles gelobt, was sie sich ausgedacht hatte – genau wie immer –, aber die Reaktion war kühl gewesen.

Magdalena schließlich hatte ihn davon überzeugt, dass er Emily nicht immer alles unter die Nase reiben musste. Zum Beispiel, dass sie nach Athen fuhren und nicht nach London. Und dass sie das Aufgebot bestellt hatten. Und das Schlimmste: dass der Doktor ernsthaft krank war.

Magdalena war so praktisch.

Er drehte sich zur Wand. Was hatte er geträumt?

Paula und der Dschungel, Steißlagen und medizinische Komplikationen.

Nun hatte er sich also zu der großen Schar derer gesellt, die fanden, dass Geburten ausschließlich unter der Regie des schwedischen Gesundheitssystems stattfinden sollten.

Die Schmerzen in seinem eigenen Bauch machten sich wieder bemerkbar.

Wo war eigentlich Magdalena? Aha. Im Badezimmer. Er lächelte erleichtert. Sie war eine rastlose kleine Frau, unglaublich agil für ihr Alter und imstande, sich alles Mögliche auszudenken. Er hörte deutlich, dass sie mit irgendeiner Frauengeschichte zugange war. Vielleicht wachste sie sich die Beine.

Er nahm ein paar Tabletten und schlief wieder ein. Jetzt war Emily klein und saß mit glatten dicken Wangen in der Hellegatt seines Segelbootes und sah flehend zu ihrem Vater auf.

«Emily will auch angeln.»

Wohin war dieser nette, verehrungsvolle Blick entschwunden?

Jahrzehntelang hatte er ihn für selbstverständlich genommen. Aber jetzt war er durch kalten Stahl ersetzt worden.

Als er das letzte Mal im *Zuckerkuchen* gewesen war, hatte er dagesessen und insgeheim ihre flinken Bewegungen hinter dem Tresen beobachtet, während er zwei Marzipankuchen gegessen hatte – mit dem Löffel, damit es länger dauerte.

Einmal hatte sie ihm fast aus Versehen zugelächelt, nachdem sie einen kleinen Jungen bedient hatte, der in aller Ruhe das Kleingeld für den Kauf einer halben Zimtschnecke zusammenzählte. Doch sie hatte schnell wieder den strengen Gesichtsausdruck aufgelegt.

Dann hatten sie eine Weile in dem Raum hinter dem Café zusammen am Küchentisch gesessen, und er hatte sie nach dem Polizisten gefragt.

«Im Zigarrenladen erzählt man sich, dass du mit diesem Polizisten aus Stockholm zusammen bist.»

«Ja, ist das verboten?»

«Ich wollte nur sagen, dass er sehr nett zu sein scheint. Vielleicht habt ihr ja Lust, mal einen Abend zum Essen zu mir zu kommen. Magdalena macht wirklich guten Fisch.»

«Ich denke nicht, Papa.»

Paula rief ihre Mutter an.

«Stimmt das, dass du nach Göteborg gezogen bist und ein Café aufgemacht hast? Das behauptet jedenfalls Papa.»

«Ja, aber Liebling, das habe ich dir doch erzählt.»

«Ach, echt?» Paula klang misstrauisch. «Dann habe ich wohl nicht zugehört.»

«Wie geht es dir denn? Willst du nicht wenigstens für die Geburt nach Schweden kommen? Das wäre doch irgendwie sicherer, meinst du nicht? Sagt Papa das nicht auch?»

«Papa ist nicht mehr hier. Er ist nur zwei Tage in Afrika geblieben. Er fand es zu nervig mit den Mücken.»

«Das ist ja typisch. Und wo ist er jetzt? Auf Saltön jedenfalls nicht, denn Christer war gestern im Zigarrenladen, und Johanna, die ihn vertritt, hatte keine Peilung, wo er sein könnte.»

«Keine Peilung. Fängst du jetzt auch schon an, Slang zu reden? Wo du bald in Rente gehst! Und wer ist Christer?»

«Ein Polizist auf Saltön, der mir ziemlich viel hilft. Er kommt aus Stockholm. Und außerdem sind es noch fast zwanzig Jahre, bis ich in Rente gehe.»

«Ach so.»

Emily versuchte, sich Paula da unten in der Hitze vorzustellen. Hatte sie so ein süßes Baumwollkleid im Empirestil an, oder trug sie enge Kleider, wie das die Schwangeren in Europa jetzt machten? Man konnte bei vielen der dicken Bäuche, die in der Stadt spazieren geführt wurden, sogar den Nabel sehen. Manchmal sah man das Baby treten. Als Emily mit Paula schwanger gewesen war, hatte sie immer gut gebügelte Baumwollkleider, oft mit weißem Kragen, angehabt.

Sie traute sich nicht zu fragen, sondern erkundigte sich stattdessen vorsichtig, wie es ihrer Tochter ging. Gab es in Afrika wirklich Einrichtungen, wo sie zur Entbindung hinkonnte? Paula antwortete freundlich, aber bestimmt, dass sie eine erwachsene Frau sei, die genauso gebären könne, wie die afrikanischen Frauen in ihrem Dorf es taten. Im Sitzen und draußen. Aber es gab auch ein modernes Krankenhaus. Die ganze Missionsstation würde sich um sie kümmern, wenn sie das wollte. Hier sorgte man füreinander. Emily versuchte, ein lautes Seufzen zu unterdrücken.

«Aber», sagte Paula, «dein Stockfisch wird mir an Weihnachten natürlich fehlen, Mama. Und vor allem die Soße dazu. Und der selbst gemachte Senf. Aber vielleicht feierst du Weihnachten ja in Göteborg. Da essen sie wahrscheinlich eher Würstchen und Kartoffelbrei, oder?»

«Natürlich nicht», sagte Emily. «Auf Saltön wartet mein Polizist, und ich will auf keinen Fall die Messe und das Erscheinen der Madonna verpassen.»

Es klang, als würde Paula weit weg in ihr Telefon seufzen, aber vielleicht war es auch nur der Äquator, der knackte.

«Das ist doch nur ein Spaß mit der Madonna», sagte Paula. «Ich habe schon kapiert, wie das läuft, da konnte ich noch nicht mal Dreirad fahren.»

«Wenn du kommst, dann mache ich ein Abendessen mit Stockfisch und meinem selbst gemachten Senf und weißer Soße und Bacon und Erbsen. Das magst du doch so gern.»

«Ich muss jetzt aufhören, die Hebamme ruft mich», antwortete Paula. «Ich soll zur Schwangerschaftsgymnastik ins Krankenhaus.»

«Das klingt ja gut. Ich meine, dass es so was in Afrika auch gibt. Also, richtige Schwangerschaftsgymnastik, und nicht dieses Tai Chong oder wie das heißt.»

Obwohl sie Paula auf der Missionsstation schon besucht und mit eigenen Augen das sehr gut ausgestattete Krankenhaus gesehen hatte, hatte sie ein Bild von Hütten, Kriegsbemalung, Krokodilen und Bambusrohren im Kopf.

Emily trocknete schnell die Spüle ab, ehe sie sich auf einen Hocker setzte und die Puppenfamilie anstarrte, die sie der Größe nach hingelegt hatte. Plötzlich interessierte sie sich für die kleine Großmutter mit dem etwas buckligen Rücken.

Sie fand gar nicht, dass die kleine Oma ihrer eigenen Mutter glich, aber das konnte man auch nicht erwarten. Das hier war eine Großstadtoma, das sah man schon an dem Kleid im lebensgefährlichen Glencheckmuster und den blank geputzten Schuhspitzen. Sie trug sogar Eisenbeschläge an den Absätzen. Als Emilys Mutter Oma gewesen war, hatte sie nicht einmal eine Augenbraue hochgezogen, sondern nur ein wenig herablassend aus ihrem Bett heraus gelächelt. Schließlich hatte sie ihren

Mann, den Doktor, der sich für die Herzschläge und die Verfassung des Babys zu interessieren hatte. Und das tat er auch! Frau Schenker hatte meist im Bett gelegen, exklusive Kochbücher gelesen und von den großartigen Abendessen in der Villa des Doktors geträumt, zu denen schon längst nicht mehr eingeladen wurde.

Wenn Emily Großmutter wurde, dann würde sie sich auch solche Schuhe kaufen, wie die Puppenoma sie hatte. Paula sollte stolz sein auf ihre Mutter, die nach all den Teigen, die sie im *Zuckerkuchen* bearbeitet hatte, mit lilienweißen Händen das Kleine hochheben und beruhigende Worte in das schrumpelige rosa Babyohr flüstern würde. Dann würde ihre Stimme gar nicht mehr grell klingen.

Kabbe sah sich mit neuen und fremden Augen in seinem Zuhause um. Die Leere, die Lotten hinterlassen hatte, war wirklich nicht groß. Es war, als hätte sie niemals dort gewohnt. Wie schön, all die Fläschchen im Badezimmer los zu sein. Ganz gleich, wie viele neue Schränke er angebracht hatte, sie waren doch immer übergequollen. Französisches Doppelwaschbecken! Was sollte das bringen, wenn die Frau sieben Sorten Reinigungscreme benutzte?

Wenn er nicht beschlossen hätte, sich am Weihnachtsabend das Leben zu nehmen, dann hätte er sein Heim in ein gefährliches und verschärftes Junggesellennest verwandeln können. Ein Spiegel an der Decke im Schlafzimmer. Video- und DVD-Gerät in die Wand im Schlafzimmer eingebaut. Spots in verschiedenen Farben. Eine Diskokugel in der Küche. Das vielleicht nicht. Er hätte sich einen riesigen künstlichen Mandelbaum fürs Wohnzimmer kaufen können. Er hätte ein rundes türkisfarbenes Bett und für den Keller einen Whirlpool kaufen können.

Die jungen Frauen, mit denen er zusammen gewesen war, hatte er oft in lächerlichen Mädchenzimmern mit Tom Cruise an den Wänden verführt. Die verheirateten Frauen hatte er auf ihren Wohnzimmersofas rumkriegen müssen. Wenn er eingeladen hatte, dann waren es leicht heruntergekommene Hotelzimmer in kleineren Städten oder neutrale Hotels besseren Standards mit bis zur Decke gekachelten Badezimmern in Stockholm gewesen. Aber das war auf die Dauer teuer.

Er war mit sich selbst nicht im Reinen.

Sein Zuhause sah völlig unspektakulär aus. Selbst wenn jetzt ein ganzes Opernballett durch die Balkontür käme, würde er wahrscheinlich kaum die Lesebrille von der Nase nehmen.

Er setzte sich an den englischen Schreibtisch seines Schwiegervaters, den er immer außergewöhnlich langweilig gefunden hatte, öffnete die oberste Schublade und legte ein weißes Blatt Papier vor sich auf die weiche Schreibunterlage.

Arbeit, schrieb er. *Alles ausprobiert*
Liebe: Alles ausprobiert
Angeln: Außer Hai alles gefangen
Kultur: Kein Interesse
Freunde: Glaube nicht daran
Religion: Ha, ha, ha
Politik: Geld
Familie: Einbeinige Mutter
Träume: Soweit ich weiß, nie welche gehabt
Wirtschaftliche Lage: Couldn't care less
Status: miserabel

Wenn er ein Auto gewesen wäre, hätte er es ausgetauscht.

Klar hatte es ihm Spaß gemacht, Tommy das Maul zu stopfen, indem er ihm von der heiligen Madonna erzählte. Die Worte des Journalisten, dass er so großstädtisch war und ganz und gar nicht nach Saltön passte, hatten ihm geschmeichelt, aber er hatte auch ein leichtes Spiel gehabt.

Kabbe gähnte, nahm ein paar Schmerztabletten, obwohl er

sich nicht mehr daran erinnern konnte, wo es ihm wehtat, ging in den Keller und legte sich unters Solarium.

Er zog gerade den Sonnenhimmel über sich, als es an der Tür klingelte.

Erst nach dem dritten Klingeln klappte er das Solarium wieder auf. Vielleicht war einem im *Hund* oder seiner Mutter was passiert. Er knotete sich ein weißes Badelaken um die sonnengebräunten Hüften und ging leise pfeifend zur Tür.

Draußen lehnte MacFie lässig am Türrahmen. Er trug eine seltsame Jeansjacke im Stil der Sechziger und sog an seiner Pfeife.

«Du, MacFie?», fragte Kabbe. «Wie ungewöhnlich.»

«Ja, das glaube ich. Selbst ein Elefant kann doch auf seine alten Tage noch sozial werden.»

MacFie war bedeutend länger als Kabbe, aber er hatte die Haltung eines Fragezeichens, sodass Kabbe ohne Schwierigkeiten sein zerfurchtes Gesicht betrachten konnte.

«Brauchst du einen Whiskey?», fragte er und machte die Tür ganz auf.

«Der *Kleine Hund* hat heute zu», erwiderte MacFie.

«Ich weiß. Der Laden gehört zufällig mir. Aber ich dachte, du hättest jede Menge exklusive Flaschen zu Hause.»

«Das habe ich auch», sagte MacFie, «aber ich will heute Abend nicht alleine trinken.»

Als sie über den dicken weißen handgewebten Teppich im Eingang wanderten, stellte Kabbe zu seinem eigenen Erstaunen fest, dass er sich über den Besuch freute. MacFie dachte dasselbe.

Er warf einen raschen Blick auf ein beleuchtetes Ölgemälde, das zwei Hirsche zeigte, die aus einem Teich tranken.

Kabbe folgte seinem Blick, während er zur Bar ging.

«Hirsche», sagte MacFie.

«Ja, genau. Willst du es haben?»

MacFie lachte kurz und setzte sich unaufgefordert auf das weiße Ledersofa.

Kabbe schaltete den beleuchteten Zimmerspringbrunnen auf dem Glastisch ein und servierte jedem einen Whiskey im großen Glas. Er klapperte mit der Eismaschine und stellte eine gefrostete Glasschale voller runder Eiswürfel mit kleinen roten Herzchen darin auf den Tisch.

«Erdnüsse?»

MacFie legte vorsichtig die Pfeife weg und zündete sich eine Zigarette an. Kabbe holte einen Aschenbecher aus Steingut aus einer Vitrine. Der Ventilator unter der Decke brummte, begleitet von Frank Sinatras Samtstimme. *Come fly with me.*

«Sorgen?», fragte Kabbe.

«Kann man sagen. Ich bin unglücklich verliebt. Lächerlich.»

Kabbe nickte.

«Das kann man wohl sagen, vergiss es. Ist es Sara?»

MacFie nickte.

«Verstehe ich ja nicht», sagte Kabbe. «Kein bisschen Weiblichkeit. Was ja schon dadurch bewiesen wird, dass sie mit Lotten zusammenwohnt.»

«Aha», sagte MacFie.

«Das scheint dich nicht zu schockieren.»

MacFie zuckte mit den Schultern.

«Ich habe schließlich in Paris gelebt.»

Er kippte seinen Whiskey hinunter und bekam gleich einen neuen.

«Ich nehme das ganz locker», sagte Kabbe. «Habe heute mit einem Stockholmer Bier getrunken. Besser gesagt: Ich habe Bier getrunken und er Limonade.»

«Es ist immer noch besser, sie wohnt mit Lotten zusammen als mit dem Botschafter», sagte MacFie und sah richtig fröhlich aus. «Ich wusste ja nicht einmal, wohin sie überhaupt verschwunden war, bis ich sie heute in dem neuen Gesundheitsladen da gesehen habe. Sie stand auf der Leiter und bastelte mit irgendwas an der Decke herum.»

«Hast du nicht mit ihr geredet?»

«Nein, ich habe so getan, als hätte ich sie nicht gesehen.»

«Ja, das ist eine sehr effektive Methode», sagte Kabbe und lehnte sich im Sofa zurück, während MacFie die Zigarette ausmachte und wieder seine Pfeife hervorholte.

Kabbe konnte sich plötzlich nicht mehr erinnern, warum er vor zwanzig Jahren aufgehört hatte zu rauchen. Ein wunderbarer Duft von Pfeifentabak erfüllte den Raum. Vermutlich hatte er aufgehört, als er die ersten Lachfältchen entdeckt hatte. Man weiß ja, wie Raucher aussehen. Kabbe hatte auch schon darüber nachgedacht, aus diesem Grund mit dem Solarium aufzuhören, zumindest im Gesicht, aber das war jetzt sowieso alles egal. Falten waren auf dem Weg, den er beschreiten würde, völlig uninteressant.

MacFie verschränkte seine langen dünnen Finger und betrachtete sie finster.

«Ich kriege sie einfach nicht aus dem Kopf. Und es war doch alles viel angenehmer, bevor sie auftauchte. Und einfacher.»

«Und billiger?», schlug Kabbe vor.

«Vielleicht sogar das. Aber ich will das verdammte Mädchen haben.»

Kabbe lachte.

«Du nennst sie Mädchen? Wie in einem alten Schwarzweißfilm?»

Er leerte sein Glas und füllte beiden noch einmal nach.

«Wasser?»

MacFie schüttelte den Kopf.

«Wasser wird total überschätzt. Wie kommst du denn so ohne Lotten klar?»

«Welche Frage. Ich bin einfach nur froh, dass sie abgehauen ist. Wir haben so verdammt viele Jahre zusammen gelebt, dass ich den Unterschied gar nicht bemerke. Jeder von uns hat sein Leben gelebt. Ich kannte sie nicht einmal. Mir fehlt jetzt eine Bedienung, mehr nicht.»

MacFie nickte.

«So ging mir das auch, als ich verheiratet war. Beide Male, wenn ich mich recht entsinne. Aber mit Sara ist es anders. Glaubst du, dass es noch Hoffnung gibt?»

Kabbe lachte.

«Wenn du dich hören könntest! Entweder musst du ihr sagen, wie die Dinge liegen, oder die ganze Sache vergessen. Aber hier zu sitzen und zu jammern wird dich wohl kaum weiterbringen.»

«Und wofür soll ich dann noch leben? Die Bienen? Oder soll ich mich vielleicht umbringen?»

«Ja, das ist immer ein Ausweg», meinte Kabbe. «Ich meine, mal ganz im Ernst, ich für meinen Teil habe schon alles erlebt, und das, wo ich fünfundzwanzig Jahre jünger bin als du.»

«Vierundzwanzig.»

«Na gut.»

MacFie sah sich im Zimmer um.

«Du hast noch gar keinen Weihnachtsschmuck.»

«Nein, das ist nicht so mein Ding. Hast du welchen?»

«Im Wohnhaus nicht, aber im Hühnerhaus. Die Hühner sind sonst traurig. Die sind es einfach gewohnt, ihren eigenen Tannenbaum zu haben. Und Clinton isst zum Frühstück immer Reis à la Malta. Das ist Tradition. Am Weihnachtsabend bekommt er Entenleber mit Hering, und ich trinke einen netten Rioja. Ohne Hering.»

Sie dachten schweigend über seine Worte nach. Plötzlich fuhr Kabbe hoch.

«Ich weiß, was du für das Mädchen tun kannst! Lade sie einfach zu einem richtig formidablen Weihnachtsessen zu Hause ein. Und wenn du nicht bis Weihnachten warten kannst, dann nenn es eben Adventsfest. Da kann Sara niemals widerstehen. Keine Frau kann das. Du kannst das Zeug im *Kleinen Hund* holen. Aufdecken musst du selbst. Ich nehme das Beste vom Weihnachtsbuffet und verpacke es hübsch. Geräucherter und gepökelter Lachs. Janssons Versuchung. Halbe Eier mit frischen Krabben und schwarzem Kaviar. Hummer, aber den kannst du ja auch selbst besorgen. Sicher hast du noch irgendwo eine Reuse draußen. Rippchen – nein, die sind zu fett für Frauen. Keine Hausmannskost, Großstadtessen muss es sein. Paté, Schinken, Roastbeef. Falscher Kaviar und Hering im Steinguttopf. Truthahn in dünnen Scheiben. Cheddar und Brie. Tiramisu. Was meinst du? Sie wird keinem Mann widerstehen können, der ihr zu Ehren ein Weihnachtsessen gemacht hat.»

«Doch, das wird sie», sagte MacFie.

«Mein Gott, bist du langweilig. Nicht gerade lebensbejahend. Hör mal zu, wie romantisch du das alles machen wirst.»

Er holte sich einen Stift und Papier und fing begeistert an, verschiedene Gerichte und Getränke aufzuschreiben.

MacFie betrachtete ihn belustigt unter den halb geschlossenen Lidern.

«Aber du, Kabbe, du bist wirklich eine lebensbejahende Persönlichkeit. Hast du jemals im Leben schon etwas anderes gedacht als positive Gedanken?»

Kabbe grinste ihn an und klapperte mit dem Stift gegen seine Zähne.

«Ein rotes Leinentischtuch. Das kriegst du von mir, mit gestickten Dompfaffen drauf. Waldgrüne Servietten und Serviettenringe aus Gold. Ich werde dir mit der Beleuchtung helfen müssen, denn bei dir ist das Licht ja nicht gerade soft. Von den Jungs im Magazin können wir einen Kandelaber leihen. Und Misteln brauchst du. Eine Mistel über der Tür, und jede Frau hat weiche Knie.»

«Wenn doch nur schon Sommer wäre», sagte Lotten und drückte die Nase an den Türrahmen. «Man wird so müde, wenn man arbeitet, und draußen ist es stockfinster.»

Sara schaute erstaunt von einem Katalog über Sibirischen Ginseng auf. Sie überlegte noch, ob sie Kapseln oder Tropfen bestellen sollte.

«Geh doch nach Hause, wenn du so müde bist», sagte sie.

Sie las weiter.

«Bist du denn nicht müde?», fragte Lotten und baute sich vor ihr auf. «Wenn wir jetzt zumachen und stattdessen morgen früh anfangen, dann können wir es uns zu Hause gemütlich machen. Ein bisschen Glühwein und Pfefferkuchen. Ich habe die echten *Annas Pfefferkuchen* gekauft, die sogar nach Amerika exportiert werden! Gott, wie gemütlich wir es haben könnten. Ich glaube, um halb sechs heute Abend fängt im Fernsehen eine neue Serie an.»

«Dann geh doch nach Hause und sieh sie dir an, verdammt. Ich will jedenfalls keine verdammten Pfefferkuchen.»

Lottens Mund wurde zu einem schmalen Strich. Es war alles anders gewesen, als sie noch zusammen im *Kleinen Hund* bedient hatten. Wenn Sara zu der Zeit herablassend und unverschämt gewesen war, dann hatte Lotten einfach nur den Kopf in den Nacken geworfen, denn schließlich gehörte das Restaurant ihrem Mann. Jetzt war sie immer unterlegen, obwohl sie diejenige war, die ihr Geld in den Laden gesteckt hatte.

«Es ist halt netter, wenn wir es zusammen machen.»

Sara hatte eine tiefe Falte zwischen den Augenbrauen, als sie aufsah.

«Warum denn? Du kannst doch nach Hause gehen und dich mit deiner Nichte, der Fabrikantentochter, unterhalten. Ich will jetzt in unserem Laden arbeiten.»

«Lizette hat zu so etwas keine Zeit. Die muss sich um eine ganze Konservenfabrik kümmern.»

«Hau ab», sagte Sara.

Lotten ging mit resoluten Schritten zur Garderobe, zog sich ihren Pelzmantel an und stieg dann ächzend in ihre kniehohen kleinen Stiefel. Sara las weiter mit der tiefen Sorgenfalte zwischen den Augenbrauen in ihrem Kräuterkatalog. Als die Tür hinter Lotten zuschlug, hörte sie sofort auf zu lesen, drehte das Radio auf und glitt tanzend durch den Laden.

«My shop», sang sie aus voller Kehle. *«My beautiful little shop.»*

Sie hätte wirklich gern ein eigenes Geschäft gehabt, ohne an die kleinbürgerlichen Wertvorstellungen von Lotten gebunden zu sein. Aber weil sie kein Kapital besaß und auch nicht wusste, wo sie wohnen sollte, war das die Rettung gewesen. Eines Tages würde Lotten sie wahrscheinlich durchschauen und einsehen, dass Sara eigentlich, schon bevor alles angefangen hatte, ihrer längst müde geworden war.

Sara holte sich ihr Tagebuch aus der Jackentasche und fing an durchzurechnen, was passieren würde, wenn Lotten die Wahrheit erkannte, und was Sara dann machen würde.

Sie würde auf Saltön untendurch sein. Keiner, der Lotten Månsson kennen würde, würde ihr noch einen Job oder eine Wohnung geben. Und fast ganz Saltön kannte Lotten Månsson. Die meisten waren sogar verwandt mit ihr.

Abgesehen davon wäre es wahrscheinlich sowieso das Beste, den Ort, wo der Mann lebte, den sie liebte, zu verlassen. Es war zwar nicht so, dass sie jeden Tag an MacFie dachte, aber es gab ihn, und schon der Gedanke, dass er am selben Morgen auf der Straße gegangen war, auf der sie nun ging, versetzte ihrem Herzen einen kleinen Stich.

Kapitel 7

Emily ging schweren Schrittes zu ihrer Wohnung hinauf. Es war keineswegs so, dass sie bereute, den *Zuckerkuchen* eröffnet zu haben, aber es wäre doch ganz nett gewesen, wenn es eine Rolltreppe zu ihrem Schlafzimmer hinauf gegeben hätte. Doch sowie sie in die Wohnung kam und die Puppen auf dem Küchentisch sah, ging es ihr wieder besser.

«Ach, ihr Armen, habt ihr den ganzen Tag hier gelegen? Der Opa sieht ja trotzdem ganz fröhlich aus, er scheint ein ziemlich kleines Hirn zu haben.»

Sie starrte auf die Glatze des Großvaters. Irgendjemand hatte unvorsichtig in den Kopf genagelt, und die Hirnschale hatte einen Sprung bekommen. Emily seufzte.

«Nur eine leere Schale. Ich frage mich, ob Grandma dich nur wegen deines schönen Profils genommen hat. Und wegen deiner guten Figur. Vielleicht auch wegen des Geldes. Denn ihr habt ja wohl irgendwo ein eigenes Haus, oder? Ihr werdet doch nicht immer hier wohnen?»

Sie schloss das Fenster, damit die Puppen keinen Zug bekamen. Das war ein Zugeständnis. Selbst hatte sie das Schlafzimmerfenster immer offen. Das sollte man tun, das hatte ihr Vater während seines Medizinstudiums gelernt. Er hatte auch andere Sachen gelernt, die ihnen im Familienleben immer von großem Nutzen waren, wie zum Beispiel, dass man in Flugzeugen beim Start und bei der Landung gähnen sollte. Ansonsten sollte man dort den Mund besser geschlossen halten, denn im Flugzeugessen hausten so viele Bakterien, und von Wein und Schnaps trocknete man nur aus.

«Ihr habt ja wohl nicht vergessen, dass ihr in einer stilvollen Villa zu Hause seid, oder?», sagte Emily zu Girl. «Bald werdet ihr wieder in das Haus einziehen, aber vom Tapezieren sind da immer noch so gefährliche Dämpfe, und ich sorge mich um eure kleinen Nasen und Lungen. Davon verstehe ich etwas, denn mein Papa ist Doktor Schenker. Er war Allgemeinarzt auf Saltön, aber jetzt ist er in Pension gegangen und empfängt nur noch an einem Tag der Woche Patienten. Und wie es momentan in der Sprechstunde aussieht, das kann ich gar nicht sagen, wo die alte verrückte Frau Månsson ihm den Kopf verdreht hat.»

Sie lächelte den Jungen an.

«Nein, Mark, natürlich nicht wirklich, so wie man es bei dir machen kann. Das sagt man doch nur so! Und ich habe auch gar nicht vor, dir den Kopf zu verdrehen. Das würde sehr unbequem aussehen.»

Sie fand, dass der Junge wirklich so aussah, als würde er Mark heißen. Doch plötzlich erkannte sie, wie gefährlich es war, den Puppen Namen zu geben. Es könnte sein, dass ihre persönliche Bindung dann zu eng werden würde. Ihr Verhältnis zu den Puppen könnte irgendwann sogar als eine Beziehung aufgefasst werden! Weg damit.

Sie legte die Puppen in einer Reihe auf den Couchtisch und breitete über den Jungen, der mit den Nebenhöhlen Schwierigkeiten zu haben schien, eine kleine Leinenserviette. Nach einer Weile schob sie eine Streichholzschachtel unter die Beine des Großvaters. Er lächelte ihr steif, aber dankbar zu.

Emily ging ins Badezimmer und ließ sich ihr Fußbad ein, trug es ins Wohnzimmer und steckte den Stecker ein. Dieses elektrische Fußbad hatte sie von Christer als ein vorgezogenes Weihnachtsgeschenk bekommen, nachdem er sie einen ganzen Abend lang wegen ihrer geschwollenen Füße bemitleidet hatte.

«Ich weiß, Emily, ein elektrisches Fußbad war vor zehn Jahren das Weihnachtsgeschenk des Jahres. Deshalb bekommst du es jetzt schon, und zu Weihnachten kriegst du dann noch etwas Romantischeres. Vielleicht ein nettes Schmuckstück oder einen kuschligen Angorapullover?»

Er war ein wunderbarer Mann. Humorvoll, groß, nett und verlässlich. Es fiel ihr nichts ein, was noch fehlte.

Das Telefon klingelte, aber sie ging nicht ran.

«Nun, meine liebe Familie», sagte sie, «werden wir mal darüber reden, wie der Tag war, und ich weiß, dass ihr es nicht unbedingt gut hattet, weil ihr ja nicht in euer Haus konntet. Aber ich erzähle euch gern von meinen Brokkoliaufläufen. Ich habe dem Rezept ja anfangs überhaupt nicht getraut, aber jetzt, wo ich es ein klein wenig verändert habe, habe ich den Gästen angemerkt, dass es ein richtiger Glückstreffer ist. Vielleicht ist es der Lauch, der die Sache ausmacht. Immer nur das Weiße, nie das Grüne.»

Emily plapperte weiter, während ihr Kopf anfing wehzutun. Der Tag war so lang gewesen. Zuletzt schlief sie auf dem Stuhl ein, als sie endlich beschlossen hatte, die Mitglieder der Familie Mister, Missis, Boy, Girl, Grandma und Grandpa zu nennen. Das Pferd hieß King. Der Hund hieß Dog. Aber es schien, als habe King niemals wirklich in dem Stall gewohnt, denn es gab nicht den kleinsten Schmutz oder Geruch. Und King selbst hatte Emily nie gesehen. Vielleicht lag das Pferd noch im Handschuhfach des Betrügers.

Das löste zumindest ein Problem, nämlich die Frage nach dem Schlafzimmer von Grandma und Grandpa. Ansonsten hätte sie Christer bitten müssen, ein Gartenhaus zu bauen, aber meine Güte, nein, wenn nun draußen Schnee und Eis wäre, und sie würden sich das Genick brechen, wenn sie morgens aufstehen und sich ihren Lindenblütentee kochen wollten.

Emily war während ihrer Ehe einmal richtig erschrocken gewesen, und das war, als Blomgren an einem unerwartet frostigen

Morgen auf der Treppe zum Gartenhaus, in das er für die Sommergastsaison einen Luftentfeuchter stellen sollte, ausgerutscht war. Das war lange her.

«Du bist ja auch ein Mann», sagte sie zu Mister. «Irgendetwas musst du doch hinter dem kleinen harten Gesicht fühlen. Ich habe tatsächlich geglaubt, dass Ragnar Ekstedt und ich heiraten und vielleicht in Kalmar leben würden. Und dann rauscht er einfach so in den *Zuckerkuchen*, als ob nichts gewesen wäre. Er hat mich nicht einmal wiedererkannt, das Schwein.»

In Misters Augen blitzte es.

Sie begriff sofort.

«Meinst du etwa, dass es Männer gibt, die ordentlich aussehen, so wie du, mit Bügelfalte, die aber doch zwischen Liebe und Sex trennen? Ganz kalt und berechnend?»

Die Tränen liefen Emily die Wangen hinunter, aber sie merkte es nicht. Sie fielen mit kleinen Platschern direkt auf den Glastisch.

Ja, war die Antwort in den Augen von Mister. Ja. Jetzt hast du es begriffen. Endlich.

Emily rang nach Luft und blieb lange sitzen, bis der Tränenfluss langsam versiegte. Dann verhärteten sich ihre Gesichtszüge.

«Das entscheidet alles», sagte sie und legte Mister auf dem Bauch in den Aschenbecher. «Das entscheidet die Sache, verdammt nochmal. Das Vergangene ist Geschichte.»

Da klingelte wieder das Telefon. Es war Paula.

«Mama, warum klingst du so gedankenverloren? Hörst du nicht, dass ich es bin?»

Emily riss sich mit Mühe zusammen.

«Ich wünschte, du wärest bei mir in Schweden. Es ist so schwer, am Telefon zu reden, und hinterher muss ich immer weinen.»

Paula klang traurig.

«Aber im Moment möchte ich eigentlich mit Großvater sprechen. Wo ist er denn? Der Anrufbeantworter ist auch nicht an. Nicht einmal in der Praxis.»

«Keine Ahnung», sagte Emily. «Was willst du von ihm, kann ich dir nicht helfen?»

«Ja, was will man von seinem Großvater? Vielleicht will ich einfach nur wissen, dass er lebt.»

Das gab Emily einen Stich. Sie vermisste ihren Vater auch. Aber sie hatte Angst, dass sie die wichtigen Beschlüsse, die sie nach dem Gespräch mit dem Puppenmann gefasst hatte, vergessen würde.

«Einen Moment», sagte sie, «ich muss nur mal eben was aufschreiben.»

«Klar. Ich rufe ja nur aus Afrika an.»

SO SEIN WIE MISTER, schrieb Emily auf den Zettel, ehe sie das schnurlose Telefon nahm und in die Küche ging.

«Paula, ich kann mich nicht erinnern, wo er ist. Ich habe einfach so viel mit dem Café zu tun. Aber ich glaube, er ist mit Frau Månsson in London.»

«Warum sagst du Frau Månsson, wo wir doch immer Tante Magdalena gesagt haben? Was ist denn passiert?»

«Papa und Tante Magdalena sind ein Paar», sagte Emily und war selbst ein wenig erstaunt, weil ihre Stimme versagte. «Ein Liebespaar.»

«Ja und, was ist damit? Das sind ja sogar für mich hier unten schon alte Kamellen. Ich finde es total schön für Opa. Er hat mich schon vor Ewigkeiten angerufen und mir das erzählt. Das ist doch nur natürlich. Wie missgünstig du klingst.»

«Er hat es dir erzählt?»

Emily fühlte sich scheußlich.

«Ja natürlich. Ich habe das Gefühl, als würde es dir nie Freude machen, wenn andere Menschen glücklich sind. Aber das ist ja auch nichts Neues.»

«Ich werde versuchen, ihn zu erreichen, sowie er nach Hause kommt», sagte Emily. «Ich glaube, sie wollten in London Weihnachtseinkäufe machen, aber eigentlich müsste er schon wieder zu Hause sein. Ich werde ihn dann bitten, dich anzurufen, Paula.»

Sie blieb noch lange am Küchentisch sitzen, ohne zu essen oder zu trinken. Mit einem Kugelschreiber zeichnete sie kleine Figuren auf ihr neues rotes Weihnachtstischtuch mit weißen Fransen.

Plötzlich hörte sie einen gurgelnden Laut aus dem Wohnzimmer und eilte hin. Alle Puppen lagen ordentlich auf ihren Plätzen. Sie nahm Girl auf.

«Und eines Tages wirst du selbst Mama werden. Ich finde das ja lustig, aber jetzt bist du immer noch meine kleine Puppe, oder? Wo ist nur die Zeit hin? Gerade sind wir doch noch zusammen Bus gefahren, und du reichtest nicht mit den Füßen auf die Erde.»

Sie legte Girl vorsichtig hin.

«Und hüte dich vor Männern mit Fahrradklammern.»

Das Telefon klingelte.

«Ich geh schon ran», sagte Emily zu Mister im Aschenbecher, als sie aufstand.

«Ich sehne mich nach dir», sagte Christer.

«Wie schön.»

Es klang, als würde sich seinem großen Polizistenkörper ein Seufzer entringen, aber er unterdrückte ihn.

«Und du, Emily? Sehnst du dich nach mir?»

«Meinst du nach Sex?»

«Ich erkenne dich nicht wieder», sagte Christer.

«Das hat Blomgren immer gesagt», sagte Emily. «Das war mein Mann.»

«Ich weiß, dass das dein Mann war. Was ist denn mit dir? Ist irgendwas passiert?»

«Soweit ich mich erinnern kann, nicht», sagte Emily und

gähnte. «Jetzt fängt die Ziehung der Lottozahlen im Fernsehen an. Wir sprechen später weiter.»

«Aber du hast es doch immer verabscheut, wenn Blomgren und der Mann mit der Baskenmütze und Orvar im Laden immer nur über Trabrennen und Lotto geredet haben.»

«Damals ja. Aber jetzt interessiere ich mich selbst dafür.»

«Ich hätte nicht gedacht, dass du zu so etwas Zeit hast, wo du doch den *Zuckerkuchen* zu versorgen hast. Bald komme ich wieder runter und helfe dir.»

«Au ja. Es wird alles so schön werden.»

Christer legte auf. Wie hatte sie geklungen? Kalt? Ironisch. Er sah sich bekümmert in seiner kleinen langweiligen Junggesellenwohnung um. Zum ersten Advent hatte er einen orangefarbenen Pappstern aufgehängt. Es war das erste Mal, dass er sich Weihnachtsschmuck zugelegt hatte. Er hatte lange mit sich selbst gekämpft, war aber schließlich in ein Einkaufszentrum vor Göteborg gefahren und hatte sich einen Plastikbaum gekauft. Der lag aber immer noch in seinem Karton.

Und von ein paar als Weihnachtszwerge verkleideten Schulkindern hatte er eine Garbe gekauft. Die hatte er am Fensterbrett vor dem Küchenfenster aufgehängt, weil er keinen Balkon hatte, aber die Vögel hatten das nicht begriffen. Wahrscheinlich hatten sie gemerkt, dass er aus Stockholm kam. Die Garbe sah wie neu aus, abgesehen von ein paar Ähren, die heruntergefallen waren und jetzt in den Rabatten unter dem Fenster lagen. Es gab noch keinen Schnee, aber nach dem, was er im Zigarrenladen aufgeschnappt hatte, kam der jedes Jahr spätestens bis zum 20. Dezember. Früher war ihm das egal gewesen, aber jetzt wollte er gern, dass Emily zu Weihnachten nach Saltön zurückkam. Vielleicht würde sie ihn ja sogar in seiner kleinen Junggesellenwohnung besuchen, die voller Polizeizeitungen, Diätdrinks, Bier und Süßigkeiten war.

Christer seufzte tief.

Emily gähnte ungerührt, nachdem sie den Hörer aufgelegt hatte, und sammelte die Puppen in einer rosafarbenen Decke mit hellblauen Elefanten zusammen, die sie für ihr zukünftiges Enkelkind gekauft hatte.

«Die muss ich sowieso waschen, ehe das Baby drin liegt, denn vielleicht haben sie hier in der Fabrik schmutzige Hände.»

Sie warf Missis einen bösen Blick zu.

«Nein, das war keine rassistische Aussage. Selbst nordische Hände können mit Bakterien besudelt sein. Auch wenn die Decken natürlich nicht mehr in großem Stil in Borås hergestellt werden. Wollen wir mal hoffen, dass es keine Kinderarbeit ist, nicht wahr, Mister?»

Das Gesicht von Mister war völlig ausdruckslos. Wahrscheinlich erinnerte er sich an die schwere Zeit im Aschenbecher.

Sie richtete sich zur Nacht, während die Puppen in ihrer Decke auf dem Nachttisch lagen. Als Emily sich ins Bett gelegt hatte, stützte sie sich auf und legte die Puppen in einer kleinen Reihe hin. Sie lagen so wohlerzogen da. Nach einer Weile nahm sie Girl und Boy heraus und legte sie unter ein Zierkissen.

«Jetzt spreche ich nur mit euch Erwachsenen. Ihr wart nicht mit auf Saltön, deshalb könnt ihr nicht wissen, was da passiert ist. Sicher hat einer von euch den Mann bemerkt, der heute hereinkam und so furchtbar fertig aussah. Aber nobel. Er hatte so einen rauen Tonfall und erkannte mich doch tatsächlich nicht wieder. Und das, obwohl er im Sommer erst mein Liebhaber gewesen ist. Wir hatten total wunderbare Stunden in einem Auto und draußen im Wald. Wir konnten uns nicht an einem bequemeren Ort treffen, weil ich immer noch mit Blomgren verheiratet war, auch wenn ich ihn schon verlassen hatte.»

Sie richtete ihren Blick auf Grandma und Grandpa.

«Vielleicht könnt ihr Mister und Missis erklären, was ‹verlassen› heißt, für den Fall, dass sie das nicht wissen.

Ragnar Ekstedt und ich hatten eine herrliche Zeit miteinander, und am Mittsommerabend saß ich am gedeckten Tisch oben auf einer Klippe und wartete auf ihn. Aber er kam nicht. Und jetzt hat er mich nicht wiedererkannt. Das fühlt sich an, als hätte ein Chirurg mich aufgeschnitten, mein Herz herausgenommen und eingefroren, um es dann, in einer Kühlbox verpackt, wieder in meinen Körper zu pflanzen.»

Emily legte sich auf den Rücken. Ihre Hände waren von dem vielen Backen fast unnatürlich weiß. Sie hatte es seit Monaten nicht geschafft, zu ihrer Maniküre zu gehen, aber die Hände hatten noch nie so gut ausgesehen wie jetzt. Pediküre, Maniküre, Friseur, das alles waren Dinge gewesen, die Emily immer sehr wichtig gefunden hatte, weil keines dieser Genussmittel mit ihrem grandiosen Übergewicht verbunden war. Und nun hatte sie das alles tatsächlich fast vergessen. Seit sie angefangen hatte, ihren Kunden Baguettes, Brioches und Brokkoliaufläufe zu servieren, ganz zu schweigen von den Backwaren, vergaß sie selbst zu essen. Manchmal bemerkte sie erst, wenn sie einschlafen wollte, dass sie Hunger hatte. Dann mochte sie aber nichts von ihren eigenen Sachen essen, sondern zog sich den bodenlangen Mantel über das Nachthemd und lief schnell zum Burger King am Järntorget. Und oft stand, wenn sie am nächsten Morgen aufwachte, die Tüte mit Hamburger und Pommes frites unberührt auf dem Nachttisch.

«Wie gesagt, meine Freunde: Man kauft leichter Schuhe als Kleider, und das, obwohl wir hier von Schuhgröße 44 reden», seufzte sie und warf einen Blick auf Missis. «Na ja. Das Problem hat wirklich keiner von euch. Ihr seid Standard.

Wie wollt ihr es eigentlich zu Weihnachten haben? Im amerikanischen Stil mit rot karierten Gardinen? Und künstlichem Kaminfeuer? Wer wird der Weihnachtsmann? King, glaube ich. Oder Santa Claus, etwas anonymer durch den Schornstein. Die Kinder müssen rechtzeitig die Strümpfe aufhängen. Meine Güte, wenn sie nun keine Strümpfe haben! Vielleicht schaffe ich es ja, welche zu stricken. Falls Christer runterkommt und mir am Wochenende mit dem Luciagebäck hilft, dann schaffe ich es vielleicht, das Puppenhaus fertig zu machen. Aber Christer. So viele Gefühle und Verwirrungen.»

Sie seufzte schwer und schloss die Augen. Wen würde sie zuerst auf ihrer Netzhaut sehen: Blomgren, Christer, Ragnar Ekstedt? Doktor Schenker. Sie machte sich Sorgen um ihren Papa.

Kapitel 8

Als die Whiskeyflasche leer war, fiel MacFie und Kabbe ein, dass sie beide unheimlich gern Calvados tranken. Kabbe hatte zwei Sorten da, und nach einer spirituellen Diskussion einigten sie sich darauf, dass er die einem Bauern in der Normandie abgekauft hatte.

Sie tranken mit Wohlbehagen.

«Wenn jetzt Sommer wäre, dann wäre jetzt Sonnenaufgang», sagte MacFie und erinnerte sich an einen Sonnenaufgang mit Sara.

«Ja, das ist furchtbar mit der Sonne, wenn man sternhagelvoll ist», sagte Kabbe.

«Aber das sind wir ja ganz und gar nicht.»

An der Tür klopfte es. Beide Männer zuckten zusammen und starrten einander an.

«Das kann irgendjemand sein», meinte Kabbe, «aber sicher ist es eine Frau.»

«Natürlich.»

Draußen stand Tommy und sah verfroren und nass aus.

«Haben Sie den Zimmerschlüssel verloren?»

Tommy lachte peinlich berührt.

«Nur ein wenig Angst. So eine Nacht am Ende der Welt mitten im Winter, das ist nicht so einfach.»

«Klingt er nicht wie aus einem Schwarzweißfilm?», fragte Kabbe und stellte ihn MacFie vor.

Tommy warf seinen Regenmantel über einen Sessel. Kabbe schüttelte ihn sofort mit einer despektierlichen Miene ab und ging, um ihn aufzuhängen.

«Aha, hier sitzt ihr alten Kerle also und redet von Leben und Liebe», sagte Tommy.

MacFie antwortete nicht, trank sein Glas mit einem Zug leer und erhob sich. Tommy sah seine schlaksige Gestalt durch die Türöffnung verschwinden, wo er sich ein wenig bücken musste.

Nach einer Weile kam Kabbe zurück und schüttete Tommy ein Glas Calvados ein.

«Der Alte ist weg.»

Kabbe antwortete nicht.

Plötzlich errötete Tommy.

«Bin ich vielleicht ungelegen gekommen? Das war doch wohl nicht Ihr Vater?»

«Man kommt ziemlich oft ungelegen», sagte Kabbe und trocknete den Tisch ab, «und das war ganz und gar nicht mein Vater.»

Tommy lächelte beruhigt und schob das Glas von sich.

«Sie haben nicht zufällig Mineralwasser? Es ist schon ein paar Jahre her, verstehen Sie?»

«Ja, ja.»

Kabbe ging zur Bar.

«Mit Zitrone oder ohne?»

«Also ein Feinschmecker bin ich nicht gerade. Cola reicht auch.»

Tommy seufzte ergeben, steckte ein Kaugummi in den Mund und lehnte sich zurück.

«Sie können sich ja wahrscheinlich vorstellen, wie es ist, wenn man den einzigen Typen trifft, mit dem man in dieser Einöde reden kann, und man den ganzen Abend an einer Limonade nippen muss.»

«Mir hat das nichts ausgemacht», sagte Kabbe, «ich hab ja Calvados getrunken.»

«Sie verstehen ja wohl, dass mir das Leben fehlt, oder?»

«Absolut», sagte Kabbe. «Ich war schon ziemlich oft in Stockholm. Ich habe sogar mal da gewohnt. Auf der Hornsgatan.»

«Aha», sagte Tommy, «auf Söder. Ich stamme eigentlich aus Varberg.»

«Das hört man aber gar nicht.»

«Also, diese Story, die Sie mir von der Madonna und so erzählt haben, ganz gleich, ob das nur eine Anekdote ist oder ob ihr da mit irgendwelchen Theatertricks rummacht, das ist auf jeden Fall eine unglaublich gute Geschichte. Das wird ein echter Knüller. Gefühl und Mitgefühl. Die Leute sind das Harte und Abschätzige, die Mafia und die Korruption Leid. Und das schon in diesem Jahr. Nächstes Jahr werden sie es noch mehr Leid sein.»

«Ja, das muss ich dann nicht mehr erleben», sagte Kabbe und leerte ein weiteres Glas Calvados.

Tommy zog die Augenbraue hoch.

«Sind wir Pessimist? Sie scheinen überhaupt nicht der Typ zu sein.»

«Es ist einfach nur so, dass ich schon alles miterlebt habe.»

«Sie wissen ja nicht, mit wem Sie es zu tun haben. Ehe ich mich fast zu Tode gesoffen habe, war ich ein richtig guter Reporter bei einer großen Tageszeitung. Einer der besten. Ich habe über jeden verdammten Krieg und jede Überschwemmung berichtet. Wenn Sie also mit einem reden wollen, der alles gesehen hat, dann sind Sie bei mir richtig.»

Er zeigte stolz auf seinen etwas fleckigen Islandpullover.

Im selben Augenblick klingelte es wieder an der Tür.

«Meine Güte», rief Kabbe, «ich bin ja ganz schön beliebt geworden, seit Lotten abgehauen ist. Nehmen Sie doch so lange noch eine Erdnuss.»

«Wenn es nur nicht die Bullen sind!», lachte Tommy und zeigte auf die Imitation eines Schnapsbrenners, die auf dem Bartresen stand.

Christer machte einen schweren Schritt über die Türschwelle.

«Entschuldigen Sie», sagte er, «aber ich bin unglücklich verliebt.»

Kabbe lächelte.

«Herzlich willkommen im Club der einsamen Herzen. Ist es Emily?»

Christer nickte mit düsterer Miene.

«Ich weiß nicht, was los ist. Ich kann einfach nicht damit umgehen.»

«Dann hat sie einen anderen», meinte Kabbe. «Möchten Sie ein Bier?»

Christer ließ sich in einem Sessel nieder und warf einen schnellen, abschätzenden Blick auf Tommy, der auf dem Sofa eingeschlafen war. Er war zu lange in Stockholm Streife gefahren, um jetzt Überraschung oder Gefühle zu zeigen.

«Der Journalist? Legen Sie ihn nicht zu sehr rein, Kabbe. Es ist nicht leicht, wenn man neu in diese Stadt kommt.»

«Nun mal nicht so empfindlich. Er wird ja nicht bleiben. Ich helfe ihm, eine saftige Story zu bekommen, die er nächstes Jahr in irgendeiner Frauenzeitschrift bringen will. Warum sind Sie so auf die dicke Emily fixiert?»

Christer neigte das Glas zur Seite, als er das Bier eingoss.

«Nicht fixiert, sondern verliebt. Und dick stimmt auch nicht mehr so ganz.»

«Hören Sie auf, hat sie etwa eine Diät gemacht?»

«Glaube ich nicht, aber sie arbeitet in ihrem Café da unten so hart, dass sie überhaupt nicht merkt, wie die Kilos von ihr abfallen. Und das ist ja gut so. Ich wünschte, mir würde das auch mal passieren.»

«Polizisten müssen dick sein», sagte Kabbe, «zumindest in kleinen Orten. Polizisten sollten nicht zu schnell rennen können.»

Christer lachte herzlich.

«Sie leben wohl immer noch in der Welt der Abenteuerbücher. Aber ich bewundere, dass Sie so gute Laune haben. Da komme ich her, um zu jammern, wo Sie doch ganz verlassen sind.»

«Das macht mir gar nichts», erwiderte Kabbe. «Aber was ist bloß mit Emily los? Kaum hat sie sich scheiden lassen, ist sie mit einem bedeutend jüngeren, netten Polizisten zusammen. Und dann verlässt sie die Stadt. Ist sie denn nicht mehr interessiert?»

«Doch das ist sie bestimmt, aber sie will keine Pläne machen. Sie scheint für mich und für unsere Beziehung kein Engagement zu entwickeln, und das ist natürlich traurig. Ich verlange ja gar nicht, dass sie mir meine Pantoffeln bringt, aber sie hört auch nicht zu, wenn ich rede.»

«Was sagen Sie denn?»

«Ich mache ihr Komplimente. Ich denke mir lustige Sachen aus. Ich mache Witze mit ihr und drehe sie auf den Kopf. Ich bin ziemlich stark.»

«Ich verstehe. Da scheint es keine Lösung zu geben. Sollen wir Poker spielen?»

Johanna war kein häuslicher Typ, aber sie wollte doch gern, dass das Geschäft zu Blomgrens Rückkehr weihnachtlich schön aussah. Deshalb hatte sie Girlanden mit tanzenden Weihnachtszwergen und Zwergenmüttern mit Grützeschüsseln an die Wände gehängt.

«Hier nicht», sagte Orvar. «Keinen Zwerg in die Spielecke.»

«Außer dir selbst», sagte der Mann mit der Baskenmütze. Im Laufe des Herbstes war irgendwas mit seinen Augen passiert, und er hatte zum Optiker gehen müssen. Zur allgemeinen Erheiterung musste er jetzt eine Lesebrille aufsetzen, wenn er in *Playboy* und *Hustler* blättern wollte.

«Ich werde dir so eine Seniorenkordel besorgen, mit der du die Brille um den Hals hängen kannst», sagte Orvar.

«Warte nur ab. Es gibt keine ewige Jugend», gab der Mann mit der Baskenmütze zurück.

Johanna hatte auch vier elektrische Adventssterne aufgehängt, und auf dem Tresen stand ein Arrangement mit einer Lichterkette, die so blinkte, dass die meisten Kunden gleich weiter zur Apotheke gehen und sich Kopfschmerztabletten kaufen mussten.

Sie hoffte, Blomgren würde verstehen, dass sie es in seinem Haus erst so gemütlich weihnachtlich machen würde, wenn sie grünes Licht zum Einzug bekäme. Was war wohl das Problem dabei? Er war doch jetzt geschieden, im Großen und Ganzen jedenfalls, und dass er sie mochte, das war auch klar.

Wenn er nur nicht irgendeine Afrikanerin mit Krusselhaaren und weißen Zähnen und einem Paillettenkleid, wie Diana Ross es hatte, kennen lernte.

Sie bog nervös einen Pfeifenreiniger vor und zurück, bis er abbrach. Abgesehen von Blomgren, sehnte sie sich am meisten danach, dass es sechs Uhr wurde und sie nach Hause gehen und einen Grog trinken konnte.

Im selben Augenblick wurde die Tür weit aufgerissen, sodass der Wind mit Kabbe hereinfuhr, der sich in Wolfspelz und Winterstiefeln ungewöhnlich hoch vor ihr auftürmte.

«Vier Päckchen zuckerfreies Kaugummi und eine Cola.»

Johanna lächelte.

«Gestern spät geworden? Das Junggesellenleben ist ganz schön anstrengend, was?»

Kabbe schenkte ihr sein berühmtes schiefes Lächeln und wandte sich dann Orvar und dem Mann mit der Baskenmütze zu.

«Und was macht das Spiel, Jungs? Werdet ihr denn irgendwann mal Millionäre?»

Orvar lachte.

«Du kannst dich drauf verlassen, dass wir wie jedes Jahr am dreiundzwanzigsten zum Weihnachtsbuffet zu dir kommen, ob wir nun gewonnen haben oder nicht.»

«Das klingt gut!», sagte Kabbe und schlug Orvar auf den Rücken.

Der Mann mit der Baskenmütze blinzelte aus hellblauen Augen.

«Vergessen Sie aber nicht die Schweinsfüße. Ohne gekochte Schweinsfüße zu Weihnachten kann ich nicht leben.»

«Sie kriegen ein ganzes Schuhgeschäft voller Schweinefüße», versicherte Kabbe ihm. «Und echte Vanille im Reis à la Malta. Aber heute Abend solltet ihr auch in den *Kleinen Hund* kommen. Da feiere ich selbst mit richtigem Essen, ehe das Weihnachtsbuffet losgeht. Cœur de filet Provençal, aber anstelle von Kalbsfilet mit Makrele. Das schmeckt besser, als eine argentinische Frau Tango tanzen kann.»

«Komischer Vergleich», sagte Johanna.

Sie sah zum Schaufenster hinaus, und über einer Reihe Weihnachtszwerge aus glänzendem Plastik, die jeder mit einem Lichtlein nach rechts marschierten, begegnete sie Blomgrens Blick.

Seine Augen füllten sich mit Tränen. Johanna drängte sich an Kabbe vorbei und rannte in Hausschuhen raus. Blomgren stand blass und linkisch in einem viel zu großen grünen Lodenmantel und mit einer brauner Kappe auf dem Kopf da. Er sah aus, als hätte seine Mutter ihn angezogen, aber die war ja tot.

«Thomas», rief Johanna, «bist du es wirklich?»

Sie warf sich ihm um den Hals, und er tätschelte ihr den Rücken, als wäre sie ein Hund.

«Jaja», sagte Blomgren. «Nicht jetzt, Johanna. Die Leute können uns sehen.»

«Und was macht das?», fragte Johanna mit strahlendem Gesicht. «Hast du vergessen, dass wir jetzt zusammengehören?»

«Ist mit dem Laden alles in Ordnung? Ich war etwas beunruhigt.»

«Ja natürlich», antwortete Johanna. «Ich habe für Weihnachten dekoriert. Girlanden und so. Komm, sieh es dir an.»

Sie ließ seinen Hals los und zog ihn in den Laden hinein. Da brach ein Tumult los.

«Warst du wirklich in Afrika? Du bist ja nicht einmal braun.»

«Still», sagte Blomgren zu Orvar. «Die Welt ist größer, als du denkst, kleiner Bruder.»

«Du weißt überhaupt nicht, was ich denke! Es ist fünfundzwanzig Jahre her, dass wir unter einem Dach gewohnt haben, und da war ich noch ein Kind. Ich bin ein erwachsener Mensch, und du bist ein anderer, der außerdem in der Zwischenzeit noch einen Laden geerbt hat. Und jetzt hör auf mit dem Geschwätz und erzähle lieber mal, ob du Paula gesehen hast. Ist das Baby schon da?»

«Ich habe Paula gesehen, und das Baby ist noch nicht da.»

Der Mann mit der Baskenmütze nahm die Baskenmütze ab.

Kabbe verließ den Laden, und Johanna beeilte sich, die Beleuchtung auf dem Tresen einzuschalten. Sie zupfte Blomgren am Ärmel, um ihm all die netten Dinge zu zeigen, die sie gemacht hatte, aber er schien nichts zu bemerken.

Dann fing sie an, auf den Nägeln zu kauen, war es aber bald wieder leid, ging in den Raum hinter dem Tresen, besah sich im Spiegel und malte sich die Lippen weihnachtsrot und verlockend.

Blomgren zog den Mantel aus und gab seinem Bruder und dem Mann mit der Baskenmütze feierlich die Hand.

«Das war das erste und letzte Mal, dass ich ins Ausland gereist bin», verkündete er. «Ab jetzt werde ich nicht mehr weiter als bis zur Brücke fahren.»

Die anderen sahen ihn schweigend an.

«Dann ist jetzt also wieder alles wie früher?», fragte Orvar.

«Na klar», sagte Blomgren. «Morgen stehe ich wie immer hinter dem Ladentisch, und Paula hat es gut da unten, wenn sie auch ganz allein sein wird bei der Geburt. Aber eines Tages wird sie schon wieder hierher kommen, und zwar mit meinem Enkelkind, da bin ich sicher.»

Johanna kam aus dem Hinterzimmer.

«Wenn ich den Schlüssel zu deinem Haus gehabt hätte, hätte ich die Heizung anmachen können, Thomas», sagte sie. «Und ich hätte dir Milch und Brot und ein paar Flaschen guten Wein und ein Paket Würstchen und einen Kasten Bier kaufen können. Und ich hätte das Bett frisch beziehen können.»

Mit einem Mal lächelte Blomgren sie mit dünnen Lippen an.

«Ich bin froh, dass du so gut auf das Geschäft aufgepasst hast», sagte er. «Es sieht hier alles sehr gut aus.»

Lotten war rumgelaufen und hatte wie eine Verrückte Weihnachtsschmuck gekauft. Sie bereute nicht etwa, dass sie alle ihre Sachen Kabbe geschenkt hatte, aber es war doch ziemlich mühsam, wieder ganz von vorne anzufangen. Weihnachtsbaumfuß und Glitzerkram. Keine ererbten Sachen, die sie an den Baum hängen konnte, sondern alles neu, neu, neu. Kleine Strohkörbchen und goldene Engel. Rote Samtherzen und silberne Kugeln mit rotem Band. Einen Stern für die Spitze brauchte man und einen Adventskranz.

Jetzt würde sie Sara glücklich machen. Sie wohnten zwar nur in einem kleinen Gartenhaus, aber sie würde es so gemütlich wie möglich machen. Es durfte doch nicht alles vorbei sein, ehe es überhaupt angefangen hatte, dachte Lotten und sprühte «Frohe Weihnachten» auf das Fenster.

Sie hatte eine Glasschüssel mit roten Herzen gekauft und die Pfefferkuchen reingelegt. Dann stellte sie den Glöggwärmer mit eleganten Haken für sechs Glöggbecher mit tanzenden Weihnachtszwergen auf. Natürlich würden an diesem Weihnachten niemals sechs Leute in dem Gartenhäuschen sein. Dafür war gar kein Platz. Vielleicht sollten sie langsam mal nach einer Wohnung suchen, falls Sara sich beengt fühlte. Auf der anderen Seite hatte Sara kein Geld und würde ein weiteres Almosen vielleicht übel aufnehmen. Lotten türmte die Clementinen in einem rot bemalten Korb aus getrocknetem Wacholder zu einer Pyramide auf und schob die Weihnachtslieder-CD mit Madonna in den tragbaren Spieler. Dann zündete sie die Kerzen auf dem Adventsständer und viele kleine, auf den Raum verteilte Teelichte an und schaltete alles elektrische Licht aus.

Sie schaffte es gerade noch, das Streichholz auszublasen, als die Tür aufging und Sara hereinkam und sich in Stiefeln und Mantel aufs Bett warf. Lotten rang nach Luft.

«Die Stiefel!»

«Ach, verdammt», sagte Sara, «ich kann einfach nicht mehr.»

«Kann ich sie dir ausziehen?»

Sara grummelte zustimmend.

Lotten zog ihr einen Stiefel nach dem anderen aus, holte einen Lappen und trocknete sie ab und stellte sie dann vor die Tür auf eine Zeitung.

«Ich habe alles ein wenig weihnachtlich gemacht», sagte sie.

«Gut, Lotten, gut.»

«Das war so ein gelungener Tag», sagte Lotten. «Es ist einfach phantastisch, dass ich das geschafft habe mit all den netten Dingen in unserem Zuhause, obwohl ich doch so lange im Laden gearbeitet habe. Es ist alles so aufregend, findest du nicht? Der Laden und Weihnachten und alles. Und wir zwei. Ich bin sicher, dass es das schönste Weihnachten meines Lebens werden wird. Denk nur, wenn wir Weihnachten zusammen dort stehen werden, du und ich. Du wirst doch sicher mitgehen und die Erscheinung der Madonna ansehen, oder? Das ist hier Tradition. Es gibt viele Leute, die nur darüber lachen, aber ich finde es so schön. Vielleicht schaffe ich es ja, uns beiden die gleichen roten Mützen zu stricken, weißt du, die jetzt gerade so modern sind. Soll ich dir helfen, den Mantel auszuziehen?»

Aber Sara schlief schon fest und lautlos.

Kapitel 9

Tommys erstes Frühstück im Hotel *Saltlyckan* ging ziemlich daneben. Er war zehn Minuten vor zehn angekommen, und ein Mädchen mit ausdruckslosem Gesicht war gerade dabei gewesen, abzuräumen. So schaffte er es gerade noch, ein Kästchen Leberpastete, das ein kleines Plastikschwein als Handgriff hatte, festzuhalten. Er breitete die Leberpastete über eine große runde Scheibe Knäckebrot und dachte einen Augenblick an seine Eltern in Marbella. Nach einem erfolglosen Versuch, den Kaffee zu trinken, schob er ihn von sich und tauchte freudlos einen Teebeutel in lauwarmes Wasser. Sein Magenkatarrh war geblieben, obwohl er seit einigen Jahren trocken war.

Als Tommy vor hundert Jahren jung und gesund in der Nachtredaktion der großen Tageszeitung angefangen hatte, hatte er immer die magenkranken älteren Kollegen belächelt. So würde er nie werden. Zwanzig Jahre lang hatte er einen Schweinemagen, eine starke Psyche, gute Nerven und eine akzeptable Beziehung gehabt. Das alles war innerhalb eines Monats zusammengestürzt. Nach zwei Jahren Krankschreibung war er als freier Mitarbeiter wieder da, und die Chefs der farbenfrohen Wochenzeitungen schätzten seine Reportagen wegen ihres «human touch». Ihre Leser waren Kuchenliebhaberinnen, die zwar keine Diät mehr machten, aber immer noch gern betroffen waren. Sie lasen ebenso gern über kanadische Ärzte, die den Liebhaber ihrer Ehefrau mit einem Schlips erdrosselt hatten, wie über die junge Katze, die ihren an den Rollstuhl gefesselten Herrn davor bewahrt hatte, mitsamt seinem kleinen Haus im Nordosten Englands zu verbrennen.

Es musste ziemlich viel passieren, um Tommy selbst betroffen zu machen. Seit den Filmen über den intelligenten Delphin Flipper hatte er im Kino nicht mehr geweint. Tommys Frau war längst wieder verheiratet, mit einem Beamten vom Sozialamt, der in seiner Freizeit Pfadfinder war, und mit seinen Töchtern aß er jedes Mal, wenn er in Malmö zu tun hatte, zu Mittag.

Er hatte versucht, ein Gespräch mit dem Frühstücksmädchen anzufangen (jedes Gespräch konnte sich zu einem interessanten Tipp entwickeln), doch das hatte sich nur leicht geräuspert und war dann durch die Schwingtür verschwunden. Dann hatte er den Fernseher, der unter der Decke hing, eingeschaltet, und war sehr erschrocken gewesen, als er nach einer Weile feststellen musste, dass er mit offenem Mund Teletubbies anschaute.

«Am besten mache ich den Scheiß aus, bevor ich noch anfange zurückzuwinken.»

Er zog sich seine alte blaue Daunenjacke über das Jackett und rutschte in seinen zerschlissenen Halbschuhen vorsichtig auf die spiegelglatte Straße hinaus.

Er führte ein paar Gespräche auf seinem Handy, aber die Tante in der Redaktionszentrale war nicht eingetroffen, den Anruf bei dem Fotografen nahm ein rotziges Vorschulkind entgegen, und seine Mutter war zum Baden. Das erklärte jedenfalls sein Vater, der verärgert fragte, was er denn auf dem Herzen habe.

Tommy ging durch die kleinen Gassen in Richtung Kirche, um schon mal etwas für seine Madonnageschichte zu recherchieren. Der Fotograf würde sich an einen gedeckten Tisch setzen können.

Doch immer wieder landete er in Sackgassen, wo vor lauter Zäunen, privaten Treppchen und starrenden Katzen nicht einmal mehr Fußgänger weiterkamen.

Irgendwann schaffte er es auf die etwas größere Straße, die

Autoverkehr zuließ, fand aber keine anständigen schwedischen Schilder, die darauf hinwiesen, wo Kirche, Rathaus und Schule lagen. Sowie er einen Vorschuss von der Zeitung bekam, musste er sich neue Schuhe kaufen. Mit dem vorsichtigen Altmännergang kam er sich lächerlich vor. Zwei Schritte vor und drei zurück.

Am Ende gelangte er verschwitzt und kurzatmig zur Kirche, die natürlich abgeschlossen war. Er lachte höhnisch. Warum sollte denn auch mal was klappen?

Er fand eine Tafel, die neben einer Auflistung der Messen im Oktober eine stillschweigende Ermahnung enthielt: Denk an den Tod.

«Ich mache ja kaum etwas anderes.»

Er ging um die Kirche herum und rüttelte an allen Türen. Abgeschlossen. Auf jeden Fall hatte er es versucht. Er hasste diese langen Vormittage. Es war immer so ein Kick gewesen, einen kleinen Gammel Dansk oder zwei oder drei zum Frühstück zu nehmen, um das Getriebe in Gang zu bringen. Es fiel ihm aber nicht schwer, darauf zu verzichten, denn er war ja auf Antabus. Er war eigentlich nicht drauf, sondern sprang drauf. Sowie der Wecker klingelte und er die Augen aufgeschlagen hatte, streckte er die Hand nach einer Tablette aus, löste sie in einem halben Glas Wasser auf und schluckte das alles, ehe er noch weiter nachdenken konnte. Das war der Plan. Jeden Tag, jahrein, jahraus. Kleine, weiße lebensspendende Tabletten mit einem ganz geraden Spalt in der Mitte.

Wenn er nur einmal zögerte, würde er sofort die Tabletten sein lassen und wieder in den alten Trott fallen.

Auf dem Weg zurück von der Kirche blieb er vor dem Schaufenster des Blumengeschäfts stehen und betrachtete die Bilder von den sieben Kandidatinnen für das Luciafest. Sechs waren blond, und eine kam offenkundig irgendwie aus Indien. Sie war natürlich am hübschesten. Wie kriegten die in diesem Teil von

Bohuslän nur jedes Jahr wieder sechs blonde Mädchen zusammen? Das wunderte ihn wirklich, denn er hatte gelesen, dass die meisten Bewohner von Saltön Nachkommen von schiffbrüchigen spanischen Seeleuten waren. Das bekräftigten alle dunkeläugigen Menschen, denen er begegnete.

Tommy beschloss, sich heute noch nicht für eine der Kandidatinnen zu entscheiden. Er lachte laut auf, als ihm der Gedanke kam, dass er wahrscheinlich sowieso nicht abstimmen durfte, weil er ja Fremder war.

Er nickte den wenigen Menschen, denen er begegnete, zu, und sie sahen ihn so verständnislos an, wie die Leute in Stockholm es getan hätten, nur noch schlimmer, ehrlich gesagt.

Am Ende wurde es richtig öde. Und er hatte in seinem Notizbuch in der linken Jackentasche noch nichts Aufsehenerregendes notiert. In der rechten Jackentasche hatte er seinen Apparat, in den er so locker reinsprechen konnte, eine Packung Novalucol und anderthalb Stesolid in einer leeren Dose Snus. Emergency.

Und ganz nah am Herzen, in der Innentasche, trug er sein Handy.

Schließlich war er es leid, all die sauertöpfischen Saltön-Bewohner zu grüßen, und wandte sich den Schaufenstern und Anschlagtafeln des Supermarktes zu. So etwas konnte eine Goldgrube sein. Doch hier war nur die Rede von Salsa- und Flötenunterricht, und er beschloss, es auch nochmal bei dem zweiten Supermarkt zu versuchen.

Auf dem Weg den Berg hinunter entdeckte er ein Reformhaus, das offenbar noch nicht geöffnet war. Vor der Tür standen zwei Frauen im Blaumann. Die eine rauchte, die andere trank irgendeinen Gesundheitstrank. Sie war groß, hübsch und dunkel. Die Ältere, die rauchte, war eine Wasserstoffblondine mit Puppengesicht, die furchtbar griesgrämig aussah, als sie ihn ansah. Die

Lange sah ihn teilnahmslos an und schien an etwas anderes zu denken.

«Hallo, ihr kleinen Pissnelken», sagte Tommy.

Au verdammt, jetzt war es wieder schief gelaufen. Er hatte «Kussröschen» sagen wollen, nur so aus Spaß.

Die Blondine verzog den Mund, aber die Lange machte die Augen auf und sah belustigt aus.

«Gar nicht so einfach, als Fremder hier in der Stadt herumzulaufen», sagte Tommy und blinzelte.

«So soll es sein», erwiderte Lotten.

«Ja, verdammt, kommen Sie doch rein und sehen Sie sich den Laden an», meinte Sara. «Wir haben bald Eröffnung. Vielleicht möchten Sie ja etwas Sibirischen Ginseng probieren.»

Das wollte Tommy. Er schlenderte, begleitet von der zugezogenen Großstadtpflanze, die solch einen angenehmen gesunden Menschenverstand besaß, durch den Laden und schaffte es gerade noch, sich zu ducken, als sie die leere Flasche in einen Karton schleuderte. Die Blonde folgte mit saurer Miene und tat so, als würde sie Wollmäuse aufsammeln, was ihr die Möglichkeit gab, immer gerade dort zu sein, wo sie sein wollte. Und das war genau da, wo sich Sara und Tommy befanden.

«Lotten, jetzt hau doch mal ab, verdammt», sagte Sara schließlich. «Endlich haben wir mal einen interessierten Besucher hier, und du siehst aus wie eine wütende Kuh. Geh doch Fenster putzen oder so, das kannst du gut.»

«Nett», sagte Tommy und machte eine Schachtel Fliederbeerbonbons auf und schüttete sich die halbe Hand voll. Er nahm eins nach dem anderen und stopfte sie sich irgendwohin unter dem Schnurrbart.

«Aber ist das nicht alles ziemlich vorhersehbar, wenn man hier nur Gesundheitskram hat? Knie, Muskeln, Ohren. Potenz und was weiß ich. Ist das nicht langweilig?»

«Was soll denn das heißen? Ich meine, das hier ist nun mal ein Gesundheitsladen», sagte Lotten und stemmte die Hände in die Hüften. «Falls Sie lesen können.»

«Was soll denn das heißen?», fragte Sara im selben Tonfall und verdrehte die Augen. «Du hörst doch, was er sagt. Er ist schließlich Journalist. Sie haben Recht. Wir werden eine Ecke mit Zigarren einrichten.»

Emily wachte um Viertel nach vier am Morgen verschwitzt auf. Die Haare klebten ihr auf der Stirn, und ihr Nacken war nass. Sie fröstelte. Die Puppen lagen steif und stumm da, unergründlich. Emily hob vorsichtig den roten Mantel von Missis hoch. Das schwarze Polohemd und die Jeans saßen perfekt.

«Hat das bei dir noch nicht angefangen? Das Schwitzen und die Angst. Die Wolfsstunde. Es ist nicht so, dass es wie der Blitz auf einmal kommt, falls du das denkst. Aber eines Tages stehst du einfach da und begreifst nicht, was die Leute gegen Schlaftabletten und Stützstrümpfe haben. Das sind alles superpraktische Dinge.»

Sie legte Missis wieder hin. Sie würden einander nie nahe kommen. Emilys Leben hatte nach dem alles entscheidenden Gespräch mit Mister eine andere Wendung genommen.

Über ihrem Bett hing ein Foto von Christer, der gerade eine Hummerreuse aus dem Wasser zog und wie ein glücklicher kleiner Junge aussah. Emily hatte das Foto selbst geschossen, aber Christer hatte es über ihrem Bett aufgehängt. Sie kniete sich auf das Bett. Das Nachthemd klebte an ihr.

«Tschüs, Christer», sagte sie. «Du weißt, dass ich dich mag, aber das ist einfach zu viel.»

Sie hatte keine langen Fingernägel, kriegte aber trotzdem die vier Heftzwecken heraus. Christer segelte von der Wand und rutschte unter das Bett.

Emily versuchte herauszubekommen, ob sie wach war oder

wieder würde einschlafen können. Wenn sie jetzt duschte und runterging, um die Aufläufe zu backen, dann würde sie noch eine Stunde übrig haben, ehe es Zeit war zu öffnen. Vielleicht würden die Puppen vorsichtig einziehen und wenigstens Küche und Bad in Besitz nehmen können.

Sie hörte die Hagakirche auffordernd schlagen. Das entschied die Sache.

Auf dem Weg nach unten, um die Zeitung zu holen, blieb sie stehen und drückte die Nase an die Scheibe im Treppenhaus. Die Nacht war so schwarz, als wollte es nie wieder hell werden, aber die ganze Weihnachtsbeleuchtung auf der Haga Nygata tat, was sie konnte, um die Hoffnung in den Herzen der Menschen zu entzünden. Engel und Herzen, so weit das Auge reichte. Vor einem Teeladen saß ein elektronischer Zwerg und blinzelte, wobei er ein wenig pädophil wirkte. Plötzlich war sie müde. Schon der Gedanke an ein Frühstück verursachte ihr Übelkeit, und sie ging ins Schlafzimmer zurück, legte sich vorsichtig hin, um die Puppen nicht zu wecken, und schlief sofort ein.

Eine Stunde später fühlte sich Emily ausgeruht, frisch und kühl. Sie hatte wieder von Ragnar Ekstedt geträumt. Nicht davon, wie er neulich in den *Zuckerkuchen* gekommen war, überlegen und hochfahrend und herablassend und widerlich. Sie hatte von ihren Liebesstunden im Auto geträumt, als er überlegen und hochfahrend und herablassend und wunderbar gewesen war. Denn da hatte sie ja noch gedacht, sie sei mit im Boot.

Sie dachte an Christer, den demokratischen, mitfühlenden Panda, und konnte sich plötzlich nicht mehr daran erinnern, wie er aussah. Sie musste auf das Bild unter dem Bett gucken. Wie sie sich wünschte, sie hätte von ihm geträumt. Oder besser gesagt – nach einem Blick auf Mister –, wollte sie eigentlich von niemandem träumen.

«Ich habe es nicht vergessen, falls du das gedacht hast.»

Sie ging mit ungewöhnlich schweren, aber entschlossenen Schritten zum Café hinunter. Im Vorbeigehen warf sie den Hamburger vom Vorabend in den Müll. Das Frühstück hatte sie auch vergessen.

Die Arbeiten im *Zuckerkuchen* waren ihr bereits geläufig und vertraut, doch an diesem Morgen knetete sie den Teig besonders heftig, und als sie die Teigplatten in den Kühlschrank gelegt und den Hefeteig zum Gehen auf den Herd gestellt hatte, setzte sie sich vor den Spiegel.

Sie stellte fest, dass sie ein Kinn bekommen hatte. Das Doppelkinn war auch noch da, aber es hatte sich eine kleine, bestimmte Linie ausgebildet, die sie kaum wiedererkannte. Ja, so ein Kinn hatte ihre schlanke Mutter gehabt. Woher kam das denn? War sie wirklich dünner geworden? Wenn sie das nächste Mal ihren Vater besuchte, würde sie sich in die Praxis schleichen und sich auf die große Waage stellen, die hellgrün und sahnegelb auf demselben Platz stand, wo sie schon in ihrer Kindheit gestanden hatte. Das war immer ihr Schrecken gewesen.

«Wenn die Waage nicht ausreicht, müssen wir wohl zum Bahnhof runtergehen», schlug ihre Mutter vor.

Das war am Tag bevor Emily fünfzehn wurde.

Sie sog die Wangen ein und überlegte, ob sie sich liften lassen sollte. Warum denn? Vielleicht konnte sie ihren Papa um Rat fragen. Sie streckte sich nach dem schnurlosen Telefon, das voller Mehl war, nachdem sie die Nummer des Doktors gewählt hatte, aber es ging niemand ran. Das war etwas beunruhigend. Zweiundzwanzigmal ließ sie es klingeln, doch der Anrufbeantworter schaltete sich nicht ein. Sie überlegte, wen sie anrufen und fragen könnte, ob jemand den Doktor nach seiner Londonreise schon gesehen hätte. Blomgren. Ausgeschlossen. Wenn er überhaupt schon aus Afrika zurück war. Lotten. Auf keinen Fall. Sie hatte den Verstand verloren, hatte Kabbe verlassen und war mit dieser abscheulichen Bedienung zusammengezogen, die versucht hatte, MacFie rumzukriegen. Sie würden ein Reformhaus aufmachen. Emily hoffte, sie würden an ihren eigenen Backpflaumen ersticken. Wer interessierte sich auf Saltön schon für Ginseng? Kabbe vielleicht. Das war ein Mann, der gern jung wirkte. Wie sein Leben jetzt wohl aussah? Nach all den Jahren verlassen zu werden. Aber vielleicht merkte er das nicht einmal bei seinen vielen Frauengeschichten.

Vor vielen Jahren einmal waren der Doktor und Emily mit der Jolle rausgefahren und in einer Bucht vor Anker gegangen, weil der Doktor irgendeine verlassene Hummerreuse kontrollieren wollte. Und was lag da zwischen zwei Klippen oder, besser, wer? Emily wollte nicht mehr daran denken. Kabbe hatte alles Unglück verdient.

Als sie das Café öffnete, klebten schon drei Jungen und zwei Mädchen, offenbar von der Höheren Handelsschule, an der Tür. Sie waren höflich und gut gekleidet und kauften Baguettes mit Käse und Salat. Einer von ihnen hatte große, grüne gedankenverlorene Augen, einen schlaksigen, etwas rastlosen Körper und ein kantiges Gesicht. Er war älter als die anderen, so um die fünfundzwanzig, und auch etwas reifer. Sein Hemd im Pepitamuster war frisch gebügelt, und er aß anständig. Er sah in die Tasse, als er umrührte, doch dann hob er den Kopf und schaute Emily über die Köpfe seiner Freunde hinweg an.

Und Emily schaute zurück.

Er nahm nicht länger am Gespräch teil, sondern zündete sich eine Zigarette an und fixierte Emily durch den Rauch.

Eines der Mädchen fragte mit lauter Stimme, ob Emily vielleicht noch etwas Teewasser aufsetzen könne. Natürlich. Sie nahm die fast leere Kanne und ersetzte sie durch eine volle aus der Küche.

Der junge Mann sah Emily lange an, als sie sie zu einer weiteren Runde Tee einlud – schließlich ist es so kalt und bald Weihnachten.

Sie stellte sich hinter den Tresen und fing an, Kekse in ordentliche Reihen zu legen. Wenn sie aufsah, begegnete sie jedes Mal seinem Blick. Sie strich sich das Haar aus der Stirn und sah ihn so lange an, dass er schließlich den Blick abwenden musste.

Sie umklammerte den Puppenmann in der Schürzentasche.

Als die Teetrinker das Lokal verließen, hatte Emily gerade vollauf mit zwei Damen zu tun, die Sachertorte wollten. Die grünen Augen gingen zuletzt, und Emily lächelte, als sie sah, wie er seine Handschuhe auf den Tisch legte.

Als sie die Damen bedient hatte, ging sie ins Hinterzimmer und schminkte sich ein wenig.

Nach einer Weile ging die Tür auf, und der Grünäugige lächelte siegesgewiss, als er seine Handschuhe nahm.

Er kam zu ihr und fragte, ob sie über Mittag schließen würde.

«Nomalerweise nicht, aber heute schon. Um zwei Uhr, wenn der größte Ansturm vorüber ist. Ich wohne eine Etage höher.»

Sie umklammerte Mister in der Tasche, der schon ganz verschwitzt war.

Da hatte er sein Fett weg, der Ragnar Ekstedt aus Kalmar.

Kapitel 10

MacFie schmückte den Weihnachtsbaum für die Hühner und schaltete die Lichterkette ein. Audrey Hepburn glotzte den Baum verliebt an. Leslie Caron gab einen schmachtenden Laut von sich, und Doris Day war noch wuseliger als sonst. Gregory Peck stolzierte herum und schlitzte Strohhalme auf, bis er plötzlich anfing zu krähen, als sei der Weihnachtsbaum ein Rivale.

Clinton strich eifersüchtig um MacFies Bein.

«Ich weiß», sagte MacFie. «Du bist die Nummer eins. Du wirst jeden Abend Reisgrütze bekommen, nur an Weihnachten nicht. Und Reis à la Malta mit echter Vanille darin. Und jeden zweiten Tag eine Zimtstange. Und die Weizengrütze nicht zu vergessen. Mit selbst gemachter Butter und meiner eigenen Brombeermarmelade. Aber an Weihnachten bekommen zuerst die Zwerge ihre Grütze. Und versuch mal, dich in die alten bohusländischen Traditionen einzufügen, und meckere nicht ununterbrochen über Thunfisch in Dosen und Jakobsmuscheln.»

Er ging ins Haus und machte Feuer im Eisenofen. Das Thermometer neben der Kuckucksuhr (an die Sara immer ihre Jacke gehängt hatte) zeigte vierzehn Grad.

«Ich möchte achtzehn», sagte MacFie zu sich selbst. «Vierzehn ist überhaupt nicht gut für die Bücher und die CDs.»

Nachdem er im Schuppen hinter dem Hühnerhaus Birkenkloben geholt hatte, machte er mit kleinen Splinten und einer alten Ausgabe des *Observer* ein Feuer an. Die Birkenhölzer brannten gehorsam, obwohl sie erst seit ein paar Monaten zum Trocknen lagerten.

Er machte sich eine große Tasse Pulverkaffee der Sorte Espresso und setzte sich, um ein wenig im *Le Figaro* zu blättern, den er zur großen Erheiterung des Briefträgers abonniert hatte.

«Vielleicht ist es ja doch schade, dass ich nicht mehr reisen mag», sagte er, als er ein jüngst aufgenommenes Bild vom Quartier Latin sah, wo die Leute im Straßencafé saßen und man hinter einem Zeitungskiosk einen Maroniverkäufer erahnen konnte. «Aber ich bin genug gereist, Bill. Mit allem anderen bin ich übrigens auch fertig, aber meine Fotos sollte ich vielleicht etwas besser sortieren.»

Clinton leckte sich ungerührt die rechte Vordertatze.

MacFie nahm einen alten Schuhkarton mit Bildern aus dem Paris der sechziger Jahre heraus, schob ihn aber schnell wieder zurück.

Er legte eine CD mit Liedern von Edith Piaf ein, machte aber wieder aus, sowie sie anfing zu singen.

Dann holte er eine Flasche Calvados heraus, goss sich ein Glas ein, nippte an dem Getränk, zog eine Grimasse und schüttete den Rest in einen Blumentopf.

«Verdammtes Mädchen.»

Clinton nieste.

Die Nacht wurde unerwartet kalt. In den letzten Monaten waren es abends drei Grad minus – das reichte aus, um morgens, nur um ihn zu ärgern, auf den Fensterscheiben Eisblumen wachsen zu lassen. Aber jetzt war es mit einem Mal dreiundzwanzig Grad kalt. Die Bewohner von Saltön trauten ihren Augen nicht, als sie das Thermometer besahen, sondern riefen einander an, um sicherzugehen, dass sie sich nicht getäuscht hatten. Dann traten sie auf die Veranda und nahmen ein paar tiefe Atemzüge, um festzustellen, ob die Nase zusammenklebte. Das tat sie.

In vielen Kellern froren Rohre und Wasseruhren ein, und die Klempner rieben sich erst die Hände, wurden dann aber immer gehetzter und grimmiger. Ihre Frauen hatten keine Zeit, sich um die Rechnungen zu kümmern, weil sie schließlich das Wasser für den Stockfisch wechseln mussten.

In der Schule gab es sofort Ferien, denn wie sehr der Hausmeister auch anfeuerte, kam man im Klassenzimmer nicht auf mehr als vierzehn Grad. Die nicht berufstätigen Eltern war sehr ärgerlich, als die Kinder mitten bei den Weihnachtsvorbereitungen oder noch größeren Heimlichkeiten plötzlich nach Hause kamen.

Als der Bootsausstatter um neun Uhr öffnete, war Kabbe der erste Kunde. Seine Ohren waren rot, und er bedauerte insgeheim, dass er, um männlich zu wirken, nur selten eine Mütze aufsetzte.

«Machen Sie die Tür hinter sich zu!», rief der Kapitän aus dem Innern des Ladens. Er war eigentlich kein Kapitän, in Wirklichkeit war er nie zur See gefahren. Er hieß nur so.

«Darf ich vorher noch reinkommen?», fragte Kabbe aus den Tiefen seines gewaltigen Pelzes.

Drinnen angekommen, stampfte er den Raureif von den Stiefeln und schob den Kopf aus dem hochgestellten Kragen.

Sie gaben sich die Hand und sprachen dann über das bevorstehende Weihnachtsfest und die Beschaffenheit des Anchovis im *Kleinen Hund*, ehe sie zum Thema kamen.

«Ich brauche ein Seil.»

«Sie meinen einen Tampen. Nur Touristen fragen nach einem Seil.»

Sie gingen nach hinten in den Laden, wo die Schoten auf großen Rollen aufbewahrt wurden.

Der Kapitän klopfte Kabbe mit seiner riesigen Pranke auf die Schulter.

«Wozu brauchen Sie es denn?»

«Ja, was glauben Sie denn? Um mich aufzuhängen natürlich.»

Der Kapitän lachte anerkennend. Ein Gespräch mit Kabbe war immer eine Herausforderung.

Kabbe ging selbst hin und suchte ein Seil mittlerer Stärke aus. Er roch daran und runzelte die Stirn.

«Ich möchte, dass es nach Teer riecht. Das ist sehr wichtig. Ich liebe Teergeruch.»

Der Kapitän lehnte sich vor und steckte seine dicke Nase in die Rolle.

«Ja, also das hier riecht nach Teer wie der schlimmste alte Schornstein.»

Kabbe kaufte drei Meter, bekam zehn Zentimeter noch umsonst drauf und nickte zufrieden. Er war vielleicht klein gewachsen, aber kein Geizhals.

«Wissen Sie eigentlich, wo der Doktor ist?», fragte der Kapitän, als er gerade gehen wollte. «Ich würde ihn gern mal in mein Ohr schauen lassen.»

«Irgendjemand hat gesagt, er sei nach London, um mit Magdalena Månsson einkaufen zu gehen», meinte Kabbe. «Ich verstehe nicht, was die Leute alles machen.»

Magdalena und der Doktor saßen in einem Straßencafé auf einem schattigen Platz im alten Stadtteil Plaka und sahen einander in die Augen.

Der Doktor aß von seinem griechischen Salat und sah zur Akropolis hinauf. Er wurde nie müde, sich vorzustellen, wie es ausgesehen haben musste, als das Parthenon aufgebaut wurde. Wie alt wurden die Bauarbeiter damals? Im Durchschnitt vielleicht so dreißig.

«Das hier ist das Mutigste, was ich je gemacht habe», sagte Magdalena. «Stell dir vor, ein einfaches Ticket, nur hin. Ich wusste gar nicht, dass es so etwas gibt.»

Der Doktor streckte den Arm aus und spießte eine Olive auf seine Gabel.

«Es ist auch für mich das Mutigste, was ich je gemacht habe. Und gleichzeitig das Phantastischste. Und vielleicht einfach das Romantischste.»

«Hättest du lieber gehabt, wenn Emily davon wüsste?»

Er schüttelte den Kopf.

«Nein. Ich habe ihr alle erdenklichen Gelegenheiten gegeben, es zu verstehen, und es ist mir nicht gelungen. Jetzt hat sie nichts mehr damit zu tun. Ich habe ihr am Ende auf Wiedersehen gesagt, aber ich glaube, sie hat sich nicht einmal die Mühe gemacht, es zu begreifen. Natürlich liebe ich sie. Sie ist meine Tochter, und ich habe für sie gesorgt. Aber mit dem hier hat sie nichts mehr zu tun. Nicht mit uns, und auch mit mir nicht mehr.»

Magdalena umfasste seine Hand. Sie war groß und warm. Ihre war klein und sehnig. Sonnenverbrannt, mit dunkelbraunen Flecken auf dem Handrücken.

«Findest du, dass dieses hellblaue Kleid zu jugendlich für mich ist?»

Er lachte.

«Du bist das Jugendlichste, das ich kenne, Magdalena. Natürlich musst du Hellblau nehmen. Für die Hoffnung! Soll ich eine blaue Rose im Knopfloch tragen?»

Magdalena schlug erschrocken die Hände vors Gesicht.

«Nein, nein, ein rote sollst du haben.»

Der Ober lächelte über sie hinweg, als er die Vorspeise abtrug und verkündete, dass das Souflaki nun bald serviert werden würde.

«Ich glaube, der wird nie alt», sagte der Doktor.

Magdalena nahm ihre Handtasche und trippelte hinter dem Ober her, der ihr nach eifrigem Gestikulieren die Damentoilette zeigte.

Der Doktor brach sein Brot auseinander und warf einigen flatternden kleinen Vögeln, die fast so aussahen wie schwedische Spatzen, die Krumen zu.

«Kommt nur. Aber ihr nicht», fügte er ärgerlich hinzu und sah ein paar graue Tauben streng an, die versuchten, sich vorzudrängeln.

Als Magdalena zurückkam, saß der Doktor immer noch in sein Gespräch mit den Vögeln versunken da, die er sehr langsam fütterte.

«Sitzt du hier und fütterst wie ein Rentner die Tauben?»

In ihrem Innern spürte Magdalena, wie die Trauer von ihrem Herzen Besitz ergriff.

Wenn ältere Männer anfingen, sich mit kleinen Vögeln zu unterhalten, dann war ihrer Meinung nach das Ende nicht weit. Das hatte sie schon dreimal erlebt.

Der Doktor sah auf. Er zeigte auf einen kleinen plustrigen Vogel, der herumhüpfte.

«Das da ist nicht Emily.»

Magdalena nickte einer Taube zu, die still unter einem Apfelsinenbaum saß.

«Nein, das da ist Emily», sagte sie, «und du hast gesagt, du würdest aufhören, an sie zu denken.»

«Ich werde nicht aufhören, an sie zu denken, aber ich habe ihr nichts mehr zu sagen.»

«Kommst du nachher noch zu mir nach Hause?»

Johanna flüsterte, aber nicht leise genug. Der Mann mit der Baskenmütze hob die Mütze ein wenig hoch und spitzte die Ohren.

Blomgren zuckte zusammen.

«Zu dir nach Hause? Warum denn?»

Johanna verdrehte die Augen und lachte, aber in ihrem Innern machte sich Ärger breit, verbunden mit einer großen Sehnsucht nach Wodka und Orangensaft, gern lauwarm, denn draußen war es kalt.

Der Mann mit der Baskenmütze räusperte sich.

«Du hast doch sicher einiges von deiner Reise zu erzählen, Blomgren. Es sind schließlich noch nicht viele Leute von Saltön im tiefsten Afrika gewesen. Die letzten müssen die Brüder Johansson gewesen sein, die versucht haben, in Fischerbooten Touristen über den Viktoriasee zu verfrachten. Und dennoch bist du nicht länger weg gewesen, als dein Bruder braucht, um auf dem Traber nach Göteborg und zurück zu kommen.»

Er lachte über seinen eigenen Witz.

«Es ist ein richtiger Reporter nach Saltön gekommen», sagte Johanna. «Der könnte dich über alles, was du erlebt hast, interviewen.»

Blomgren schüttelte ihren Arm ab und fing an, den Glastisch zu polieren.

«Ich habe dort auch nichts anderes erlebt als hier zu Hause. Soll heißen, gar nichts.»

Johanna holte hörbar Luft.

«Aber du hast doch Paula getroffen. Das war doch wohl phantastisch, oder?»

«Das war natürlich nett. Deswegen bin ich ja auch hingefahren.»

Sein Gesicht hellte sich einen Augenblick lang auf, verdüsterte sich dann aber wieder.

«Aber ziemlich viele Insekten und andere Tiere.»

«Na, dann gehe ich mal Hause, wenn du mich nicht mehr brauchst.»

Johanna knotete den Schal umständlich um ihren Kopf.

«Ich gehe nach Hause und setze mich vor meine Weihnachtskrippe. Die hat Magnus in Thailand gekauft, sie leuchtet in bunten Farben.»

Der Mann mit der Baskenmütze kicherte.

«Und welche Farbe hat das Jesuskind?»

Johanna blitzte ihn an.

«Ich habe auch eine gewöhnliche Krippe, so eine aus Gips.

Die habe ich, seit Magnus klein war. Die wird an ihrem angestammten Platz stehen. Aber die neue stelle ich auf den Kühlschrank, dann brauche ich schon mal keine Verlängerungsschnur.»

«Wir schließen jetzt!», rief Blomgren mit ungewöhnlich lauter Stimme und versuchte, seinen Bruder rauszuschieben, der in ein Trabrennprogramm versunken dastand, und den Mann mit der Baskenmütze, dessen Mütze sich in einem Weihnachtszwerg aus Blumendraht verheddert hatte, der über der Tür hing. Johanna nahm den Schal wieder ab.

Die beiden Männer zogen schimpfend in den eisigen Wind hinaus, und ein so kalter Windzug fuhr in den Laden und um Blomgrens dünnen Körper, dass er vergaß, die Tür hinter ihnen abzuschließen.

«Habe ich nicht gehört, dass ein kleiner Vogel mich gebeten hat, heute Abend zu ihm zu kommen?», fragte er und schloss Johanna in seine kantigen Arme.

Sie kicherte zufrieden und hörte fast völlig auf, an den wartenden Wodka zu denken.

Im selben Augenblick ging die Tür auf, und der kurz gewachsene Reporter kam zitternd in seinen Halbschuhen herein.

Er stellte sich so schnell und professionell vor, dass Blomgren wie ein Fisch nach Luft schnappte und nicht einmal Johanna es schaffte, einen viel sagenden Blick auf die Uhr zu werfen.

Tommy berichtete ohne Umschweife von seinem großen Projekt und dem vierfarbigen Magazin über das Thema «Weihnachten wie in alter Zeit», das nächstes Jahr herauskommen sollte.

«Man würde gern einmal mit einem Fotografen so ein liebevolles Paar wie Sie beide zu Hause besuchen», sagte er.

«Kommt nicht infrage», sagte Blomgren und ließ Johanna los.

«Das wäre wunderbar», jubelte Johanna.

Tommy beschloss, auf die Frau im Trainingsanzug zu setzen,

die offenbar zur Zusammenarbeit bereit war, und sandte ihr ein verschwörerisches Lächeln.

«Sicher pflegen Sie zu Hause schöne Weihnachtstraditionen», sagte er. «Immer einen Topf Grütze auf dem Herd. Das mit der Krippe aus Thailand klang ja sehr interessant.»

Blomgren und Johanna starrten einander an.

«Wie können Sie davon wissen?», fragte Johanna.

«Lange Ohren!», rief Tommy und zeigte sicherheitshalber auf seine rot gefrorenen Ohrmuscheln. «Eine Berufskrankheit.»

«Ich habe meinem Jungen immer gesagt, dass man im Winter eine Mütze mit Ohrenklappen braucht», sagte Johanna. «Sonst endet man so wie Sie.»

«Dann bräuchte ich nur noch die Adresse», meinte Tommy und lächelte. «Und ich versichere Sie meiner tiefsten Dankbarkeit. Ich habe gehört, dass es hier auf Saltön schwer sein soll, über die Schwelle der Leute zu kommen.»

«Da muss man eigentlich nur die Tür aufmachen», sagte Blomgren, «wenn sie verschlossen sein sollte.»

«Halb acht würde uns doch gut passen, nicht wahr, Thomas?»

Kapitel 11

Sie schaffte es gerade noch, im Schlafzimmerschrank einen großen Schluck Wodka direkt aus der Flasche zu nehmen, während Blomgren sorgfältig Mantel, Mütze und Schal an der Garderobe aufhängte. Sie steckte die Flasche in einen Stiefel und kam schnell wieder aus dem Schrank hervor.

Es brannte ihr warm und angenehm in der Kehle, und das reichte fast aus, sie wirklich glauben zu lassen, Blomgren würde sich nach ihr sehnen und hätte es auch noch gesagt.

«Hast du dein Bett nicht gemacht?»

«Nein, es ist überhaupt nicht gut, die Betten zu machen. Hat Emily das immer gemacht? Das gibt nur eine Menge Falten. Ich habe aus den ganzen Gesundheits- und Schönheitszeitschriften, die ich gelesen habe, als gerade keine Kunden im Laden waren, ziemlich viel gelernt, das sage ich dir. Vielleicht habe ich sogar die gelesen, für die Tommy schreiben wird. Über uns!»

«Es gefällt mir nicht, dass er hierher kommt», meinte Blomgren.

«Denk einfach nicht mehr daran», sagte Johanna und zog ihn zum Bett.

«Aber willst du nicht ein wenig aufräumen, wo du Besuch bekommst?»

Doch Johanna lachte nur.

«Er muss mich so nehmen, wie ich bin. Genau wie du, Thomas.»

Blomgren fand es schön, sich in Johannas Bett zu legen. Auf der Reise hatte er überhaupt nicht gut gelegen.

Doch als es an der Tür klingelte, saß er ordentlich auf Johannas glänzendem Sofa und sah die Ziehung der Lottozahlen im Fernsehen, während Johanna im Badezimmer stand, die Dusche laufen ließ und Wodka trank.

Tommy hatte ein herzliches Lachen zwischen der roten Nase mit dem herunterhängenden Schnurrbart und dem hochgestellten Kragen, aber er trug immer noch Halbschuhe. Blomgren betrachtete sie mit aufrichtig sorgenvoller Miene.

«Die taugen nichts für hier.»

«Ich weiß, aber ich habe hier auf Saltön so viel zu tun gehabt, dass ich es nicht geschafft habe, mir anständige Stiefel zu kaufen.»

«Überschuhe reichen schon», sagte Blomgren und zeigte auf das Sofa.

Tommy erklärte, dass er noch keinen Fotografen dabeihätte, weil der auf dem Weg nach Saltön hängen geblieben wäre. Er war ebenso wie Tommy freiberuflich tätig und hatte eine Heimreportage gehabt, die er nicht ablehnen konnte.

Blomgren schüttelte den Kopf.

«Ich habe ja schon einiges gesehen, immerhin habe ich selbst ein Zeitungsgeschäft», sagte er. «Aber das hier ist keine Heimreportage.»

Er senkte die Stimme.

«Ich wohne gar nicht hier.»

Tommy schlug sich mit dem Stift an die Stirn. Gott, war das schrecklich, nicht rauchen zu können.

«Möchten Sie einen kleinen Glögg, oder lieber etwas Stärkeres?»

Johanna stand mit glasigen Augen vor ihnen. Sie trug einen glänzenden blauen Trainingsanzug. Tommy lächelte. Er erkannte sowohl den Blick als auch die Kleidung wieder.

«Gern einen Glögg. Wenn er ohne Alkohol ist.»

«Das ist er nicht», antwortete Johanna und verschwand in Richtung Küche.

Tommy sah sich im Zimmer um.

«Hier ist ja gar keine Weihnachtsdekoration», sagte er und nahm einen Schluck lauwarmes Leitungswasser, das er sich hatte erkämpfen können. «Seid ihr hier auf Saltön vielleicht ein wenig streng? Ich meine, vielleicht wollt ihr Weihnachten nicht vorwegnehmen. Vielleicht hängt ihr erst nach dem dritten Advent die Weihnachtssachen auf?»

Johanna zeigte auf die Krippe im Fenster.

«Sehen Sie da. Und wir haben noch eine Krippe.»

«Was heißt hier wir?», fragte Blomgren. «Halt mich da raus. Wir! Magnus ist schließlich schon vor Ewigkeiten ausgezogen. Wie ich gehört habe, ist er in Spanien. Mit Hans-Jörgen aus der Bibliothek. Man sagt, die Bücher würden jetzt alle wie Kraut und Rüben stehen. Nicht dass ich selbst hinginge.»

Johanna und Tommy starrten ihn an.

«Ja, ich wohne überhaupt nicht hier. Emily, also meine Frau, die hängt immer schon früh die Weihnachtssachen auf. Da gibt es in jedem Fenster verschiedene kleine Herzen und Zwerge. Und natürlich den Julbock auf der Kellertreppe. Und die Adventskerzenständer mit Moos. Der weiße im Wohnzimmer und der aus Messing in der Küche.»

«Ja, ja», unterbrach ihn Johanna. «Ihr seid geschieden.»

«Ich habe nie begriffen, wie sie sich das alles merken konnte, damit jede Girlande Jahr für Jahr am selben Platz hing», fuhr Blomgren mit dünner Stimme fort. «Und dann säte sie die Grassamen immer zur rechten Zeit ein, sodass der Rasen vor der Weihnachtskrippe genau richtig hoch war, sodass die kleinen Lämmer darin stehen konnten. Sie hatte einen Ordner, in dem sie das alles notierte. Wenn das Gras zu hoch geworden wäre, hätte man nämlich die kleinen Fliegenpilze nicht gesehen.»

«Was für ein elendes Geschwätz», sagte Johanna.

Tommy holte ein zuckerfreies Kaugummi heraus, legte es aber

wieder zurück, als ihm klar wurde, dass er kurz vorher ein Päckchen Snus genommen hatte.

«Was haben Sie denn für Traditionen, was das Weihnachtsessen angeht?», fragte er freundlich. «Legen Sie Hering ein?»

«Nein, Gott, wie furchtbar», sagte Johanna. «So etwas nennt man verschwendete Frauenkräfte. Ich kaufe das Weihnachtsessen am Tag vor Heiligabend fertig im Supermarkt. Vor allem die Wurst und die Grütze sind da gut. Das ist dann genug. Magnus, das ist mein Sohn, der hat immer gefunden, dass meine Fleischbällchen die besten sind, obwohl sie fertig gekauft sind. Was meinst du, Thomas?»

Blomgren zuckte zusammen. Er war tief in Gedanken an Emilys Rollbraten und Presskopfsülze versunken. Und wenn sie Wurst machte. Was für ein Fest! Verschwitzt und angestrengt. Thomas half ihr immer mit dem Naturdarm. Und die kleine Paula. Als sie ein kleines Mädchen war, durfte sie auf einem Hocker dabeistehen, wenn die große Weihnachtsbäckerei begann. Er erinnerte sich noch an ihre karierte Schürze und das Kopftuch und ihre rosigen Wangen, als sie dastand und den Safranteig mit den speckigen kleinen Armen knetete. Manchmal zeigte sie auf das Fenster, und da saß immer ein kleiner Dompfaff oder eine Meise in der Weihnachtsgarbe, die er an der Wäscheleine festgemacht hatte. Im Radio wurden alte Weihnachtslieder gespielt, und manchmal schneite es draußen.

Paula hatte gesagt, dass sie im Sommer nach Hause kommen würde, dann würde die Umstellung für das Baby nicht so groß sein. Aus Afrika direkt in den schwedischen Winter wäre zu viel gewesen. Aber im nächsten Jahr würde das Kleine die Dompfaffen anschauen können, wenn der Opa eine Garbe aufhängte.

In Afrika hatte Paula, soweit er es beurteilen konnte, ziemlich wohl ausgesehen, und sie schien auch ausgeglichen, obwohl sie mit dem Kind allein sein würde. Nach ihrer Mutter hatte sie nicht gefragt, aber nach ihrem Großvater.

«Ich begegne dem Doktor nie», hatte Blomgren geantwortet. «Ich habe ihn nicht gesehen, seit ... ja. Aber er gibt sich ja meist mit Magdalena Månsson ab. Ich glaube auch nicht, dass Mama und er sich oft treffen. Sie ist die meiste Zeit in Göteborg in ihrem Café. *Dicker Kuchen* heißt es.»

Johanna goss sich noch mehr Glögg ein.

«Nehmen Sie noch einen Pfefferkuchen», sagte sie zu Tommy. «Das sind *Annas*. Die essen sie sogar in Amerika.»

«Danke, aber momentan will ich ja gerade nicht auf das Internationale hinaus. Am meisten interessiert mich, welche Weihnachtsbräuche Sie hier auf Saltön pflegen. Gute alte Westküstentraditionen. Pökelhering. Eingelegter Dorsch. Was ist eigentlich an dieser Geschichte mit der Erscheinung der Madonna?»

Johanna lachte.

«Ja, das ist immer lustig. Bleiben Sie ruhig so lange hier, das ist wirklich einzigartig. Da haben die Leute in Stockholm beim Friseur was zu lesen. Mein Sohn ist übrigens auch fast Friseur.»

Blomgren sah sie abschätzig an.

«Aber die Sache mit der Madonna ist auch sehr schön, Johanna. Ich würde sagen: Großartig! Man muss rechtzeitig da sein, und Emily hat immer etwas zu essen dabei, Safrankuchen und warmen Kakao in einer Thermoskanne, für den Fall, dass die Nacht kalt wird. Und das ist es Heiligabend ja immer auf die eine oder andere Weise. Aber Emily strickt jedes Jahr für mich und für Paula eine neue Mütze, die wir morgens zu Weihnachten bekommen. Und es gibt auf dem Friedhof ziemlich viele Leute, denen unsere neuen Mützen auffallen.»

Sara räumte fröhlich zwischen den Kartons im Laden herum. Lotten hatte noch geschlafen, als sie ganz leise davongeschlichen war.

Draußen war es furchtbar kalt, und die Fensterscheiben des Reformhauses waren vor Eis undurchsichtig.

Sara lachte laut. Dieser Journalist hatte doch das eine oder andere begriffen. Eigentlich hatte er nicht mehr getan, als die Situation infrage zu stellen, aber das hatte der in Sara schlummernden Kreativität einen Tritt gegeben.

«Schlummernde Kreativität, was für ein blödes Gerede!», sagte sie zu sich selbst und jonglierte geschickt mit drei Mandarinen.

Der Fehler war, dass sie einem traditionellen Konzept gefolgt war. Also, Lotten und sie. Lottens konservative Art prägte die ganze Einrichtung. Damit man an Sonne und Frische dachte. Aber es musste ja genau umgekehrt sein. Die Welt rief nach tiefer, dunkler Mystik. Über Gesundheit hatte man schon genug geredet. Klar brauchte man Ginseng und russische Wurzeln, aber es fehlt noch was Originelles, irgendwas anderes. Obskur musste es sein. Sie riss die Fotos von der joggenden Sara und der schneidigen Lotten herunter und schrieb auf ein riesiges Schild:

WOLLEN SIE EIN GEHEIMNIS ÜBER SICH SELBST WISSEN? WOLLEN SIE SICH FREI MACHEN?

DANN SIND SIE HIER RICHTIG. WIR ÖFFNEN AM 23. DEZEMBER.

VERDAMMT. KOMMEN SIE HER UND SCHREIEN SIE!

Sara jodelte eine lange Melodie, und als die zu Ende war, stand sie auf, um die Musik im Radio lauter zu drehen. Erst da bemerkte sie, dass sie beobachtet wurde.

Lotten stand in ihrem neuen weihnachtlich roten Angorapullover, und ihr Gesicht hatte ungefähr dieselbe Farbe.

«Was machst du denn?», zischte sie und zeigte auf das Plakat.

Sara lächelte ihr zu. Auch sie selbst hatte erstaunlicherweise rote Wangen.

«Setz dich, Lotten, dann erkläre ich es dir. Wir sind auf dem falschen Dampfer. Ich habe die ganze Nacht darüber nachgedacht. Es ist eine große Sache.»

Lotten ließ sich, widerstrebend von Saras Enthusiasmus mitgerissen, auf einen Umzugskarton sinken und fing an, mit einer alten Tennissocke von Sara ihre roten Stiefel zu putzen.

«Also, Gesundheit», sagte Sara. «Gesundheit. Saras und Lottens Gesundheit. Guten Tag, guten Weg, und was dann? Nein, wir müssen die ganze verdammte Bandbreite bieten. Gesunder Geist in gesundem Körper, falls du zur Schule gegangen bist. Achtung! Nicht etwa ein gesunder Geist in einem runden Körper – vielleicht nicht einmal ein gesunder Geist. Eine suchende Seele in einem gesunden Körper. Du kannst gleich losfahren und schwarze Farbe kaufen, dann erkläre ich nachher mehr. Zwei große Dosen.»

«Erst wenn ich weiß, warum.»

Sara schloss die Augen und zählte bis zehn. Das half normalerweise, wenn sie das Gefühl hatte, zu schnell zu sein. Die Farbe auf ihren Wangen verblich sofort. Lotten wartete ungeduldig.

«Also, die eine Hälfte des Ladens soll sonnengelb sein, so wie sie es schon ist, deshalb ist das alles also keine Verschwendung, falls du das meinst. Die andere Hälfte soll nachtschwarz werden mit weinroten Stoffen. In der gelben Hälfte verkaufst du Gesundheitssachen. Du kannst mich ja fragen, wenn es Probleme gibt. Du weißt, dass ich mich in dieser Branche auskenne, weil ich ja im Reformhaus meines Vaters gearbeitet habe. Und in der anderen Hälfte lese ich aus dem Kaffeesatz. Das habe ich in Istanbul gelernt. Das ist zwar schon sieben Jahre her, aber ...»

Lotten brach der Schweiß aus.

«Aber muss man so was nicht richtig können? Hokuspokus mag ich nicht.»

«Ich habe ein Talent dafür», sagte Sara ernst. «Ich habe das Talent, aber ich habe es noch nie genutzt.»

Lotten zog ihren Pelz an und nahm ihre Handtasche. Sie griff nach ihrer Brieftasche und sah demonstrativ nach, ob die Plastikkarten alle an ihrem Platz saßen.

«Soll die Farbe matt, glänzend oder halb glänzend sein?», fragte sie.

«Absolut glänzend», sagte Sara und lächelte unwiderstehlich. «Keine halben Sachen.»

Sie nahm ein Stück Kreide und fing konzentriert an, einen Kreis für ihre Wahrsagerei aufzuzeichnen, als die Tür aufging.

«Hast du was vergessen?», fragte Sara über die Schulter, ohne sich umzudrehen. «Kauf ruhig noch ein paar zusätzliche Rollen. Die halbe Decke muss schwarz werden. Aber wir werden Sterne aussparen.»

Doch es war nicht Lotten gekommen.

MacFies Gesicht war ein wenig mehr verbiestert als sonst. Eine seltsame grüne Militärjacke, die wahrscheinlich aus der Zeit der großen Demos stammte, hing wie ein Sack an ihm, und die Khakihosen steckten in zerschlissenen Springerstiefeln.

Sara wandte sich um, als es so still war. Sie merkte, wie ihr Puls stieg und ihre Gesichtszüge sich verhärteten.

«Willst du in den Krieg ziehen?»

«Guten Morgen. Ist Lotten nicht da?»

Sara schüttelte energisch den Kopf. Das konnte ja wohl nicht wahr sein. Sie mochte nicht einmal reden aus Angst, die Stimme würde ihr versagen.

«Schade», sagte MacFie und ging.

Sara schoss hoch.

«Kannst du nicht mal die verdammte Tür hinter dir zumachen?», kreischte sie.

Aber er war schon weg.

Sie ging zum Kühlschrank und holte die Kanne mit norwegischem Quellwasser, das mit Apfelessig verfeinert war, heraus.

Dann goss sie sich einen Becher nach dem anderen ein und trank wie verrückt, bis sie nicht mehr konnte.

«Nicht die Lust verlieren», sagte sie. «Nicht die Lust verlieren. Nicht die Lust verlieren.»

Gut. Sie hatte ein Mantra gefunden.

Sie krempelte buchstäblich und im übertragenen Sinne die Ärmel des Jeanshemds hoch und teilte den Laden in verschiedene Bereiche ein. Dann machte sie eine Einkaufsliste. Die wurde lang. Nach einer Weile fing sie an zu pfeifen und merkte es nicht einmal, als Lotten wieder zurückkam.

Zwei große Dosen Farbe landeten mit einem Knall auf dem Tresen. Sara betrachtete sie fröhlich.

«Gut, gut, gut. Übrigens war MacFie hier und hat nach dir gefragt.»

«Ich weiß. Ich habe ihn auf dem Weg getroffen.»

Lotten hängte ihren Pelzmantel auf und nahm einen Schokoladenkuchen light, den sie gierig zu essen begann. Sie bot Sara nichts an.

«Die Farbe hat über dreihundert Kronen gekostet.»

«Okay.»

Lotten aß den Rest des Kuchens auf.

«Ich glaube, wir müssen uns mal hinsetzen und in Ruhe über diesen Laden reden.»

«Vergiss es. Dazu haben wir keine Zeit. Zieh mal den dunklen Maleroverall an. Du siehst darin viel besser aus als in diesem Weihnachtsmannanzug.»

Lotten drehte sich um.

«Du bemerkst also, was ich anhabe! Na gut. Aber dann kannst du dich heute Abend selbst um Glögg und Pfefferkuchen kümmern.»

«Na klar. Wenn du mir sagst, was MacFie wollte.»

Lotten runzelte die Stirn.

«Ich verstehe nicht, dass du dich für diesen alten Kerl interessierst, den du außerdem noch hast sitzen lassen. Er wollte wissen, wo der Doktor ist.»

«Woher solltest du das wissen?»

«Ja, woher sollte ich das bloß wissen? Vielleicht, weil er mit meiner Mutter zusammen verreist ist. Ich dachte, sie würden nur ein paar Tage in London einkaufen gehen, aber sie sind wohl länger geblieben. Schließlich sind es erwachsene Leute. MacFie vermisst anscheinend seinen alten Kumpel. Sein Leben muss leer wie eine Dose geworden sein, als du abgehauen bist und Mama den Doktor mit Beschlag belegt hat. Der arme kleine MacFie. Aber er sah wenigstens nicht ernsthaft krank aus, also war es wahrscheinlich kein medizinisches Problem, für das er Rat brauchte.»

Sara holte rasch Luft. Sie hatte nicht im Entferntesten daran gedacht, dass MacFie krank werden könnte. Die ganze Welt war voller Alterszipperlein, aber sie hatte nie eines mit ihm in Verbindung gebracht.

«Jetzt malen wir», sagte sie. «Du machst die Decke.»

«Das war ja klar.»

«Ja, aber es ist auch das Leichteste. Du musst nicht grundieren. Mach dir eine Linie mit dem Kreppband, und male dann einfach auf das Gelb. Die halbe Decke gelb und die andere Hälfte schwarz. Aber vergiss nicht, erst die Sterne festzukleben. Ich habe Punkte hingesetzt, wo sie sein sollen. Sie sollen den Kleinen Bären darstellen.»

«Und du bist der Kleine Bär, oder was?», fragte Lotten, die jetzt wieder fröhlich aussah und die Quittung für die Farbe in ihre Handtasche tat.

«Lieber der Große.»

Emily strahlte übers ganze Gesicht und warf einen Blick in den Spiegel. Sie war einfach süß. Das hatte sie schon immer gefunden.

Sie holte die Familie aus der Schublade, einen nach dem anderen, am Schluss Mister.

«Entschuldigt bitte», sagte sie. «Ich wollte einfach nicht, dass ihr das seht. Und auch nicht hört. Und ich wollte schon gar nicht gesehen werden.»

Grandma starrte sie wütend an.

«Ich weiß, was du denkst, und es ist mir egal. Schließlich habt ihr keinen Schaden erlitten. Außerdem habe ich die Schublade einen kleinen Spalt offen gelassen. Aber ich kann jetzt nicht länger reden. Ich muss schnell duschen und dann wieder runter und den *Zuckerkuchen* aufmachen. Es ist Viertel vor drei, und ich habe ‹über Mittag von 2 bis 3 Uhr geschlossen› auf den Zettel an der Tür geschrieben.»

Grandma schloss die Augen, als hätte sie vor lauter Anspannung Kopfschmerzen.

«Ich hab's eilig. Ihr bleibt hier liegen, bis ich geschlossen habe.»

Emily schob die Schublade wieder zu, hielt dann aber inne, lächelte und holte Mister raus und küsste ihn leicht auf die Stirn.

«Vollkommen richtig», sagte sie. «Du hattest völlig Recht. Dass es so lange gedauert hat.»

Vor nicht allzu langer Zeit hatte sie jedes Mal Tränen in den Augen gehabt, wenn sie *If I used to love you* im Küchenradio gehört hatte. Damit war jetzt Schluss.

Als sie ins Badezimmer ging, sah sie, dass Henrik seine Handschuhe auf dem Tischchen im Flur vergessen hatte.

Sie winkte ihnen freundlich zu und stieg mit einem kleinen Ballerinenhüpfer in die Badewanne.

Kapitel 12

Der Pfarrer bedachte sie mit einem warmen Lächeln.

«Und wann soll die Hochzeit stattfinden?», fragte er.

Sie saßen auf weißen Plastikstühlen auf der Terrasse vor der skandinavischen Kirche in der Hafenstadt Piräus bei Athen. Nur wenige Meter vor ihnen brauste der Verkehr durch die schmale Straße, und hundert Meter weiter lagen in einer kleinen Hafenbucht einige Boote vertäut. Blaue Boote mit rote Wasserlinie. Der Himmel und das Meer waren auch sehr blau, wenn auch in unterschiedlichen Nuancen.

Der Doktor hatte, genau wie verlangt, das Aufgebot aus Schweden, eintausendachthundert Kronen und ein Kilo schwedischen Kaffee mitgebracht.

«Dieses Jahr hatten wir so viele Hochzeiten in Piräus, dass wir mit Kaffee gut versorgt sind», sagte der Pfarrer.

Sie gingen gemeinsam die Zeremonie durch.

«Die letzte Hochzeit ist für uns beide schon lange her, da hat man einiges vergessen. Wir haben natürlich keine Trauzeugen», sagte der Doktor.

«Ach du!», Magdalena lachte. «Wir können zwei Putzfrauen aus dem Hotel als Zeuginnen mitnehmen. Ich kenne die alle.»

«Es geschieht oft, dass Brautpaare ohne Zeugen hierher kommen», sagte der Pfarrer. «Der Kantor und unsere Hauswirtschafterin sind da gern behilflich.»

«Vielen Dank», sagte der Doktor.

«Wie unkompliziert hier alles ist», sagte Magdalena. «Das ist umso schöner, wenn man ein wenig mitgenommen und müde ist. Wir haben einiges mitgemacht.»

«Die Blumen für den Brautstrauß werden Sie leicht finden», fügte der Kantor hinzu, der gerade mit einem Tablett Kaffeebecher und Kekse herauskam. «Hier in Griechenland kann man für wenig Geld die unglaublichsten Sträuße bekommen.»

«Am liebsten hätte ich einen Mittsommerstrauß von Saltön», sagte Magdalena. «Waldstorchschnabel, Phlox, Margeriten, Jungfer im Grünen, Taubnessel, Hornklee und Butterblumen.»

«Das könnte schwierig werden.»

Sie gingen hinein und sahen sich den Kirchenraum an, der vor der Bibliothek, einem Laden und einem Gemeinschaftsraum lag. Der Doktor durfte zusammen mit dem Kantor die Lieder aussuchen, während Magdalena das kleine skandinavische Geschäft mit Streichkäse, Kaviar und Molkekäse inspizierte.

«Wie süß», sagte sie.

Als sie auf Wiedersehen gesagt hatten, gingen der Doktor und Magdalena Hand in Hand den sich windenden Weg den Hügel hinauf. Ein paar schwedische Schulkinder, die in der Kirche Bücher ausgeliehen hatten, sahen ihnen nach.

«Wie alt die waren! Sie sah aus wie meine Urgroßmutter.»

«Aber er sieht richtig müde aus. Sieh mal, wie langsam er geht.»

«Wenn sie heiraten, muss er ja nicht schnell gehen. Es ist nicht weit von der Tür zum Altar, und da soll man langsam schreiten.»

«Kommt, wir fragen den Pfarrer, wann die Hochzeit ist, dann können wir zusehen.»

«Au ja! Wir fragen, ob wir Reis werfen dürfen!»

Als sie den Hügel hinaufgekommen waren, blieb der Doktor stehen und trocknete sich Stirn und Kopf mit einem Taschentuch.

«Komm, wir setzen uns ein wenig auf diese Mauer hier», sagte Magdalena. «Meine Beine sind so müde.»

«Mich legst du nicht herein», sagte der Doktor und lächelte.

«Nein, weißt du was, ich schaffe es schon noch bis zu dem Restaurant da unten, ohne zwischendurch auszuruhen. Siehst du das Strohdach und die Terrasse? Da liegt uns das Meer zu Füßen, genau wie im *Kleinen Hund*.»

Während sie die Karte lasen, bestellte der Doktor sich schon mal einen Ouzo.

«Anis tut gut», sagte er und blinzelte Magdalena zu.

«Dann nehme ich ein Glas Retsina.»

Sie waren gern zusammen und hatten gelernt, auch gemeinsam zu schweigen. Sie tranken langsam, während sie auf den Salat und den gebratenen Tintenfisch warteten.

«Und für mich bitte eine Portion Skordalia extra.»

«Wie kann man nur Knoblauch in den Kartoffelbrei tun», sagte Magdalena.

«Du hast doch gehört, was der Pfarrer über die Suppe gesagt hat. Bei der Hochzeit isst man Magiritsa. Die wird aus Innereien gemacht.»

«Das wird gut», sagte Magdalena.

Er drückte ihre Hand.

Der Abendwind war sanft, aber die Dunkelheit brach schnell herein.

Der Doktor und Magdalena hatten es nicht eilig. Sie nahmen einen Pfirsich und ein paar Trauben aus dem Obstkorb und prosteten sich mit Wein zu.

Aber irgendetwas lag in der Luft, eine Gelegenheit, die nicht so schnell wiederkehren würde, und so nahm der Doktor plötzlich ein Flugticket aus der Tasche.

«Das hier, Magdalena, ist ein Retourticket nach Schweden für dich. Am Tag nach Heiligabend geht der Flug, sodass du rechtzeitig zu Hause bist, um mit deinen Verwandten Weihnachten zu feiern. Ich habe vor, dir vom Flugplatz aus nachzuwinken.»

Magdalena wurde immer blasser.

Der Doktor nahm beunruhigt ihre Hand.

«Aber du, Doktor, du bleibst hier, oder was?»

Er nickte.

«Ja. Ich bleibe in Athen. Zum Sterben.»

Sie zog ihre Hand ruckartig aus seiner. Ihre Stimme war leise, aber klar vor unterdrückter Wut.

«Und was glaubst du, wer du bist, dass du über meinen Kopf hinweg bestimmen kannst? Glaubst du, du kannst Magdalena Månsson wie irgendeine Magenverstimmung behandeln? Das ist ja wohl das Übelste, was mir je passiert ist!»

Sie schob den Teller von sich fort. Das Weinglas fiel um, und der Rotwein floss über den Tisch und tropfte auf die Leinenhose des Doktors. Er rührte sich nicht.

«Magdalena, du weißt nicht, wie krank ich bin. Seit ich erfahren habe, dass ich Bauchspeicheldrüsenkrebs habe, der sich schon ausgebreitet hat, ist alles so schnell gegangen. Ich habe nicht mehr viel Zeit, aber du schon, soweit ich das beurteilen kann. Ich werde glücklich sterben, mit dir verheiratet und in der ruhigen Gewissheit, dass du wieder sicher zu Hause auf Saltön bist.»

«Nein, weißt du was, Doktor! All dieser wichtige Kram, dass Mann und Frau zusammenstehen sollen, in guten und in schlechten Tagen, das hast du ja wohl nicht verstanden! Hast du denn gar nicht gehört, was der Pfarrer gesagt hat? Oder hast du nur zugehört, als er über die Suppe geredet hat. Dann kannst du die ganze Hochzeit sein lassen, wenn du mich fragst.»

Sie stand ruckartig auf, nahm ihre Tasche und rannte weg, ohne sich darum zu kümmern, dass der Stuhl umfiel.

Der Doktor erhob sich wie paralysiert.

«Magdalena! Bleib stehen. Komm zurück, dann erkläre ich es dir besser. Lauf nicht weg. Du kannst ja nicht mal Griechisch!»

Aber sie war bereits verschwunden.

Kabbe parkte seinen glänzenden BMW direkt vor dem Eingang zur Kirche auf dem Behindertenparkplatz. Abgesehen von seinem Wagen, war der Parkplatz leer.

«Das war ja wohl klar», murmelte er. «Wenn ein Steuerzahler einen Besuch in der Kirche machen will, dann ist das verdammte Ding natürlich zu.»

Er warf einen raschen Blick auf ein leeres Baugerüst an der Stirnseite der Kirche.

«Und wenn ich in eine Kirche gehe, dann ist immer gerade jemand dabei, sie umzubauen.»

Er zog ärgerlich an der Kirchentür, die sofort aufging. Mit plötzlichem Interesse sah er zu, wie sie sich langsam wieder schloss. «Versuchen Sie nicht, die Tür selbst zu schließen», stand auf einem Schild. Das wäre vielleicht etwas für den *Kleinen Hund*.

Er stampfte vor Kälte mit den Füßen und nahm die Pelzmütze vom Kopf, die er nach einem Blick aufs Thermometer widerwillig aufgesetzt hatte. Bis zum Altar war es ganz schön weit. Was für ein Glück, dass er nie geheiratet hatte. Was für ein sinnloser Weg. Da war doch der kleinste Gang durch den Volkspark sinnvoller. Er lächelte etwas schief. Im Volkspark war im Laufe der Jahre viel passiert. Unter der Bühne, auf der das Sommerkonzert stattfand, zum Beispiel. Wie hieß sie denn noch, die kleine Rothaarige aus der Parfümerie: Gladys?

Er ging still nach vorne, setzte sich in die vierte Bank und starrte auf den bleichen Christus am Eisenkreuz.

«Schon bald hänge ich da, genauso fit wie du.»

Fit war wirklich unglaublich blöde gesagt. Man musste ja nicht immer Witze machen. Zumal, wenn man selbst gar nicht zum Scherzen aufgelegt war.

Er sah zur Kanzel hinauf und erinnerte sich an eine Messe, in der Orvar und er mit einer Zwille von der Orgelempore nach dem Pfarrer geschossen hatten. Natürlich nur unschuldige kleine Papierkugeln aus Seiten, die sie aus dem Neuen Testament gerissen hatten, aber immerhin. Es hatte einen riesigen Aufstand gegeben. Von da an hatten die Konfirmanden sonntags in der Kirche immer ganz vorn sitzen müssen.

Seither war er nur in die Kirche gegangen, wenn es unbedingt nötig war, das letzte Mal zur Beerdigung seines Schwagers Karl-Erik Månsson.

Jetzt lag Karl-Erik in seinem protzigen Familiengrab mit einer weißen Taube auf dem Stein. Tauben waren etwas, was man am allerwenigsten mit diesem Mann verbinden konnte. Eigentlich hätte er eine Möwe haben müssen.

Über Tote nicht schlecht denken. Kabbe bekreuzigte sich.

Mein Gott, war er jetzt auch noch Katholik geworden? Seit Lotten weggelaufen war, zu viele Seifenopern im Fernsehen gesehen. In den amerikanischen Serien waren es immer junge katholische Priester, die herumliefen, Kreuze schlugen und sich in dumme Silikonblondinen verliebten, deren Unterlippe zitterte.

Das hier führte zu nichts. Er stand auf und ging auf den Ausgang zu, nachdem er noch einen raschen Blick auf den Altar geworfen hatte. Die Kirche war nicht mehr leer.

In der letzten Bank saß Tommy und hatte den Kopf wie zum Gebet gesenkt.

Kabbe wollte sich einfach vorbeischleichen. Eine gute Kinderstube hatte er schon, aber nur, wenn er wollte. Doch Tommy hörte seine Schritte, hob den Kopf und begrüßte ihn mit verlegenem Gesichtsausdruck.

«Aha, suchen Sie also auch nach etwas», sagte Kabbe.

«Ganz und gar nicht», erwiderte Tommy und stand auf. «Ich gehe nur die zwölf Punkte der Anonymen Alkoholiker durch. Das muss ich jeden Morgen machen. Sonst funktioniert es nicht. Und im Hotel ist so furchtbar viel Trubel.»

Er ging mit Kabbe hinaus.

«Was machen Sie jetzt?»

«Ich gehe natürlich arbeiten. Ein Weihnachtsbuffet auf Saltön ist kein Kinderspiel. Mit einem Koch und einer Bedienung und einem Nichtsnutz hinter der Bar kommt man nicht weit. Unter uns gesagt, werde ich den Ausschank wahrscheinlich selbst machen müssen.» Er nickte und setzte sich ins Auto.

Tommy blieb mit hängenden Armen stehen. Er fühlte sich wirklich nirgendwo zu Hause. Das Leben war viel einfacher gewesen, als er noch getrunken hatte. Da hatte er sich fast überall zu Hause gefühlt.

Kabbe legte aus alter Gewohnheit von Jugendtagen her einen Kickstart hin und fuhr den Hügel hinunter. Als er außer Sichtweite war, ging Tommy in die Kirche zurück.

Eine halbe Stunde später trat er wieder auf den Friedhof hinaus, immer noch so ängstlich wie zuvor. Der Himmel war bleich und die Luft eiskalt. Ein Auto parkte, und die unsympathische Blondine kroch heraus. Er grüßte, und sie sah ihn fragend an.

«Ich bin Tommy, der Journalist, der in dem Gesundheitsladen von Ihnen und Ihrer Freundin war. Erinnern Sie sich nicht an mich?»

«Doch, natürlich», sagte sie, und als der Pelz aufging, sah er, dass sie darunter einen fleckigen Maleroverall trug. Er konnte seine Belustigung nicht verbergen.

«Was gibt's denn da zu lachen?»

«Gar nichts. Schöne Kirche.»

«Ja, darauf sind wir hier sehr stolz.»

«Ich verstehe. Aber es ist schwer, die Augen vor echter Schönheit zu verschließen, wenn man ihr begegnet.»

Sie errötete.

«Danke!»

Er sah, dass sie ihn missverstanden hatte, murmelte auf Wiedersehen und machte auf dem Absatz kehrt.

«Sie dürfen hier auf Saltön nicht in Halbschuhen herumlaufen!», rief sie hinter ihm her. «Sonst werden Sie krank!»

Als er außer Sichtweite war, blieb er stehen und rauchte eine Zigarette. Wenn man so langfristig arbeitete wie er hier, dann machte sich ein Gefühl der Einsamkeit breit. Ungewohnt war es, und fast unwirklich. Wenn der Fotograf kam, würde alles etwas konkreter werden. Er nahm sein Handy und sprach ihm rasch eine Nachricht auf den Anrufbeantworter, bevor er weiter den Hügel hinunterschlenderte. Er kam an einer Schule vorbei, deren Fenster mit Papierengeln, Wattekugeln und Baumwolle behängt waren. Man hörte Klaviergeklimper und einige Stimmen von drinnen. Zögernder Chorgesang. Hosianna? Macht hoch die Tür? Was hatte die kleine engstirnige Blondine an der Kirche zu suchen gehabt? Bestimmt war sie im Kirchenchor.

Er konnte sie sich richtig in der Sonntagsschule vorstellen. Ganz vorne und mit Zöpfen.

Lotten ging bis zum Altar vor, bog am Kreuz ab und zündete eine der Kerzen in dem großen schmiedeeisernen Leuchter an.

«Ja, Brüderchen», sagte sie. «Es wird ein trauriges Weihnachten werden ohne dich, Karl-Erik. Und ohne Mama, aber das weißt du ja vielleicht. Sie ist mit dem Doktor zusammen, dem Vater von der dicken Emily. Und die dicke Emily ist weggezogen und hat in Göteborg ein Café eröffnet. Und ich habe Kabbe verlassen. Manchmal fehlt er mir richtig. Ich habe schon immer Männer gemocht, die bestimmend waren, das weißt du ja. Möchtest du einen Witz hören? Es kamen einmal ein Busfahrer und ein Priester zum heiligen Petrus. Der Priester kam nicht rein, weil während seiner Predigten immer alle eingeschlafen waren, aber für den Busfahrer lief es gut, denn alle seine Fahrgäste hatten in jeder Kurve zu Gott gebetet. Lustig, nicht? Den kannst du den anderen erzählen. Je nachdem, wie es im Himmel zugeht.

Was weiß ich. Weihnachten muss ja ein hoher Feiertag sein, wo du jetzt bist. Aber bis zu uns und zur Madonna seht ihr wahrscheinlich nicht. Es gibt da etwas mit der Madonna in diesem Jahr, was ich dir erzählen muss.»

Nach einer Weile verließ sie weinend die Kirche.

Kapitel 13

«Oje, wahrscheinlich machen Sie schon zu», sagte ein blasses Mädchen, das fünf Minuten vor sechs in den *Zuckerkuchen* kam.

«Macht nichts», sagte Emily. «Ich wohne im selben Haus.»

Sie wischte die Tische ab, während das Mädchen eine Zimtschnecke herunterschlang und dazu einen Kaffee trank. Als Emily sich herabbeugte, um eine heruntergefallene Serviette aufzuheben, wurde ihr schwarz vor Augen, und sie merkte, dass sie den ganzen Tag nichts gegessen hatte.

Sie nahm sich eines der übrig gebliebenen Krabbenbrote und eine Flasche Mineralwasser und setzte sich mit Messer und Gabel an einen Tisch, auf dem eine brennende Kerze stand.

«Das muss man sich wert sein», sagte das Mädchen und schlürfte den letzten Rest Kaffee in sich hinein. «Manchmal begreife ich nicht, wie alte Frauen es schaffen, den ganzen Tag zu arbeiten. Ich bin jetzt schon erschöpft, und ich bin erst Studentin.»

Emily war auch sehr schnell erschöpft und merkte nicht einmal, dass das Mädchen ging. Ihre Mundwinkel fielen herab.

Nach einer Weile zuckte sie in ihrem Halbschlaf zusammen. Sie hatte etwas Wichtiges vergessen. Es war schon nach sechs.

Sie warf sich den Mantel über und rannte durch Haga zu dem Laden in der Landsvägsgatan. Vom Laufen bekam sie Seitenstiche und musste sich atemlos an der Hauswand abstützen, wo eine Frau in ihrem Alter bereits die Werbeschilder von der Straße holte. «Kaufen Sie eine fertige Decke im Kreuzstich – und tun Sie so, als hätten Sie selbst gestickt!»

«Haben Sie schon zu?»

«Was glauben Sie?»

«Ich habe selbst einen Laden, ich weiß, wie das ist. Der Rücken tut einem weh, und die Füße sind geschwollen. Man will nur noch nach Hause zu seiner Familie», sagte Emily.

«Ich habe keine Familie, zu der ich nach Hause gehen könnte», sagte die Frau und machte eine einigermaßen einladende Kopfbewegung in Richtung Eingang. «Was brauchen Sie denn?»

«Hm, ich wäre sehr dankbar, wenn ich einen Gardinenstoff kaufen dürfte», sagte Emily. «Es ist sozusagen ein Notfall. Ich weiß auch genau, welchen Stoff ich will. Den rosa-weiß karierten, der im Fenster liegt.»

Die Frau wickelte ein paar Lagen von dem Tuch ab und griff nach einem strengen Blick auf die Uhr zur Schere.

«Wie viel?»

Emily machte die Augen zu und verhandelte mit sich selbst.

«Zwanzig Zentimeter», sagte sie. «Oder nein, ich nehme fünfundzwanzig, dann reicht es noch für ein Tischtuch.»

In der Nacht hielt die Kälte das Land fest umklammert. Die Straßen waren leer, nur die Taxis luden noch fröhliche, nach Glögg riechende Gesellschaften vor den Kneipen ab. Es war die Zeit der Weihnachtsfeiern. Auf Saltön musste Kabbe noch eine weitere Bedienung einstellen, und der Koch ging auf dem Zahnfleisch.

In Haga in Göteborg brannte in fast allen Fenstern Licht, und die Weihnachtsdekorationen wetteiferten miteinander. Emily sprühte Schnee auf die Fenster und das Dach der Puppenstube.

«Jetzt sieh mal nicht so verkniffen aus», sagte sie zu Missis. «Ich weiß, dass es um diese Jahreszeit viel Arbeit ist. Aber du hast wenigstens Hilfe bei den Weihnachtsgardinen. Als ich Hausfrau war, hat mir niemand geholfen. Meine Schwiegermutter war tot, und meine Mutter schaffte es nicht einmal, ihre eigenen Gardinen aufzuhängen. Aber mein Gott, was habe ich es Weihnachten immer schön gemacht. Schon zu Lucia war alles sauber, und dann kam die große Weihnachtsbäckerei und all der andere Kram. Es roch nach Zimt, Ingwer, Glögg und Tannenreisig. Wegen Paula hängte ich alle Girlanden jedes Jahr exakt an dieselbe Stelle. Blomgren hat davon natürlich nie was gemerkt. Auf jeden Fall hat er nichts gesagt. Ich konnte schon froh sein, wenn er Weihnachten mit mir zur Kirche ging. Ich hatte immer etwas zu essen dabei, das mochte Paula so gern. Und Kakao in der Thermoskanne. Und ich habe Blomgren und Paula jedes Jahr gleiche Mützen gestrickt, die sie dann in der Heiligen Nacht aufhatten. Aber Blomgren hätte genauso gut eine Zeitung auf dem Kopf haben können, denn das Einzige, was er im Kopf hatte, waren Fußballtoto und Lotto.»

Emily hob Girl hoch.

«Weißt du was, morgen ist Lucia, aber das kennst du vielleicht nicht, wo du doch aus Boston kommst. In Amerika feiert man das wahrscheinlich nicht. Keine Sorge, ich werde es dir schon beibringen. Wenn ich heute Abend fertig bin, könnt ihr schon einziehen, und ehe ich schlafen gehe, kannst du für die ganze Familie singen. Das wird eine Überraschung! Ich habe richtige kleine Kuchen für euch, nicht etwa aus Plastik, sondern aus Safranteig, den ich heute Morgen gemacht habe.»

Emily holte die Kuchen aus der Küche und lächelte wieder, als sie Henriks Handschuhe auf dem Flurtisch entdeckte. Die würde sie morgen mit ins Café hinunter nehmen. Emily Schenker war keine leichte Beute mehr. Sie verabscheute sich selbst, wenn sie daran dachte, wie sie herumgekrochen war und das Mittsommeressen für Ragnar Ekstedt vorbereitet hatte, dem das dann alles scheißegal gewesen war.

Sie blinzelte Mister zu und legte die Familie in eine Reihe, sodass alle zuschauen konnten, als sie das Puppenhaus möblierte, mit kleinen Nägeln die Bilder aufhängte und die neuen Gardinen anbrachte.

«Viele Leute haben an Weihnachten rote oder rot karierte Gardinen, und ich habe das früher auch oft gehabt. Aber inzwischen finde ich das zu konventionell», sagte sie zu Missis und Grandma. «Ich nehme mal an, ihr versteht, wovon ich rede. Wenigstens in eurem tiefsten Innern. Inzwischen habe ich gar keine Gardinen mehr zu Hause. Aber ihr bekommt die rosa karierten, genau die, die ich auch im Café habe.»

Das Telefon klingelte stur, sechsmal, siebenmal ...

«Wenn es nur nicht Christer ist.»

Es war Christer.

«Hallo.»

Sie seufzte.

«Bist du heute auch sauer?»

«Nein, eigentlich nicht. Nur nicht so verbal drauf wie du.»

«Huch, da habe ich aber mein Fett weg. Wie war dein Tag?»

«Ja, wie er in einem Café so ist.»

Emily glättete das Laken, während sie sprach.

«Vielleicht ist es besser, wenn ich nicht mehr anrufe, Emily.»

«Doch natürlich, tut mir Leid, ich bin einfach nur müde. Ruf doch bitte an.»

«Ich bin übrigens auf eine Reihe von Leuten getroffen, die nach deinem Vater gefragt haben. Anscheinend hätte er vor ein paar Tagen schon zurückkommen sollen.»

«Habt ihr in dem Kaff da nichts anderes, worüber ihr reden könnt? Oder bist du von deinem Beruf schon völlig geschädigt? Glaubst du, er sei von der Mafia gekidnappt worden? Also nein. Such dir einen anderen Grund, wenn du mich anrufen willst. Mein Vater kommt immer zurecht. Er ist schließlich Arzt.»

Christer blieb auf seinem Sofa mit dem Hörer in der Hand sitzen, nachdem Emily eilig aufgelegt hatte. Was machte er bloß falsch? Sie rieb sich an allem, was er sagte. Wenn es nicht so unsinnig gewesen wäre, hätte er gefragt, ob sie einen anderen kennen gelernt hatte.

Er hatte gehofft, sie würde ihn bitten, doch zum Luciafest nach Göteborg zu kommen. Aber als das Gespräch sich so entwickelte, brachte er nicht einmal heraus, dass er einen freien Tag genommen hatte.

Er wollte nicht nur den betrunkenen Jugendlichen entfliehen, die sich auch auf Saltön am Abend vor Lucia herumtrieben. Er hatte einfach in Emilys Bett liegen und Lucia feiern wollen. Er musste schlucken, als er sich ihre große starke Erscheinung im weißen bodenlangen Nachthemd mit Luciakrone auf dem Kopf vorstellte. Und dann die selbst gemachten Kekse. Diese Frau wusste einfach, was ein Mann brauchte.

Er holte seine Fernsehzeitung hervor und studierte das Abendprogramm. Der einzige Vorteil an dem hässlichen Vierparteienhaus, in dem er wohnte, war, dass er vierzehn verschiedene Kanäle sehen konnte, von denen mehrere Sport in verschiedenen Variationen brachten. Er fand trotzdem nichts, was ihn lockte, und so stellte er sich ans Fenster und sah hinaus. Dabei stieß er versehentlich an seinen grellgelben Adventsstern, woraufhin die Glühbirne darin an die Außenseite geriet und einen großen schwarzen Fleck in die Pappe brannte.

Christer riss den Stern herunter und warf ihn in den Müll.

Dann zog er seine Daunenjacke und die Strickmütze an und ging hinaus ins Dorf.

Er ging die Straßen auf und ab. Sie waren leer. Im *Kleinen Hund* saßen fröhliche Menschen. Er betrachtete sie eine Weile durch das Fenster. Einige kannte er gut, und andere nur vom Sehen, aber Freunde hatte er hier nicht.

Kabbe war durch das Fenster nicht zu sehen, und er konnte ihn auch nicht schon wieder zu Hause stören.

Christer ging zum Hafen hinunter und ließ sich den eiskalten Wind direkt ins Gesicht blasen. Schön, wenn es wehtat.

Er ging zur Würstchenbude und kaufte sich einen doppelten Cheeseburger und ein Eis. Den Hamburger ließ er in eine Tüte einpacken, denn er wollte ihn zu Hause essen, doch als er über den Marktplatz ging, nahm er ihn, ohne es zu merken, heraus und aß ihn.

Im Reformhaus brannte Licht, und er sah Sara und Lotten. Er stellte sich direkt vors Fenster. Sie bemerkten ihn nicht einmal, so einen Spaß hatten sie an der gemeinsamen Arbeit. Jetzt holte Lotten ihren Pelzmantel. Sie sah wütend aus.

Sara stand auf einer Leiter und machte irgendeinen schwarzen Samtstoff an der Decke fest, wie einen Betthimmel ohne Bett.

Sie war ganz beschäftigt, hatte ein Maßband um den Hals und eine Schere in der hinteren Jeanstasche.

«Du hast versprochen, dass wir uns einen gemütlichen Abend machen», schimpfte Lotten. «Es ist Lucia.»

«Ja, aber da wusste ich doch nicht, dass das hier so entsetzlich lange dauern würde.»

«Aber wir wollten doch Pfefferkuchen essen und zusammen sein, nur wir beide.»

Sara stieg verärgert von der Leiter.

«Mein Gott, was gehst du mir auf die Nerven. Warum sollen wir immer zusammenglucken? Du bist ja nicht einmal lesbisch.»

Lotten wurde rot und biss sich wie ein kleines Kind auf die Lippe.

«Ich will einfach jemanden haben, den ich umsorgen kann.»

«Meine Güte, warum hast du dann Kabbe verlassen?»

Lotten stampfte mit dem Fuß auf.

«Weil er nicht umsorgt werden wollte. Er hat gesagt, ich würde ihn ersticken.»

«Das kann ich verstehen.»

«Deshalb war er auch andauernd untreu. Er fand Frauen, die nicht die ganze Zeit für ihn sorgten, einfach spannender.»

Sara seufzte.

«Geh nach Hause. Ich arbeite allein weiter. Stell dir vor, wenn wir am Luciamorgen heimlich eröffnen könnten! Das wäre doch stark, oder?»

Lotten stand unentschlossen da, sah Sara an und schluckte. Schließlich warf sie den Pelzmantel wieder ab.

«Okay. Ich bleibe. Und ich werde jetzt endlich Ordnung in diese verdammten Kräutertees und Erbsen und Linsen und Sojabohnen bringen.»

Sara lachte laut.

«Vergiss nicht das Soja mit Östrogen. Falls dich die Wechseljahre so unentschlossen machen, kannst du ja eine Dose auf eigene Rechnung nehmen.»

«Also, die haben bei mir wirklich noch nicht angefangen!»

Christer betrachtete immer noch das seltsame Schaufenster mit Hormonpräparaten, Diätpillen und Neuform, durchmischt mit ausgebreiteten Tarotkarten und einem Plan der Tierkreiszeichen. Er hatte nicht gehört, was die Frauen gesagt hatten, merkte aber natürlich, dass der Streit beigelegt war. Alle hatten jemanden.

Er schlenderte zum Marktplatz hinunter und kaufte noch einen Hamburger («Verdammt, da habe ich doch vergessen, dass mein Kumpel auch einen wollte»). Den trug er in einer Tüte den ganzen Weg nach Hause zu seinem Fußballabend.

Die Nacht wurde immer kälter, aber in Saras und Lottens Laden roch es nach Schweiß. Das Radio war voll aufgedreht.

«Langsam wird es», sagte Sara, als jede von ihnen in einem Glas Moosbeerensaft eine Tablette mit Nahrungsergänzung nahm.

Lottens Haare hingen ihr in verschwitzten Strähnen herunter, und ihr Hals war rot gefleckt. Sie lächelte, als sie die Einrichtung anschaute. Die lange Wand war vom Boden bis zur Decke voller Regale. Sie hatte sie mit Gesundheitsprodukten in Reihen, Stapeln und Pyramiden gefüllt. An der Stirnwand stand die Kasse auf dem alten Marmortresen. An der gegenüberliegenden Wand stand Saras wunderbares okkultes Zelt aus schwarzem Samt, das mit roten Stoffrosen bedeckt war. Der Eingang war aufgeschlagen, sodass man darin den schwarzen Boden und den glitzernden Thron sehen konnte. Davor stand ein Tisch mit Kerzen und Rauchwaren und ein niedriger Hocker für Kunden, die Hilfe und weise Ratschläge suchten. Das große Schaufenster war ebenfalls umgestaltet. Da waren jetzt ein riesiges Schild mit der Aufschrift «Haben Sie Fragen an die Zukunft?» und ein Bild von Sara (sie hatte einfach den Körper von dem Joggingbild weggeschnitten). Eine Sprechblase aus Saras Mund sagte: «Von mir bekommen Sie die Antworten.»

Ganz vorn im Fenster stand eine elegante Pyramide aus Äpfeln. *«One apple a day keeps the doctor away.»* Und dazu ein Porträt von Lotten: «Meine Ratschläge für Ihren Körper werden Sie nie müde werden lassen.»

«Vielleicht klingt das doch ein wenig nach Porno», meinte Lotten.

«Nein, nicht unbedingt.»

Lotten hüpfte vom Tresen herunter.

«Ende der Pause.»

Sie holte sich Eimer und Schrubber, zog ihre Gummihandschuhe an und fing summend an, den Fußboden zu wischen. Sara schüttelte den Kopf.

«Visionen», sagte sie, drehte das Radio laut auf und fing an, im ganzen Laden goldfarbenes Konfetti zu verstreuen.

Um sieben Uhr morgens sah man überall auf Saltön verschiedene Luciareigen.

Verschlafene Kindergartenkinder, die lustige runde Körper hatten, weil sie unter ihren Jungfer- und Sternenkinderkleidern ihre Schneeanzüge trugen. Eilige Eltern mit Kuchenschachteln voller selbst gebackener Kekse. Kichernde Schulkinder mit Glögg in Thermoskannen, die Mädchen mit Glitter im Haar.

Aus dem Rathaus erklangen gepflegte Luciagesänge. Rut in der Rezeption war hier Lucia, und das war sie seit neunzehn Jahren jedes Mal. Elmer der Immobilienmakler war wie immer als Sternenjunge verkleidet und trug eine verbeulte Papptüte auf dem Kopf. Seine Angestellten standen an der Wand aufgereiht und lauschten dem Weihnachtspotpourri, bis sie Kaffee, Glögg und Pfefferkuchen bekamen.

Der gigantische Weihnachtsbaum auf dem Marktplatz, der wie immer höher und ausladender war als jemals zuvor, bog sich bedenklich in dem scharfen Wind. Dieses Jahr hatten die Kaufleute aus Angst vor Vandalen beschlossen, dass nur der obere Teil des Baumes eine Beleuchtung haben sollte.

Der Geschäftsführer des Supermarktes warf dem Baum einen wütenden Blick zu, als er seinen Laden aufschloss. Als er sich am Abend zuvor schlafen gelegt hatte, hatte er sich darauf gefreut, dass seine kleinen Töchter ihn, als Luciamädchen verkleidet, mit einem Frühstückstablett wecken würden. Doch als er aufwachte, lag seine Frau noch im Bett und schlief mit offenem Mund, und die Mädchen saßen vorm Fernseher und aßen alte Chips.

Er begann mit finsterer Miene Clementinensteigen zu stapeln, als ihm plötzlich schwarz vor Augen wurde und er eine leichte Übelkeit verspürte. Er ging in seine Geheimecke im Lager und rief Doktor Schenker an. Zwölfmal ließ er es klingeln. Nicht einmal ein Anrufbeantworter. Was war nun mit der Verantwortlichkeit des Gesundheitssystems? Er löste eine Handvoll Brausetabletten mit Vitamin C in Mineralwasser auf und trank Glas um Glas. Da fühlte er sich gleich besser. Es war doch einfach ungerecht, dass seine Frau ihn immer als Hypochonder beschimpfte, sowie er mal über die wirklich ernsthaften Beeinträchtigungen klagte, die er sich in seinem idiotischen Job zuzog.

Er stellte sich ans Fenster und sah über den Marktplatz. Da kam der Tabakhändler Blomgren. Aber soweit er das beurteilen konnte, obwohl er nicht auf Saltön geboren war, kam er aus der völlig falschen Richtung.

Er eilte zur Tür.

«Hallo, Blomgren! Sind Sie so früh schon auf Luciamarsch?»

«Ich will meinen Laden aufmachen. Genau wie Sie.»

«Blödsinn! Das ist nicht mein Laden. Es ist der Supermarkt der Gewerkschaft. Ich habe versucht, Ihren Schwiegervater anzurufen.»

«Er ist nicht mehr mein Schwiegervater.»

«Na ja, das mag wohl sein, aber Sie wohnen doch immer noch in seinem Haus, oder?»

«Ja, wo sollte ich denn sonst wohnen?»

«Ich habe Sie von dahinten von den Mietshäusern kommen sehen, deshalb habe ich gedacht, Sie wären vielleicht umgezogen.»

«Bin ich aber nicht.»

Blomgren ging etwas schneller und gönnte sich einen kleinen erleichterten Seufzer, als er sah, dass die Fenster alle intakt waren. Die Nacht vor Lucia war immer riskant. Es war wie eine Vorwarnung auf die richtigen Schäden, die dann zur Walpurgisnacht und zum Schulabschluss folgten.

Aus dem Eingang löste sich ein Schatten, und da stand der

Mann mit der Baskenmütze, die Mütze tief über ein frisch gewaschenes, glänzendes Gesicht gedrückt.

«Habe schon gedacht, du kommst überhaupt nicht mehr. Bist du vielleicht bei Johanna als Sternenjunge aufgetreten? Oder nennt man das jetzt anders?»

Blomgren starrte den Mann mit der Baskenmütze so lange an, bis dieser den Blick senken musste.

«Ich dachte, du würdest frühmorgens gern etwas Gesellschaft haben.»

Blomgren sperrte auf und ließ den Mann mit der Baskenmütze hinein.

«Kaffee?»

«Ja, danke, danke, großer Herr.»

«Nun überanstrenge dich mal nicht.»

Während der Kaffeeduft sich langsam ausbreitete, fing Blomgren an, den Tresen zu putzen, und der Mann mit der Baskenmütze stürzte sich auf den Playboykalender für das nächste Jahr.

Alles war recht friedlich, bis plötzlich die Tür zum Lager aufging und das Licht ausgeschaltet wurde.

«Verdammt», sagte der Mann mit der Baskenmütze.

«Wenn was kaputt geht, dann alles auf einmal», sagte Blomgren und stellte die Putzsachen hin. «Jetzt müssen wir kalten Kaffee trinken.»

Im selben Augenblick betrat eine hell gekleidete Gestalt den Kiosk. Es war eine sehr magere Lucia mit einem Seidenband um die Taille. Leider hatte sie keine Luciakrone finden können, deshalb hatte sie eine kleine Taschenlampe in ihre hochgesteckten Haare montiert.

«Sehr innovativ», murmelte der Mann mit der Baskenmütze.

Blomgren lächelte, als Johanna jedem von ihnen einen Becher Glögg und ein Kuchenstück in Zellophan überreichte.

«Vielleicht muss ich ja nicht singen», meinte sie.

«Ganz und gar nicht», sagte der Mann mit der Baskenmütze.

Johanna stellte brennende Kerzen auf den Tresen. Sie hatten gerade ihren Glögg ausgetrunken, als die Ladentür aufgerissen wurde und ein eiskalter Windstoß durch das dunkle Geschäft fuhr.

Es trat eine blonde, sehr gut ausgerüstete Lucia ein und sang mit ungeübter, aber reiner Stimme:

«Die Nacht geht mit schwerem Schritt …»

Sie schritt ganz professionell, das Leinenhemd war frisch gebügelt, und sie trug kein Tablett. Die Handflächen hielt sie fromm aneinander gepresst, den Blick gesenkt. Die Männer keuchten, und Johanna blies wütend die Kerzen auf dem Tresen aus.

Lotten stellte sich todernst vor sie hin und fuhr fort, das Lucialied zu singen.

«Wie viele Strophen hat das Ding eigentlich?», fragte Johanna, aber die Herren zischten ihr nur zu.

Als sich ihre Augen an die Dunkelheit gewöhnt hatten, entdeckten sie noch eine Gestalt im Laden, eine schmale, schlaksige, völlig schwarz gekleidete Person. Auf dem Kopf trug sie spitze Hörner. Der schweigende Teufel kam auf sie zu und gab ihnen eine Einladungskarte.

«Willkommen zur geheimen Einweihung von *Den Körper entschlacken, die Seele nähren* heute Abend bei Lotten und Sara um sechs Uhr.»

«Ganz schön langer Name», sagte Johanna. «Ich finde, dass Namen wie *Blomgrens Zigarren* besser sind.»

«Stand da sechs Uhr?», fragte Blomgren.

«Na klar, was sonst?»

Der Teufel zwinkerte.

Der Luciazug schritt aus der Tür.

Blomgren wandte sich Johanna zu.

«Lotten hat was, meinst du nicht?»

Johanna nahm die Taschenlampe vom Kopf.

«Ja, sie ist dick.»

«Ganz und gar nicht», bemerkte der Mann mit der Baskenmütze. «Alles sitzt an der richtigen Stelle.»

Lotten und Sara besuchten alle Geschäfte am Marktplatz und verteilten Einladungen. Dann machten sie sich auf in Richtung Post, Bank, Apotheke und Polizeirevier.

«Wollen wir wirklich die Bullen dabeihaben?», fragte Sara. «Was ist, wenn die das Gesundheitsamt anrufen?»

«Dann kriegen sie mit mir zu tun. In unserem Laden gibt es nicht ein einziges Staubkorn.»

Das kleine Polizeirevier war hell erleuchtet, und sie konnten die Sicherung nicht finden, um das Licht auszuknipsen.

Sara gab Lotten einen Stoß.

«Komm, sing trotzdem.»

Lotten stimmte sofort das Lied an. Es war doch schön, einmal die Hauptperson zu sein. Christer ließ das *PM* sinken, in das er sich gerade vertieft hatte, und nahm die Füße vom Tisch. Er war in Zivil.

«Wie nett», sagte er.

Sara vergaß ganz, dass sie den Teufel spielen sollte.

«Aber hallo, warum sind Sie nicht in Uniform? Sind Sie befördert worden?»

«Befördert?», Christer lächelte. «Nein, ich habe heute frei. Habe nur mal reingeschaut, um die Post durchzusehen. Wenn das hier eine Dienstangelegenheit ist, dann müsst ihr mit Persson reden.»

«Persson!», brüllte er in Richtung zum nächsten Zimmer und versteckte gleichzeitig diskret ein Rosinenbrötchen in der Schreibtischschublade.

«Eine Einladung zum Fest», sagte Sara und gab Christer und Persson je eine Karte.

Christer sah auf den Tisch.

«Ist ja selten, dass jemand an die Polizeibeamten denkt, wenn etwas Nettes im Anmarsch ist.»

«Nehmen Sie es nicht persönlich. Wir sind nur auf der Jagd nach Kunden», sagte Sara.

Kapitel 14

Emily beschloss, den *Zuckerkuchen* früher aufzumachen. Das war ein weiser Entschluss, denn tatsächlich kam um Viertel nach sieben eine verzweifelte Mutter hereingestürzt.

«Wunderbar», kreischte sie. «Die Kinder sollen heute selbst gebackene Luciakuchen mit in die Schule bringen, und ich habe erst gestern Abend um halb elf den Zettel in Martens Ranzen gefunden.»

«Da hätten Sie ja noch die ganze Nacht backen können», antwortete Emily.

Sie konnte nicht glauben, dass eine Mutter so faul war. Allerdings war ihre eigene aus demselben Holz geschnitzt gewesen.

«Drei Stück», sagte die Mutter. «Mit Safran. Können Sie sie ein wenig zusammendrücken, damit sie selbst gebacken aussehen?»

Da noch mehr verzweifelte Eltern aus demselben Anlass kamen, beschloss Emily, noch einen Teig anzusetzen.

Kurz vor acht kam ein älterer Mann herein, der zwar nicht so gestresst und herablassend war wie die anderen Kunden, sich aber offenbar in derselben Notlage befand. Er war groß und kräftig und sah Emily aus dunkelbraunen runden Augen an. Sein Blick war unruhig.

«Vielleicht können Sie mir ja helfen», sagte er.

Sein Akzent war kaum zu merken.

«Meine Enkelin soll zum Luciafest in der Schule so einen großen Pfefferkuchen mitbringen, und ich weiß nicht ... Ihre Mutter ist nicht zu Hause.»

«Wie schade», sagte Emily.

«Ja, sie ist auf ... Damenrallye. Fünf Frauen, die in einem Minibus herumfahren und Weihnachtsgeschenke aus Holz kaufen. Und ich habe den Pfefferkuchen vergessen. Sie haben auch keine Winterreifen. Und keine Spikes. Und meine Enkelin steht draußen mit dem Hund und friert.»

Er hatte dunkles Haar, das in Locken über den Kragen fiel, und sorgenvolle buschige Augenbrauen. Er musste ungefähr genauso groß sein wie Emily, also unbedeutend kleiner als Christer, wenn man an den jetzt gerade denken wollte. Warum ging er nicht einfach seiner Polizeiarbeit nach, und sie hätten es nett, wenn sie zusammen waren?

«Schöne Dame, haben Sie so einen Pfefferkuchen, am liebsten wie ein großes Herz? Die Schule beginnt für Antonia um acht Uhr.»

«Ja, natürlich», sagte Emily. «Nehmen Sie sich eine Tasse Kaffee und setzen Sie sich kurz hin.»

Der Mann nahm seine Pelzmütze ab. Er hatte nur einen Haarkranz und eine außergewöhnliche Kopfform. Der Kopf glänzte schön im Schein der Kerzen. Emily sandte ihm einen anerkennenden Blick. Vielleicht rieb er die Glatze jeden Tag mit Olivenöl ein.

Er goss sich einen Kaffee ein und verbeugte sich leicht zum Dank, um sich dann an den Tisch direkt an der Tür zu setzen. Er spähte durch das Fenster und winkte auf kindliche Weise in die Dunkelheit hinaus.

Emily ging in die Küche und kam nach einer Weile mit einem großen Pfefferkuchenherz heraus, das sie vorsichtig in den Händen hielt.

Der Mann stand sofort auf.

«Ist es sehr heiß?»

«Nein», lächelte Emily. «Es ist nur noch nicht richtig getrocknet.»

Sie hatte mit weißem Zuckerguss und in Schreibschrift «Antonia» darauf geschrieben.

Der Mann hatte Tränen in den Augen, sah zu Boden und holte seine Brieftasche heraus.

«Das ist ein Geschenk», sagte Emily und tat das Herz in einen kleinen Tortenkarton.

Der Mann verbeugte sich tief, setzte die Pelzmütze wieder auf und ging hinaus. Sie stellte sich ans Fenster und sah ihm nach, als er seine kleine Enkelin an die Hand nahm. Plötzlich drehte er sich um und winkte. Dann beugte er sich zu dem Mädchen hinunter, das sich auch umdrehte und ein wenig linkisch und schüchtern winkte. Seite an Seite gingen sie in Richtung Vasagatan. Großvater mit dem von rotem Bindfaden gehaltenen Karton in der einen und der Hand des Mädchens in der anderen Hand. Hinter ihnen trabte ein großer Golden Retriever her, der seine Leine im Maul trug.

Nach einer Stunde kam der Mann allein zurück und bedankte sich bei Emily. Er hatte einen großen roten Weihnachtsstern im Topf dabei, auf dessen Seite ein hässliches rotes Preisschild prangte. Als sie den Topf aus dem Papier nahm, drehte Emily das Preisschild zu sich hin, um ihn nicht zu beschämen. Er sah interessiert auf ihren Bauch.

«Darf ich fragen? Sie müssen verheiratet sein?»

Sie schüttelte den Kopf.

«Ich möchte etwas Schönes für Sie machen, vielleicht ein Lied aus meinem Heimatland singen.»

Emily lächelte.

«Ich habe über Mittag zwischen eins und zwei geschlossen. Da esse ich hier oben in der Wohnung meine Bohnensuppe. Sie sind herzlich willkommen.»

Er sah sie mit blitzenden Augen an und ging zur Tür zurück.

Johanna ging in der Mittagspause nach Hause, schenkte sich einen Wodka mit Orangensaft ein und rief ihren Sohn auf dem Handy an. Als sie seine Stimme hörte, fing sie an zu weinen.

«Was ist denn los, Mutter?»

Sie schluckte.

«Du bist einfach so weit weg. Spanien ist kein bisschen besser als Neuseeland, denn dann bist du nicht bei mir, und ich bin so einsam. Kommst du an Weihnachten nicht nach Hause? Du bist das Einzige, was ich habe.»

«Ich weiß nicht, es ist einfach schön, barfuß zu gehen. Hans-Jörgen lässt grüßen.»

«Danke. Es war dumm von mir anzurufen.»

«Nein, es ist ganz in Ordnung, Mama. Wir wollten jetzt sowieso frühstücken gehen, es ist also nur gut, dass du uns geweckt hast.»

Johannas Herz schwoll vor Stolz. Wie höflich und gut erzogen er war.

«Was ist mit Blomgren? Ist er nicht ein wenig zu alt für dich?»

«Nein, wir waren doch Klassenkameraden. Aber ja, vielleicht doch. Aber er betet mich an. Wir werden bestimmt bald heiraten.»

«Herzlichen Glückwunsch.»

Magnus gähnte und beendete damit das Gespräch.

Johanna fragte sich, wie sie wohl an mehr Wodka herankommen könnte. Seit sie in der Fabrik gekündigt hatte und im Zigarrenladen arbeitete, aber vor allem seit Magnus von zu Hause ausgezogen war, war sie besser gestellt als vorher. Das Problem war nur, dass sie im Systembolaget schon schief guckten. Zumindest hatte sie das Gefühl. Als sie das letzte Mal dort war und zwei Flaschen Wodka mit Orangengeschmack gekauft hatte (das wirkte einfach etwas weiblicher), hatte der Geschäftsführer ein wenig gelächelt und gesagt:

«Haben Sie schon wieder Besuch, Johanna?»

Alle wussten, dass Blomgren kaum Alkohol trank.

Vielleicht sollte sie mal den großen Rucksack von Magnus nehmen und nach Göteborg fahren und bunkern. Da konnte man an einem Montagmorgen fünfzig Flaschen Alkohol kaufen, ohne dass irgendjemand anfing, idiotische Fragen zu stellen.

Sie stellte sich auf einen Stuhl, um an das oberste Schrankfach in Magnus' Zimmer zu kommen. Sie konnte sich nicht mehr erinnern, für welchen Anlass er einen so großen Wanderrucksack gekauft hatte. Er war schließlich kaum draußen gewesen, bevor er Hans-Jörgen kennen gelernt hatte. Jetzt konnte sie sich kaum mehr vorstellen, dass er jahrelang sauer und schlecht gelaunt zu Hause auf dem Bett gelegen hatte. Und apathisch war er gewesen, wo doch seine Klassenkameraden tagsüber auf die technische oder die pädagogische Hochschule gingen und nachts auf Tankstellen oder in Bars jobbten. Die aufmerksamen Eltern dieser Kinder hielten Johanna dann gern auf dem Laufenden, was den kerzengeraden Weg ihrer Sprösslinge in Richtung Villa und Volvo anging. Doch seit Hans-Jörgen im Lotto gewonnen hatte und Magnus und er ein Paar waren mit einem eigenen Geschäft im Hafen, hatte das Gerede aufgehört. Viele Leute sprachen überhaupt nicht mehr mit Johanna.

Deshalb war sie richtig erstaunt, als das Telefon klingelte.

«Magnus?», fragte sie.

«Nein, nicht Magnus, sondern Kristina Månsson. Erinnerst du dich an mich?»

«Ja, leider», sagte Johanna und zündete sich eine Zigarette an. «Du hast dich doch nur wegen des Geldes mit dem alten Schwein Karl-Erik Månsson verheiratet. Ich hoffe, du hast nichts geerbt.»

Die Stimme der jungen Frau begann zu zittern, aber sie redete weiter: «Ich weiß, dass ich im Sommer hart zu dir war. Aber du warst auch nicht gerade nett, als ich unglücklich und ohne Zuhause dastand, nachdem Karl-Erik mich misshandelt hatte.»

«Was willst du?»

«Ja, also ich habe ein neues Leben angefangen. Ich schminke mich kaum noch und habe in der Erwachsenenbildung angefangen. Jetzt hat mein Leben ein Ziel und einen Sinn, und ich habe mit ein paar anderen Mädchen eine Selbsthilfegruppe gegründet. Und da dachte ich ...»

«Halt mich da raus. Ich habe genug damit zu tun, selbst zu überleben, ich kann also nicht noch jemand anders helfen, falls du das meinst», gab Johanna zurück. «Und dir schon gar nicht, Kristina Månsson.»

«Darum geht es gar nicht. Ich möchte lieber nicht am Telefon darüber reden. Können wir uns nicht mal irgendwo treffen?»

«Vergiss es.»

Die andere holte tief Luft. Johanna sah vor ihrem inneren Auge Kristina in den für sie typischen scharfen Puppenkleidern. Dann versuchte sie, dem Bild noch irgendetwas Bekenntnishaftes hinzuzufügen, vielleicht einen Pullover mit Fidel Castro drauf oder einen Ring in der Oberlippe. Das klappte nicht so gut.

«Bist du noch da, Johanna? Also, einige Leute, die im Zigarrenladen waren, haben gemerkt, dass du nach Alkohol riechst. Auch schon morgens. Ich möchte dir gern helfen, vom Alkohol wegzukommen. Nicht weil ich in deiner Schuld stehe, sondern weil ich mich um meine Mitmenschen kümmere. Außerdem heiße ich nicht mehr Månsson, daran brauchst du dich also nicht zu stören.»

Johanna legte den Hörer auf, ging zum Kühlschrank und trank den letzten Rest Glögg aus der Flasche.

Sie sah sich im Flurspiegel an. Sie war schlank und hübsch. Ihr Blick war gerade.

«Blomgren mag mich trotzdem», sagte sie. «Er hasst mollige

Frauen wie Emily und Lotten. Mollig! Warum bin ich nur so freundlich? Diese fetten Weiber!»

Sie würde darum bitten, etwas früher aus dem Laden gehen zu können, damit sie es noch zum Systembolaget schaffte. Aber wie sollte sie den Nachmittag rumkriegen? Normales Bier musste reichen. Davon hatte sie noch einen Kasten auf dem Balkon.

Als sie die Balkontür aufmachte, gab es Durchzug, und der Rucksack in Magnus' Zimmer fiel auf den Boden.

Johanna lief hinüber.

Das ganze Zimmer, der Fußboden und das Bett waren voller Fünfhundertkronenscheine. Sie bekam einen in der Luft zu fassen und hielt ihn, wie Blomgren es ihr gezeigt hatte, ans Licht. Er war echt.

Das Personal im *Kleinen Hund* war schon beim Mittagessen am Rande seiner Möglichkeiten angelangt. Als Lotten und Sara am Morgen zu ihrem kleinen Luciaauftritt da gewesen waren, hatte Kabbe sie nur angefaucht. Das erstaunte die beiden, denn überall sonst waren sie freundlich aufgenommen worden.

«Ja, macht ihr nur eure kleinen Spielchen, wir haben hier Arbeit zu erledigen», sagte Kabbe.

Sara legte ein paar Einladungskarten auf den Fleischklotz.

Klas der Koch stand in der Küche und briet sehr konzentriert kleine runde Fleischbällchen. Er sah nicht einmal auf mit seinen schönen braunen Augen.

Sara seufzte, und Lotten zuckte mit den Schultern. Auf Saltön steht eine Lucia nur selten da und zuckt mit den Schultern, aber nicht einmal das ließ Kabbe besser gelaunt sein.

«Ich will ja nicht behaupten, dass es besser war, als ihr beiden hier gearbeitet habt», sagte er. «Aber da habt ihr wenigstens die Schnauze gehalten. Haut ab, wenn ihr nichts Vernünftiges zu tun habt.»

«Was für ein Arsch», sagte Sara, als sie rauskamen.

«Man muss ihn verstehen, Sara», gab Lotten zu bedenken. «Ich fand, Kabbe sah ziemlich fertig aus. Es hat mir richtig wehgetan.»

Kabbe ging ins Esszimmer und holte das Buch mit den Reservierungen, um zu sehen, ob er noch eine weitere Gesellschaft von der Ölraffinerie würde unterbringen können. Als Lotten und Sara gegangen waren, hatte er sie auch sofort vergessen.

Das Telefon klingelte. Es war Orvar, der über die Leberpastete klagte, die er und der Mann mit der Baskenmütze am Tag zuvor gegessen hatten. Heute war er krank geschrieben und wusste genau, dass es die Schuld der Leberpastete war.

«Du weißt, ich klage nie», sagte Orvar, «ich möchte nur nicht, dass du Schwierigkeiten bekommst, wenn jemand anders krank wird. Deshalb wollte ich dich warnen.»

«Und du glaubst nicht, dass die acht Schnäpse etwas damit zu tun haben könnten?», fragte Kabbe und knallte den Hörer auf.

Normalerweise pflegte er den Sachen auf den Grund zu gehen, und er hatte doch vorgehabt, sein Lokal ohne den kleinsten Makel zu hinterlassen. Aber wieso eigentlich? In seinem tiefsten Innern war es ihm herzlich egal, ob es Orvar gut ging oder schlecht. Und doch war Orvar richtig nett, verglichen mit seinem knorrigen großen Bruder. Kabbe fürchtete sich fast vor sich selbst. Früher hatte er Gefühle besessen. Er hatte seine Feinde in die Hölle gewünscht und seine Freunde geliebt. Jetzt war ihm alles egal.

Er drehte eine Runde um das Weihnachtsbuffet und steckte die Nase in die Leberpastete. Daran war überhaupt nichts auszusetzen, wenn man die Ränder abschnitt.

Kabbe nahm seinen Platz an der Eingangstür wieder ein und begrüßte ein paar neue erwartungsfrohe Gäste. Ihre Augen leuchteten, wenn sie an all das dachten, was sie gleich trinken und essen würden. Die Bügel schaukelten unter den schweren Mänteln und Pelzen, und auf dem Fußboden standen massenhaft Tüten und Weihnachtspakete. Warum mussten die Leute immer mehrere Sachen gleichzeitig machen?

Zwei Mädchen in Luciakleidern schlüpften herein, als die Tür offen stand, und fragten Kabbe, ob er Weihnachtsaufkleber kaufen wolle. Sie hielten ein paar geschmacklose Klebetiketten mit Schweinen und Zwergen hoch. Kabbe nahm ein Blatt aus dem Korb, sah es eine Weile an, schüttelte dann aber den Kopf und legte es zurück.

Dann nahm er seine Brieftasche heraus und gab den Mädchen hundert Kronen. Sie bedankten sich erschrocken und gingen zur Tür.

«Aber wollen Sie dann nicht die Etiketten haben?», fragte eines der Mädchen.

Sie erinnerte ihn an ein kleines nervöses Kaninchen.

«Nein», sagte Kabbe. «Ich bezahle, um sie nicht nehmen zu müssen.»

Er versuchte, sich in die Liste mit Vorbestellungen für den Abend zu vertiefen, und verteilte im Kopf die Tische auf die günstigste Weise, als MacFie mit langen Schritten hereinkam.

«Hast du einen Tisch für einen einsamen Mann?», fragte er.

«Immer. Aber vielleicht sitzt du am besten an der Bar. Willst du vom Weihnachtsbüffet essen?»

«Nein, igitt. Das ist das Schlimmste, was ich mir vorstellen kann. Gib mir Hacksteak mit Preiselbeeren und gekochten Kartoffeln, ein Hof und einen kleinen Schnaps.»

Kabbes angespannte Gesichtszüge wurden weich. MacFie würde er vermissen. Aber vielleicht konnte man an dem Ort, an den er ging, gar keine Menschen vermissen. Er hatte an die Sache mit der Ewigkeit noch keinen Gedanken verschwendet. Er wollte nur von einem Leben befreit werden, das jeden Tag weniger interessant war. Inzwischen fand er es sogar langweilig zu duschen.

Neulich hatte er ein Handtuch über den großen Spiegel gehängt, dem er sonst all seine Aufmerksamkeit gewidmet hatte, wenn er seinen durchtrainierten Körper wusch, trocknete und ölte.

Soweit man aus MacFies versteinertem Gesicht überhaupt irgendetwas ablesen konnte, sah er finster aus. Ja, die Falten um den Mund zeigten mehr nach unten als gewöhnlich.

Er setzte sich an die Bar, und Kabbe selbst ging hin, deckte für ihn ein und stellte ihm ein Bier hin und, ohne zu fragen, ein Glas Läckö-Branntwein dazu.

«Wann wirst du denn das Weihnachtsessen für Sara machen?»

MacFie zuckte die Schultern.

«Da fällt mir ein, sie war heute hier, und zwar als irgendeine Hexe verkleidet. Als ob sie sich für diese Rolle verkleiden müsste.»

MacFie lächelte nur, um Kabbe für seine Fürsorge zu belohnen. In seinem Innern weinte er neuerdings ständig.

«Du gehst doch sicher zur Einweihung ihres neuen Ladens heute Abend, oder? Es hieß irgendwas wie den Leib kasteien und die Seele wachsen lassen.»

«Verdammter Hokuspokus. Gibt's noch ein Bier?»

Als Kabbe das Essen serviert hatte, nahm er eine der Karten vom Fleischblock und gab sie MacFie.

«Hier. Damit du auch reinkommst auf die Party.»

«Wann treffen wir uns wieder, mein Täubchen?», fragte Boris, als er ging.

«Das weiß man nie», erwiderte Emily, «aber in meinem Café bist du immer willkommen.»

«Café genügt aber nicht.»

Es hing so etwas unheilverkündend Dramatisches über Boris,

das sie unwillkürlich an ihre eigene Besessenheit von Ragnar Ekstedt denken ließ. Ein wenig lächerlich.

«Wenn er nur nicht lästig wird», sagte Emily zu Grandpa, der im Stall lag und ein Nickerchen machte.

Grandpas Augen plierten verwirrt, als sie ihn hochnahm, aber er besann sich schnell und nahm wieder seinen gewöhnlichen, freundlichen Altmänner-Gesichtsausdruck an. Er hätte in Annoncen für Seniorenheime der Mittelklasse als Fotomodell agieren können, denn er war endlich in den Ruhestand gegangen. Grandma hatte darauf beharrt. Sie wollte nicht, dass jüngere Mitarbeiter bei der Post, wo er gearbeitet hatte, über ihren Mann lachten. Über seine altmodischen Hausschuhe, die umständliche Art, sein Butterbrot auszupacken, und die schlechte Angewohnheit, wütend in seinen Bart zu pfeifen, wenn er nicht verstand, was die Leute auf der anderen Seite der Glasscheibe zu ihm sagten.

«Ist dir denn nie langweilig?», fragte Emily. «Ein alter Mann kann durchaus noch etwas hermachen, wenn man nur ein wenig Geduld hat. Hast du keine Lust auf ein kleines Abenteuer? Dein Sohn, oder vielleicht ist es auch dein Schwiegersohn, der ist nicht schlecht, was Abenteuer angeht, das sage ich dir. Und Grandma scheint mit so vielen anderen Sachen beschäftigt zu sein. Hast du dich schon mal in der Welt umgeschaut? Willst du mit mir in den *Zuckerkuchen* kommen? Vielleicht gewinnst du da ein paar neue Eindrücke.»

Sie duschte schnell, und als sie wieder ins Café hinunterging, durfte Grandpa in der Schürzentasche mitkommen.

«Du kannst derweil ein Tuch klöppeln oder so», sagte sie zu Grandma.

Die Leute standen schon vor der Tür und warteten darauf, in den *Zuckerkuchen* hineinzukommen, obwohl es erst fünf vor war. Und ganz vorn in der Reihe stand Boris mit strahlendem Gesicht.

Etwas weiter hinten war Henrik und spähte ungeduldig über die Köpfe der Menschen.

Emily nickte ihren Kunden freundlich zu und machte die Tür auf. Sie knotete die Schürze hinter dem Rücken etwas fester und überlegte, ob sie sich eine Jeans kaufen sollte. Dann musste sie über die Vorstellung lachen, dass vielleicht eines Tages die ganze Schlange vor dem Café aus abgelegten Liebhabern bestehen würde.

«Entschuldigung, aber ich glaube, ich habe meine Handschuhe bei dir vergessen», sagte Henrik, als er an der Reihe war.

Er bestellte ein großes Krabbenbaguette, obwohl er eigentlich nicht hungrig zu sein schien. So etwas erkannte Emily sofort. Ein Pluspunkt für Henrik. Sie lächelte.

«Kann ich die vielleicht morgen holen?», schlug er vor. «Um die Mittagszeit?»

«Ich werde darüber nachdenken.»

Noch nie hatte sie so viel zu tun gehabt. Die Göteborger konnten offenbar vom Luciafest gar nicht genug bekommen. Um fünf Uhr war das Weizenbrot alle, und die Leute mussten sich an Sandwiches, Pfefferkuchen und Zwiebackbrötchen halten.

Emily spürte, wie ihre Wadenmuskeln müde wurden. Sie erwog, eine Schmerztablette zu nehmen, und musste an ihren Vater denken. Der wusste nicht, wie es war, für seinen Broterwerb wirklich schuften zu müssen. Jetzt saß er mit seiner kleinen Eidechse Magdalena Månsson in einem Pub und trank Gin. Sie kannte seine Gewohnheiten.

Sicher war er sehr großzügig gegenüber dieser furchtbaren Frau. Bestimmt rannte sie durch Harrods und zeigte auf alles, was sie haben wollte. Emily konnte schon froh sein, wenn er überhaupt an die Weihnachtsgeschenke für die Tochter und die Enkelin dachte. Von der nächsten Generation ganz zu schweigen.

Plötzlich war es ruhig im Café, und sie rief Paula an.

«Was gibt es? Ist zu Hause was passiert? Hast du mit Opa geredet?»

«Nein, nein, mit ihm ist nichts. Warum reden bloß alle von ihm? Er ist mit dieser uralten Tante Månsson in London. Das weißt du doch. Ich wollte nur mal hören, wie es dir geht.»

«Jetzt, wo es so warm ist, wird es schwer. Ansonsten geht es mir gut. Vielleicht werde ich im Frühling, wenn es in Schweden wärmer ist, nach Saltön ziehen. Vielleicht zu Ostern.»

Warm in Schweden an Ostern? Wie lange war sie eigentlich weg gewesen, fragte sich Emily, aber klugerweise sagte sie das nicht zu Paula, denn dann hätte diese den Umzug noch weiter hinausgeschoben.

«Ich habe gedacht, ich könnte in Papas Laden arbeiten», meinte Paula. «Zumindest bis ich weiß, was ich machen werde. Ich habe der Gemeinde eine Mail geschickt und mich auf die Warteliste für die Kita stellen lassen.»

Emily war beeindruckt. Es gab doch tatsächlich außer ihr noch mehr Leute in der Familie, die organisieren und vorausschauend handeln konnten.

Im selben Augenblick klingelte das kleine Glöckchen am Tresen. Sie brach das Gespräch ab und eilte ins Café hinaus. Dort wartete eine halbe Schulklasse, und das, wo Emily in einer halben Stunde schließen wollte. Sie seufzte, bekam aber sofort bessere Laune, als sie die Kassenschublade aufmachte, die von Geld überquoll. Die Bestellungen waren einfach. Die Kinder gingen in die erste Klasse des Gymnasiums, und jetzt wollten sie ihren Lehrer mit einem Ständchen zu Lucia überraschen. Offenbar waren sie, als sie es wie üblich am frühen Morgen versucht hatten, von der jungen schwangeren Ehefrau des Lehrers abgewiesen worden, was ziemlich viel Kichern verursacht hatte. Jeder nahm einen Pfefferkuchen und einen Weihnachtsmost.

Ansonsten war das Café leer, abgesehen von Boris, der unglaublich langsam einen Kaffee trank und jede von Emilys Bewegungen mit liebevollem Blick verfolgte. Schließlich ging sie zu seinem Tisch und wischte ihn ab, sodass die Tasse fast zu Boden hagelte.

«Also, jetzt sitzt du zu lange hier, Boris. Jetzt musst du nach Hause zu deinem Enkelkind.»

«Das ist nicht nötig», erwiderte er. «Die Mama ist jetzt zu Hause. Du und ich, wir können den ganzen Abend zusammen sein.»

«Auf keinen Fall. Jetzt musst du gehen, Boris. Ich bin beschäftigt. Vielleicht sehen wir uns ein andermal.»

Boris warf ihr von der Tür aus einen Handkuss zu, doch Emily bemerkte es nicht.

Sie steckte ein paar Fünfhunderter in ihre Brieftasche und entdeckte dabei die drei Fotos in dem kleinen Plastikfenster. Das Bild von Blomgren warf sie in den Müll, und auch das Passfoto ihres Vaters nahm nach kurzem Zögern denselben Weg.

Als die Schulklasse gegangen war, setzte sie sich auf einen Küchenstuhl und legte ihre geschwollenen Beine auf den Küchentisch. Grandpa lag noch in der Schürzentasche. Emily bekam ein schlechtes Gewissen.

Sie legte ihn vorsichtig auf ein Schneidebrett und deckte ihn mit etwas Quicheteig zu.

«Entschuldige bitte. Das muss sehr unbequem gewesen sein. Grandma ist sicher schon sehr beunruhigt. Wenn sie nur nicht denkt, du hättest einen Herzinfarkt bekommen. Wir gehen bald rauf, kleiner Mann.»

Sie strich ihm über den kahlen Schädel.

«Ich glaube, das mit den Abenteuern passt überhaupt nicht zu dir. Was sagst du selbst dazu? Wird das nicht zu anstrengend? Wahrscheinlich sind Kreuzworträtsel besser. Oder hast du vielleicht Lust, im Keller eine Tastenfiedel zu basteln?»

Das Telefon klingelte. Christer. Er klang weit weg. Er erzählte von Saras und Lottens Einweihung.

«Schade, dass du nicht hier bist, dann könnten wir zusammen hingehen.»

«Ja, das wäre doch lustig», meinte Emily. «Ganz zu schweigen davon, wie schön es wäre, wenn du jetzt hier meine Füße massieren würdest.»

Er war völlig überrascht.

«Endlich klingst du liebevoll.»

«Ich war einfach nur ein wenig müde.»

«Möchtest du, dass ich komme?»

«Nein, nein, geh du nur auf die Einweihung. Tschüs.»

Sie legte einfach den Hörer auf, ohne abzuwarten, bis er auf Wiedersehen gesagt hatte.

Er verstand sie einfach nicht. Was war mit ihr los?

Kapitel 15

Von der Straße hörte er Glöckchen und Luciagesänge und Lachen, und nach einer Weile schlug die Kirchturmuhr sechs. Christer schaffte es, sich aus dem Sessel zu wälzen und sein rotes Partyhemd anzuziehen. Sollte er Blumen mitbringen, oder wirkte das lächerlich?

Er sah sich im Wohnzimmer um und fand eine Vase mit einem Strauß Strohblumen, den er von dem Opfer eines Verbrechens bekommen hatte. Er blies vorsichtig den schlimmsten Staub von den Blumen.

Der scharfe Wind machte die Kälte fast unerträglich. Fünfzehn Grad minus fühlten sich auf Saltön so an wie fünfundzwanzig in Stockholm. Christer schlug den Kragen hoch und zog die Ohrenklappen der Lammfellmütze herunter. Die Leute gingen mit raschen Schritten, und einige hielten sich Schals vor die Nase. Die Spitze des hohen Weihnachtsbaums auf dem Marktplatz schwankte bedenklich. Der einzige Vorteil an dem kalten Wetter war, dass es eine beruhigende Wirkung auf die Jugendlichen hatte, die Lucia feierten.

Vor dem Laden von Sara und Lotten standen etwa zwanzig brennende Fackeln. Christer fragte sich, ob sie wohl auch die Feuerwehr eingeladen hatten oder ob er der einzige Vertreter von Recht und Ordnung war. Er war der erste Gast, Schlag sechs Uhr, was etwas sehr pünktlich war.

«Wahrscheinlich führe ich mich wie ein Großstädter auf», sagte er, als er den ganzen Türrahmen ausfüllte.

Sara und Lotten strahlten ihn an, und jede umarmte ihn. Lotten trug ein weihnachtsrotes zweiteiliges Kleid aus Angora mit einem Kragen in Schottenmuster und einem kleinen gestickten Hund auf der einen Brusttasche. Sara war kräftig, aber hübsch geschminkt und trug ein eng anliegendes lilafarbenes Kleid, das fast bis zum Boden reichte und an der Seite einen hohen Schlitz hatte. Sie sah wirklich zum Anbeißen aus. Sie hielt ihm ein Tablett mit Getränken hin.

«Die grünen sind alkoholfrei», sagte sie, «und die lilafarbenen sind noch mehr alkoholfrei.»

Christer prostete ihnen feierlich zu, wünschte viel Glück und überreichte ihnen den Blumenstrauß. Lotten blies diskret eine Staubwolke davon ab, als er sich gerade umdrehte, um die Regale zu inspizieren.

«Apfelessig», sagte er, «das soll doch für ewige Diäter wie mich gut sein.»

«Da kann ich die verschiedensten Sorten anbieten», sagte Lotten und legte den Kopf in den Nacken, um ihm in die Augen sehen zu können.

«Fest oder flüssig?»

«Flüssig ist immer nett.»

Sara war ebenso höflich.

«Hier können Sie alles von Tee bis Tofu bekommen, und drinnen in Saras Zelt können Sie sich wahrsagen lassen.»

«Sara? Aber das sind doch Sie, oder?»

Er setzte seinen misstrauischen Blick auf, als sei er im Dienst.

Sie nickte stolz.

«Man kann, auch ohne Politiker oder Künstler zu sein, von sich selbst in der dritten Person sprechen», sagte sie. «Ich bin ganz einfach mystisch.»

Lotten versuchte, wieder Aufmerksamkeit zu erlangen.

«Und hier bieten wir Akupressur, Akupunktur nach der chinesischen Methode, Aromatherapie, Bindegewebsmassage, Energiemassage und befreiendes Tanzen an.»

«Klingt gut», meinte Christer. «Ich glaube, befreiendes Tanzen wäre etwas für mich.»

Wie schade, dass er so dick ist, dachte Lotten. Eigentlich hat er ein sehr schönes Gesicht mit den großen braunen Augen. Sie stellte sich auf die Zehenspitzen.

«Sie bekommen eine Flasche Apfelessig gratis von mir. Weil Sie der erste Kunde sind. Das bedeutet Glück.»

«Aber ich habe ja noch nichts gekauft, man kann mich also schwerlich schon Kunde nennen. Dann sollte ich mich beeilen einzukaufen. Haben Sie etwas, was meiner Ausstrahlung zugute kommt?»

Lotten wurde erstaunlicherweise rot.

«Ich mache Witze. Zuckerfreies Kaugummi reicht auch.»

«Nein, ich weiß, was Sie brauchen: ein schönes Öl, das Sie nach dem Baden in die Haut einmassieren. Es besteht aus vierzehn wohltuenden Kräutern. Sie haben doch wohl eine Badewanne? Oder vielleicht ein paar Gläser rote Badekugeln! Jetzt vor Weihnachten gibt es alles Rote zum Sonderpreis. Das war ganz allein meine Idee.»

Sie kicherte.

Da kam Blomgren herein, den Kragen hochgestellt und das Halstuch über seiner hellbraunen Popelinejacke. Vor der Tür schüttelte er seine Mütze aus, als hätte er Schuppen darin.

«Es schneit doch gar nicht, Blomgren», sagte Sara. «Wo haben Sie denn Johanna gelassen?»

«Willkommen», sagte Lotten mit einem wütenden Seitenblick auf Sara. «Herzlich willkommen! Möchtest du einen Gesundheitstrank? Aber deine Haut sieht so frisch aus, Thomas, als würdest du von Fischöl leben.»

«Sei höflich zu den Kunden», zischte sie Sara zu. «Wir sind

ein Geschäftsunternehmen, und ich habe mein Geld reingesteckt.»

In der Zwischenzeit kam auch Johanna an, doch sie sah sehr gestresst aus und hängte sich nicht gleich an Blomgren, was ungewöhnlich war.

«Was für ein komischer Laden», sagte sie zu Lotten. «Ich kann sowieso nicht bleiben. Hier gibt es nichts, was mich interessiert.»

«Nicht einmal Blomgren? Aber du wirst doch wohl mit uns auf unser Geschäft anstoßen.»

Sara kam aus dem Zelt.

«Hallo Johanna, wollen Sie sich wahrsagen lassen? Immerhin bin ich Ihre ehemalige Mieterin.»

Johanna wandte sich ab.

Lotten hielt ihr das Tablett hin.

«Das ist alkoholfrei.»

«In dem Fall will ich es auf keinen Fall haben. Tschüs, Thomas. Ich habe den Laden abgeschlossen und alle Lichter ausgemacht. Der Mann mit der Baskenmütze hat einen Pfefferkuchen für dich auf den Tresen gelegt. Gute Nacht.»

Thomas starrte ihr nach.

«Aber ...», sagte er.

«Guten Abend, Johanna», sagte Christer, als sie an ihm vorbei zur Tür glitt. «Und fröhliches Lucia, wenn man es mal so ausdrücken darf.»

«Danke, gleichfalls», erwiderte Johanna.

Plötzlich stand Kabbe mit zwei Sträußen rosafarbener Rosen aus dem Blumenladen in der Tür. Mit einem künstlichen Lächeln auf den Lippen reichte er den einen Strauß Lotten und den anderen Sara.

«Endlich einer, der weiß, was sich gehört», flüsterte Lotten ihm ins Ohr, als sie ihn lange und herzlich umarmte.

«Hier sind ja nicht unbedingt viele Gäste», sagte Kabbe und

machte sich los. «Ich darf mich wohl mal im Laden umsehen. Ich kann höchstens anderthalb Minuten bleiben.»

Er ging herum und besah sich die Regale.

«Ziemlich viel Getue, damit die Leute sich jung vorkommen», sagte er. «Ginseng ... schon das Wort allein macht mich vergesslich und krank.»

Sara lachte.

«Soll ich Ihnen lieber aus dem Kaffeesatz lesen? Oder die Tarotkarten legen?»

Kabbe musterte sie gefühllos von oben bis unten.

«Nein, mein Mädchen», sagte er schließlich. «Ich weiß auch ohne deine kleinen Wahrsagereien genau, wie es gehen wird.»

Sara machte auf dem Absatz kehrt.

«Dein Ex ist wirklich ein Ekel.»

«Immer schön locker bleiben», sagte Lotten und lächelte allen zu.

Sara seufzte. Sie fühlte sich eingesperrt in dem Laden. Vielleicht war dieses Projekt doch nicht so eine gute Idee.

Plötzlich war Tommy im Laden. Niemand hatte ihn hereinkommen sehen. Er steckte die Nase in ein Glas.

«Das ist alkoholfrei», sagte Lotten, «tut mir Leid.»

«Und ihr habt nicht irgendeinen selbst gebrannten Kram da reingeschüttet?», fragte Tommy mit einer tiefen Falte zwischen den Augenbrauen. «Oder Sechsundneunzigprozentigen? Das machen die Leute oft an Lucia.»

Er ging zum Zelt, beugte sich hinunter und steckte seinen Kopf hinein. Das hatte noch keiner gewagt.

«Okay, her mit der Zukunft!»

«Heute wird hier gefeiert, Tommy», sagte Sara. «Ich sage Ihnen gern an einem anderen Tag die Zukunft voraus, aber da müssen Sie einen Termin ausmachen. Das ist hier kein Drive-in.»

Tommy sah sie anerkennend an.

«Wenn ich noch bei der Zeitung wäre, wo ich vor langer Zeit gearbeitet habe, dann würden Sie ‹Schmetterling der Woche› werden.»

«Nein danke.»

«Ich habe ja gesagt, dass ich in dem Laden nicht mehr arbeite. Aber Sie können mir gern die Zukunft weissagen. Tragen Sie mich gleich für den ersten Termin morgen ein. Ich bin ein Early Bird.»

«Und wir alle wissen, woran das liegt», sagte Sara. «Kaufen Sie sich Schwarze-Johannisbeer-Bonbons. Die sind gut gegen Entzugserscheinungen. Außerdem dämpfen sie ein wenig die Nebenwirkungen von Antabus, dann sehen Sie auf unserem netten Fest nicht so rot im Gesicht aus.»

Lotten starrte sie wütend an.

«Ich bin einfach nur freundlich, verdammt nochmal», sagte Sara und blitzte zurück.

«Und ich bin schon so lange trocken, dass ich keine Ratschläge mehr brauche. Weder der einen noch der anderen Sorte. Aber ich komme morgen früh um neun Uhr mit einem Fotografen wieder. Eine Reportage über die Spökenkiekerin der Gegend wird sich in unserer Zeitung gut machen.»

«Spökenkiekerin, du mich auch», sagte Sara.

«Danke», sagte Lotten zu Tommy.

«Ich habe was vergessen», sagte Johanna, die plötzlich wieder da war, ohne dass jemand sie hatte reinkommen sehen. Sie stellte sich neben Blomgren.

«Bei einer Eröffnung sollte man ein Geschenk bekommen!»

Blomgren sah sie beunruhigt an.

«Ich verschwinde», meinte Kabbe. «Noch lustiger wird es bestimmt nicht.»

Er zog eine müde Grimasse.

Lotten strich ihm über den Arm.

«Findest du, dass wir zu wenig Gäste haben? Es wussten gar

nicht so viele von dem Fest. Schließlich ging alles so schnell. Aber von der Apotheke und vielleicht auch vom Optiker kommt auch noch jemand. Und Sture von der Tankstelle.»

«Ich habe übrigens MacFie eine Einladung gegeben, als er heute bei mir gegessen hat», sagte Kabbe. «Wundert euch also nicht, wenn er kommt. Er sah so aus, als könnte er eine kleine Aufmunterung vertragen.»

Sara drehte sich schnell weg, was zur Folge hatte, dass sie direkt in MacFie hineinlief, der unbemerkt durch die Tür gekommen war. Er trug eine Eskimojacke mit Pelzbesatz um die hochgeschlagene Kapuze.

«Hallo, hallo, hallo», sagte Sara und trat beiseite.

«Tag, Tag, Tag», antwortete MacFie und ging schnell auf Lotten zu, der er die Hand gab.

«Das ist ja nicht so richtig mein Ding», sagte MacFie, «Gesundheitssachen und okkulte Phänomene, aber ich finde es gut, wenn Leute etwas wagen.»

Lotten nickte und lud ihn zu einem Getränk ein.

«Leider alkoholfrei.»

«Ich bin alt genug, um mehr an dem Geschmack als an dem Alkohol interessiert zu sein.»

MacFie stieß mit Lotten an und schüttete einen grünen Gesundheitstrank hinunter. Christer kam und gab ihm einen neuen.

«Auf den Club der einsamen Herzen.»

MacFie antwortete nicht. Vielleicht hatte er es nicht einmal gehört. Er war damit beschäftigt, sich nach Sara umzuschauen.

«Was macht die Gesundheit, MacFie?», fragte Lotten.

«Kein Problem, aber wo ist bloß der Doktor? Haben Sie immer noch keinen Kontakt zu Ihrer Mutter? Die müsste es doch wissen.»

«Nein, nein, sie hat vor ihrer Abreise nur gesagt, dass sie in den guten Händen des Doktors wäre. Bevor sie losfuhr, hat sie mir ein kleines Weihnachtsgeschenk gegeben, sodass ich nicht einmal weiß, ob sie Weihnachten nach Hause kommen. Ich glaube es kaum.»

MacFie runzelte die Stirn.

«Das ist eine Katastrophe! Mein Weihnachtsanchovis steht im Keller des Doktors.»

«Ich habe verschiedene Sorten Anchovis im Supermarkt gesehen», sagte Christer und hatte plötzlich das Gefühl dazuzugehören. «Es gibt noch einige Gläser.»

MacFie starrte ihn an.

«Mein Weihnachtsanchovis ist nach einem Geheimrezept eingelegt, das seit drei Generationen vererbt wird. Außer mir und meiner Katze kennt es nur der Doktor.»

«Ach, wie dumm von mir. Kommissar Landratte. Ich wette, Sie können auch noch Anchovis putzen.»

«Emily hat mir gesagt, dass sie nur ein Weekend wegfahren wollten, oder vielleicht hat sie auch ein Wochenende gesagt», unterbrach ihn Blomgren. «Ich habe heute erst mit ihr gesprochen, weil ich nicht mehr wusste, wo der Schlüssel vom Sicherungskasten ist.»

Im Laden wurde es vollkommen still. Alle starrten auf Blomgren, der mitten im Raum stand.

«So ist es. Ich glaube nicht, dass Emily Sie anlügt, Blomgren. Wenn sie das sagt, dann liegt das wohl daran, dass sie sich nicht vorstellen kann, dass jemand so lange in London bleiben möchte», sagte Christer mit seiner professionellen Polizistenstimme. «Es gibt einige auf Saltön, die sich fragen, wo der Doktor wohl sein könnte, aber wenn Emily sich keine Sorgen macht, dann muss es auch kein anderer tun.»

Die Stille, die dann folgte, war fast peinlich.

«Immerhin ist Emily deine Verlobte, Christer», sagte Lotten schließlich und legte den Kopf ein wenig schief. «Du solltest es also wissen.»

«Meine Verlobte? Da bin ich nicht so sicher.»

Sara wandte sich von Blomgren ab, nachdem sie vergebens nach gemeinsamen Gesprächsthemen gesucht hatte, die über Fußball und Trabrennen und Emily hinausgingen.

Sie ging direkt auf MacFie zu.

«Soll ich dir die Zukunft vorhersagen, MacFie?»

Er stellte sein Glas ab und sah ihr in die Augen.

«Es gibt inzwischen nicht mehr viel, dessen ich mir sicher bin, aber ich weiß ganz bestimmt, dass ich nicht die Zukunft vorhergesagt haben will.»

Er lächelte ihr gleichgültig zu und wandte sich Christer zu.

«Was macht der Hummerfang? Haben Sie in der Fischkiste noch was für Neujahr?»

Sara stand immer noch da. Sie klopfte MacFie auf die Schulter. Beide waren fast gleich groß.

«Wie geht es denn Clinton so?»

MacFie drehte sich zu ihr um.

«Die USA haben schon seit einer ganzen Weile einen neuen Präsidenten. Er heißt George W. Bush. In den Zeitungen, mit denen ich mich auf dem Laufenden halte, stand nichts Besonderes mehr über den ehemaligen Präsidenten Clinton.»

Sara gab ihm eine schallende Ohrfeige und verließ den Laden.

«Nanu», sagte Christer.

MacFie rieb sich die Wange, die rot geworden war. Er lächelte breit.

Nach und nach fingen die Leute wieder an zu reden, und das Gemurmel wurde lauter.

Der Mann mit der Baskenmütze besah sich neugierig die Requisiten in Saras Zelt, während Orvar sich zur Mitte des Raumes durchkämpfte. Niemand bemerkte ihn, weil er einfach unauffällig war, aber plötzlich gab er sich einen Ruck und verkündete mit sonorer Stimme:

«Ich glaube ja nicht, dass der Botschafter von diesen Kichererbsen kaufen wird.»

Einige verstummten, und MacFie starrte ihn an. Das Lächeln war schon längst verschwunden, und auch die Wange war nicht mehr rot.

«Warum musst du die Luft mit deinem Gerede von unwichtigen Fremden, die hier nichts zu suchen haben, vergiften?»

«Und das sagt der, der den Botschafter mitten während des Hummerfestes zu sich nach Hause eingeladen hat», sagte der Mann mit der Baskenmütze.

Orvar machte ein fröhliches Gesicht. Er besah sich seine Nägel.

«Philip hat mich gestern angerufen und gebeten, dass ich die Heizung bei ihm anstelle, denn er wird über Weihnachten herkommen.»

«Und warum hat er dich darum gebeten?»

«Wahrscheinlich, weil ich der Einzige bin, der Kanu fahren kann. Ich kann übers Wasser reinkommen, und dann brauche ich nicht zu lernen, wie die Alarmanlage am Zaun funktioniert.»

«Das ist ja aufregend!», sagte ein neu gekommener Gast. «Ich glaube, den habe ich noch gar nicht kennen gelernt.»

Kristina ehemals Månsson war zwischen Bohnenkeimlingen und Bio-Weizenmehl erschienen.

«Wie ist die denn reingekommen?», fragte Johanna Blomgren.

Er sah erstaunt aus.

«Durch die Tür, wie alle anderen. Was ist nur los mit dir heute Abend, Johanna? Du musst doch wissen, dass man auf Saltön nicht mit viel Tamtam auf ein Fest geht. Soweit ich weiß, sorgt man nur in den Großstädten für einen Auftritt.»

«Willkommen», sagte Lotten zu Kristina. «Schließlich waren wir einmal Schwägerinnen. Darf ich dich zu einem Getränk einladen?»

Kristina sah auf die Uhr.

«Eigentlich gehe ich nicht mehr auf Feste. Ich bin in einer Selbsthilfegruppe. Wir helfen zum Beispiel trockenen Alkoholikern.»

«Das wissen wir», sagte Johanna.

Alle Gespräche verstummten, und man starrte Johanna an.

«Ich meine, hier auf Saltön wissen wir doch alles übereinander.»

Kristina ging weiter in den Laden hinein.

«Was für ein lustiges Zelt», sagte sie zu Orvar. «Du bist doch ein Mann der freien Natur. Kannst du mir zeigen, wie das funktioniert?»

«Nein», sagte MacFie und erhob die Stimme. «Jetzt werde ich nach Hause gehen, aber erst einmal stoßen wir alle auf Lottens Laden an.»

«Lottens und Saras Laden», sagte der Mann mit der Baskenmütze und gab ihm einen Rippenstoß. «Sie sind wohl schon etwas senil.»

Lotten lachte.

«Morgen seid ihr alle als Kunden herzlich willkommen. Bei mir und Sara, meine ich. Und vergesst nicht, ein kleines Geschenk mitzunehmen, wenn ihr geht. Sie liegen in einem Korb an der Tür. Und keine Eile, in den Regalen hier gibt es viel zu sehen, und Sara wird sicher bald zurückkommen.»

Das tat sie auch, sowie sie vom Eingang gegenüber beobachtet hatte, dass MacFie sich mit langen Schritten vom Laden entfernte.

Als Sara zurückkam, wurde es wieder still, und alle Blicke richteten sich auf sie.

Aber sie starrte nur auf das sich ausbeulende Zelt.

«Was ist denn da los? Sind da Leute in meinem Zelt?»

Orvar und Kristina kamen sofort mit rosigen Wangen heraus.

«Meine Güte, ist das warm da drin», sagte Kristina.

«Wir haben die Heringe kontrolliert», sagte Orvar.

«Du, Orvar!», rief Lotten. «Wenn der Botschafter dich das nächste Mal aus Paris anruft, dann bitte ihn doch, mir etwas Truthahn mitzubringen. Und Plumpudding. Plumpudding soll gut sein. Das habe ich im Kino gesehen.»

Die Kälte setzte den Luciafeiern auf den Straßen ein Ende, und als Kabbe, die Hände tief in den Taschen vergraben, am Kai auf und ab wanderte, hörte man keine Gesänge mehr. Er trat gegen einen Stein.

«Wie dumm von mir, auf so ein verdammtes Fest zu gehen. Und es war ja nicht mal ein Fest. Eine Werbeveranstaltung. Jetzt fühle ich mich noch schlechter, verdammt.»

Aus der anderen Richtung kam Tommy und tätschelte fröhlich seinen Arm, aber Kabbe hatte keine Sprechstunde.

«Na, sind Sie auch auf einer Nachtwanderung?»

Kabbe murmelte etwas Böses und ging schneller.

Tommy ging bergan in Richtung Stadt. Er kapierte diesen Ort nicht, und seine Einwohner schon gar nicht. Natürlich hatte er keine Erwartungen gehabt. Nach diesem Abend würde er mit der eigenen Kamera eine Last-Minute-Reise machen und versuchen, der Zeitung, die ihn auf diese seltsame Insel geschickt hatte, ein paar Sachen von Mallis oder Pukhet zu verkaufen. Schnelles Geld.

Er marschierte weiter in Richtung Klippen, um sich der beißenden Kälte und dem Wind auszusetzen, und sah, wie MacFie mit eiligen Schritten angelaufen kam. Tommy stand auf dem Weg und beobachtete, wie der Alte erst hineinging und das Hühnerhaus zuschloss. Dann sprach er freundlich mit seiner Katze, und die beiden gingen zusammen in das alte graue Wohnhaus. Das Licht, das drinnen angezündet wurde, war von einem warmen

Gelb, fast Sonnengelb. Tommy seufzte, ging in sein Hotel, kaufte sich zwei Flaschen Mineralwasser, den *Expressen* und eine Cola und nahm alles mit auf sein Zimmer. Irgendwie hatte er das Gefühl, dass die Nacht lang werden würde.

Er ärgerte sich über das Doppelbett und machte erst einmal ein wenig Unordnung in der Hälfte, die er nicht benutzte, eher er sich in Kleidern auf seine Seite warf. Im Fernsehen gab es den üblichen Weihnachtskram.

In *Den Körper entschlacken, die Seele nähren* waren die Gäste nach und nach gegangen. Sie hatten alle daran gedacht, eine Geschenktüte einzupacken, außer Johanna, die zwei genommen hatte. Sowie sie auf dem Marktplatz unter der Straßenlaterne stand, machte sie erst die eine Tüte auf und dann die andere. Sie enthielten verjüngende Öle aus reinen Naturprodukten. Johanna warf beide Tüten in den Rinnstein und beeilte sich, nach Hause zu kommen. Doch ein keuchender Blomgren holte sie ein und legte den Arm um ihre Schultern.

«Nicht so eilig, Johanna. Darf ich mit auf einen Kaffee oder zwei zu dir kommen? So sagt man doch in der anständigen Gesellschaft, oder?»

Johanna blieb abrupt stehen.

«Heute nicht, Thomas. Ich habe nicht aufgeräumt.»

«Aufgeräumt? Du hast doch nie aufgeräumt.»

Sie zögerte einen Augenblick. Dann schrie sie ihm direkt ins Ohr:

«Komm lieber morgen, Thomas, dann kriegst du eine Überraschung.»

Blomgren sah sie fassungslos an, ehe er auf dem Absatz kehrtmachte.

Kabbe hörte erst auf, den Kai auf und ab zu laufen, als er kein Gefühl mehr in den Füßen hatte. Dann ging er nach Hause, und nachdem er den größten Teil einer Whiskeyflasche gekippt hatte, die im Flur auf dem Fußboden im Weg gestanden hatte, warf er sich mit Pelzmantel aufs Sofa.

Nach einer Weile erhob er sich halb und trank den restlichen Whiskey. Dann warf er die Flasche direkt an die Ziegelsteinmauer am Kamin, sodass sie zerbrach.

Er lachte und machte mit beiden Händen ein Siegeszeichen.

«Wenn ich nur das Glas um mich herum ebenso leicht zerbrechen könnte», sagte er zu Mister Gordon auf der Ginflasche, ehe die auch fliegen durfte.

Der Kai lag einsam in der Kälte, als Johanna einen Umweg machte, um ihren Kopf abzukühlen. Sie hatte ihre Handschuhe vergessen und schob die Hände tief in die Taschen, die voller Gummibänder und Büroklammern waren, die sie in Blomgrens Laden hatte mitgehen lassen. Dazu noch ein Taschenrechner, den sie aus dem abgeschlossenen Glasschrank genommen hatte. Sie hatte einen Zwerg aus Steingut hineingestellt, um den leeren Platz zu füllen. Da der Taschenrechner ein sauberes Viereck im Staub auf dem Glasbord hinterlassen hatte, wäre das sonst sehr auffällig gewesen.

Sie warf einen langen Blick auf Blomgrens Haus, wo in der Küche und im Schlafzimmer Licht brannte. Sie fand nicht, dass das Haus einladend aussah.

Als sie sich gerade umdrehen wollte, um nach Hause zu gehen, bemerkte sie, dass im Magazin das Licht brannte. Ihr Herz schlug schneller, als sie zu dem Gebäude eilte, über dessen Tür schief das Schild *Sunkiga Sune* hing.

«Magnus! Magnus!»

Sie zerrte an der Tür, die sogleich aufging.

Hans-Jörgen saß in einem alten Bürostuhl, die langen Beine über den Fußboden ausgestreckt. Er trug einen Lodenmantel, und eine Mütze mit Inkamuster verbarg den rasierten Schädel.

«Wo ist Magnus?»

«Guten Tag, Johanna. Er ist noch dort.»

«Noch dort?»

Sie sperrte die Augen auf.

«Hast du ihn im Ausland allein gelassen?»

«Er ist mündig, Johanna, und das seit ziemlich vielen Jahren. Und übrigens war Magnus derjenige, der mich verlassen hat.»

Seine Gesichtszüge verhärteten sich, und er wandte sich ab und fing an, ein Knäuel Segelgarn aufzuwickeln.

Johanna sank auf eine Brautkiste aus Emmaboda.

«Aber wie geht es ihm denn? Ist alles in Ordnung? Wann kommt er nach Hause? Warum hat er dich verlassen? Was hast du ihm gesagt? Du hast ihn doch hoffentlich nicht geschlagen?»

«Er hat jemand Neues kennen gelernt.»

Johanna sah plötzlich vor ihrem inneren Auge eine Reihe Enkelkinder. Eine Reihe kleiner Jungs in weißen Hemden mit Fliegen im Schottenkaro, gut gebügelten Jeans und schwarzen blanken Schnürschuhen.

«Ein Mädchen?»

Hans-Jörgen sah sie an, als wäre sie ein Ufo. Sie kannte diesen Blick aus der Zeit, als sie zusammen zur Schule gegangen waren.

«Nein, einen Jungen natürlich, spinnst du?»

Das Bild mit den Enkelkindern verschwand und wurde von einem lachenden Magnus ersetzt, der neben einem wohlerzogenen jungen Mann stand, der genauso aussah wie Magnus, nur blond war.

«Wer ist es? Ist es ein Spanier? Was arbeitet er? Er ist doch wohl nicht arbeitslos? Kommt er Weihnachten mit hierher?»

Hans-Jörgen gähnte.

«Frag das doch deinen Sohn. Und jetzt entschuldige mich bitte.»

«Wie, entschuldige?»

Johanna sah ihm direkt in die Augen.

«Das heißt, dass ich allein sein will. Dass ich will, dass du gehst. Der Laden macht im Frühling wieder auf, falls du auf die Brautkiste scharf bist.»

«Vielleicht habe ich mehr Kohle, als du denkst.»

Johanna warf den Kopf in den Nacken.

«Ich denke gar nichts», rief Hans-Jörgen hinter ihr her.

Johanna wäre fast nach Hause gelaufen. Plötzlich wusste sie nicht mehr, ob die Geldscheine vielleicht eine Halluzination gewesen waren. Wie viel hatte sie eigentlich getrunken, und noch wichtiger: Wie viel gab es zu Hause zu trinken? Nichts! Und das Systembolaget war geschlossen. Sie blieb in der Haustür stehen. Wenn nur das Geld noch da war, dann konnte sie in den *Kleinen Hund* gehen und sich schneller, als ein Schwein blinzelte, einen fetten Grog bestellen. Sie packte ganz fest die Gummibänder und die Büroklammern in den Taschen.

Kapitel 16

Emily fand keine Ruhe, obwohl ihre Beine schon schwer waren. Sie zog sich Pelzhut, Handschuhe, Pelzmantel, lange Unterhosen und Lederstiefel an. Und dennoch fror sie schon nach wenigen Schritten. Die Luft in Göteborg war immer so rau. Sie hatte Heimweh. Sie musste daran denken, wie sie leichtfüßig zwischen den Klippen herumgelaufen war, auf der Suche nach Blumen, die sie unters Kopfkissen legen konnte. Kein Wort durfte man dabei reden. Sie hatte Waldstorchschnabel, Phlox, Margeriten, Jungfer im Grünen, Taubnessel, Hornklee und sicherheitshalber noch ein Blatt von der Butterblume gepflückt.

Mitten auf der Haga Nygata blieb Emily stehen. Sie musste verrückt sein. Jetzt war Advent auf Saltön, genau wie in Göteborg, und auch auf den Schären gingen die Leute gebeugt im scharfen Wind und hatten Eisstückchen in den Augenbrauen.

Sie merkte, dass sie direkt vor dem Fenster der *Seebar* stand, hinter dem drei Herren saßen und sie betrachteten, während sie ihre Fischsuppe aßen.

Sie errötete und wechselte einen Blick mit einem von ihnen, wahrscheinlich Studienberater, mit beschlagenen Brillengläsern und wie Kraut und Rüben wachsendem rotgrauen Bart. Plötzlich blinzelte Emily ihm zu und lächelte breit. Er lächelte eifrig zurück, aber sie war schon verschwunden.

Sie ging weiter über die Sprängskullsgatan, wo wahnsinnige Fahrradfahrer Kälte und Glätte trotzten, und wanderte durch den Hagapark, der von Tausenden kleiner Lämpchen erleuchtet war. Die Hagakirche war in ein warmes Licht gehüllt, und sie ging durch die Eingangstür, die sich leise hinter ihr schloss.

Sie setzte sich in die dritte Reihe von hinten. Ansonsten waren die Bänke leer. Ein Knabenchor probte für ein Weihnachtskonzert, und Emily schloss die Augen, während sie ihnen und der wunderbaren Orgelmusik lauschte. Sie merkte, wie hinter den Augenlidern die Tränen brannten, wusste aber eigentlich gar nicht, warum sie sich so einsam und allein gelassen fühlte. Ein Telefonanruf bei Christer, und er würde sofort kommen.

Plötzlich wurde es ihr klar: Dadurch, dass sie endgültig mit ihrem Vater gebrochen hatte, war sie Waise geworden. Sie betete zu Gott, dass sie das Richtige getan hatte, und fühlte sich sofort erleichtert.

Sie ging nach vorn zum Chor und spürte, wie die Wärme sie umschloss. Die Chorjungen waren dabei, ihre Sachen zusammenzupacken, und verhedderten mit unterdrücktem Kichern ihre Notenständer ineinander.

Ein Mann mittleren Alters im Lodenmantel löste sich aus dem Dunkel und kam auf Emily zu. Seine Brille saß gefährlich tief auf der Nase.

«Ich sehe, dass Sie die Holzskulpturen bewundern», sagte er und zeigte auf die Kanzel. «Das sind die vier Evangelisten.»

«Das sehe ich», sagte Emily.

«Sie sind von C. Ahlhorn ausgeführt», sagte der Mann und legte seine trockene rechte Hand auf ihren Arm.

Seine eintönige Stimme erinnerte an etwas oder jemanden. Emily schauderte es.

«Ich weiß», log sie und schüttelte die Hand ab.

Der Mann zeigte zum Fenster im Chor.

«Albert Eldh.»

«Jetzt würde ich gerne eine rauchen», sagte Emily zu dem Mann. «Und verdammt durstig bin ich auch.»

Sie ging den Gang hinunter.

Als sie die Kirche verließ, hatte sie fast schon wieder Gefühl in den Zehen und sah zu, nach Hause zu kommen, ehe sie wieder anfing zu frieren. Trotz der Laternen in der Stadt war der Himmel pechschwarz.

Zum Glück hatte sie die Lampe im Eingang brennen lassen. So fühlte sie sich etwas willkommen, und sie wollte ja auch nicht, dass die Familie im Dunkeln Angst hatte. Sie kannte ihre Gewohnheiten noch nicht und beeilte sich, ins Wohnzimmer zu kommen und in ihr Haus zu sehen. Alle schienen wach zu sein, außer Girl, die mit dem Buch auf dem Gesicht eingeschlafen war. Emily warf einen Blick auf den Titel, als sie es wegnahm. Wieder ein Pferdebuch. Auch den Adventsstern in Girls Zimmer schaltete sie aus.

Mister und Missis saßen im Wohnzimmer vor dem Fernseher, doch keiner von ihnen sah die Sendung übers Wurststopfen an, die gerade gezeigt wurde. Mister strickte an etwas Wuscheligem, vielleicht einem Pullunder, und Missis saß einfach nur da und rauchte Pfeife. Verrückte Menschen.

Im Stall lagen Grandma und Grandpa in Kleidern ganz dicht beieinander auf dem Bett. Die hatten doch wohl nicht den Gashahn aufgedreht?

Emily lachte laut. Natürlich nicht. Die lagen dort und erinnerten sich, wie Weihnachten früher war. Grandpa stammte von einer Farm in Texas und war als Kind in kratzenden Strumpfhosen und mit einer Decke über den Beinen mit dem Schlitten zur Kirche gefahren. Grandma hingegen entstammte einer bürgerlichen Anwaltsfamilie, und da war bestimmt das Kindermädchen mit ihr die Weihnachtsschaufenster angucken gegangen. Nach Hause waren sie dann mit der Droschke gefahren.

Aber wo war denn Boy? Natürlich in der Küche! Er war auf einen Hocker geklettert und schien die Keksdose zu untersuchen. Emily lächelte milde und schüttelte den Kopf. Was für ein schlimmer Junge! Hoffentlich würde Paula nicht so ein lustiges kleines Früchtchen bekommen.

Auf dem Küchentisch stand ein beleuchteter kleiner Weihnachtsbaum, und an den Wänden hingen Girlanden, aber irgendetwas hatte Emily vergessen.

Plötzlich schlug sie die Hand vor den Mund. Das Weihnachtsessen! Zu Hause auf Saltön war einfach alles anders gewesen. Um diese Zeit im Dezember waren sie schon mindestes dreimal zum Weihnachtsbuffet im *Kleinen Hund* gewesen. Einmal mit dem Doktor, einmal mit Blomgren («Was für eine Verschwendung!», hatte er gemeckert und sich an Tomatenscheiben und andere Dekorationen gehalten, während Emily sich über Kompott und gestopfte Ente hergemacht hatte). Und dann das Weihnachtsessen mit dem Nähkränzchen. Das war das langweiligste, denn keine der Damen mochte Schnaps. Aber wenn man nichts trank, dann war man sofort satt.

Aber jetzt musste sie sich wirklich um das Weihnachtsessen der Familie kümmern. Bestimmt aßen sie am Weihnachtstag Truthahn mit Plumpudding. Sie musste daran denken, Cognac zu kaufen, um damit den Plumpudding beim Servieren anzuzünden.

Emily setzte sich hin, um eine Liste zu schreiben, aber sie wurde so schläfrig, dass sie die mit ins Bett nehmen musste. Erst legte sie Mister, Missis und Boy, der mit den Händen in der Keksdose eingeschlafen war, ins Bett. Sie kroch in ihren Schlafanzug, inzwischen zwei Nummern zu groß, und fragte sich, wohin nur ihr berühmter Busen verschwunden war. Denn berühmt war er doch wohl gewesen. Sie hatte sogar die Einkaufsliste und den Stift in die Brusttasche der Lederjacke stecken können, ohne dass es komisch aussah.

Sie merkte, dass sie wirklich mager geworden war, empfand aber keine besondere Freude darüber. Doch sie war erleichtert, dass sie die Kirche besucht hatte und nun klar wusste, wie ihre Beziehung zu ihrem Vater beschaffen war. Alles war jetzt viel einfacher, denn sie hatten ja voneinander Abschied genommen. Jetzt musste sie weder neidisch noch eifersüchtig auf die alte Stinkratte Magdalena Månsson sein. Sie brachte es sogar fertig, ihnen einen schönen Einkaufstag in London zu wünschen.

Emily hatte ihr eigenes Geld, das sie ehrlich mit Schweiß, Teig und Tränen verdient hatte.

Der Doktor und Magdalena saßen auf einer Bank im Park und knabberten Sonnenblumenkerne und Nüsse. Jeder hatte eine Flasche Mineralwasser dabei.

«Wie Teenager», sagte Magdalena. «Wenn wir jung wären, würden wir jetzt vielleicht mit dem Schiff von Insel zu Insel fahren.»

«Wenn wir jung wären, dann hätte ich dich auf die Schultern genommen und wäre mit dir den ganzen Weg zur Akropolis hinaufgelaufen.»

«Das könntest du heute auch noch. Ich wiege nicht so viel.»

Der Doktor lächelte und legte die Arme um ihren kleinen, vertrockneten Körper. Magdalena warf den Vögeln ein paar Nüsse zu.

«Es gibt so viel, das ich gern mit dir zusammen gemacht hätte», sagte sie. «Ostern feiern zum Beispiel. Ich liebe Ostern. Viel weniger Ansprüche als bei Weihnachten. Aber hier in Griechenland gibt es natürlich gar keine Ansprüche, egal, um welchen Feiertag es sich handelt.»

«Ja, Ostern in Athen», fiel der Doktor in ungewöhnlich eifrigem Tonfall ein. «Dann hätten wir am Karfreitag in die Kirche gehen können und sogar, wenn wir ein wenig draufgängerisch gewesen wären, die Ikonen küssen können. Und am Abend würden wir vor der Kirche stehen und gelbe Kerzen in den Händen halten. Dann könnten wir Hand in Hand der Prozession von Sängern, Priestern und Chorjungen und allen Ortsbewohnern mit ihren Kerzen zusehen. Und dann würden wir nach Hause gehen, um Mitternacht das Fasten brechen und Lammsuppe und rote Eier, Symbole des Aufstands, essen.»

«Was du alles weißt», sagte Magdalena. «Ich habe am liebsten ein ganz gewöhnliches hart gekochtes Ei von einer schwedischen Glucke und ein Stück Hering von Klädesholmen.»

«Und am Ostermorgen teilen wir im Bett das Osterbrot.»

Magdalena kratzte mit den Zehenspitzen im Kies und versuchte, große Kreise zu beschreiben, aber sie war so klein, dass sie nicht richtig herunterreichte.

«Aber nun wird nichts draus, oder?»

«Nein», sagte der Doktor. «Nun wird nichts draus.»

Plötzlich stand sie auf und starrte ihn an.

«Willst du deshalb heiraten? Weil du krank bist? Unheilbar krank?»

Er streckte die Hände aus und zog sie auf seinen Schoß. Sie kauerte sich wie ein Spatz zusammen, aber er zwang ihren kleinen traurigen Kopf zurück, sodass sie ihm in die Augen sehen musste.

«Nein», sagte er, «ich will dich heiraten, weil du schöne Augen und einen aufregenden Blick hast.»

Sie lächelte unter Tränen.

«Und weil ich Kartoffelpuffer machen kann?»

«Und weil du Kartoffelpuffer machen kannst.»

Sie standen auf und wanderten unter Bäumen voller Blüten und vielfarbiger Lampen langsam zum Hotel zurück.

«Ja, ich mag deine Kartoffelpuffer sehr, Magdalena», sagte der Doktor, als sie auf den Schlüssel zu ihrem Zimmer im siebten Stock warteten.

Sie sah ihn ernst an.

«Ich wäre froh und erleichtert, wenn du deine Entscheidung ändern würdest», sagte er.

«Aber das tue ich nicht. Ich bin bereit.»

Die Reisetasche des Doktors im Hotelzimmer war immer noch nicht ausgepackt, was sonst gar nicht seine Art war. Kleider und Schuhe hatte er ordentlich im Schrank einsortiert, und Necessaire und Medizin lagen in einer verschlossenen Ledertasche, aber das war alles. Die Klappe der Reisetasche stand offen, und auf dem Boden der Tasche lagen mehrere Bücher und Fotografien in Haufen.

«Seltsam», sagte der Doktor. «Als ich in der Schule war, habe ich ungeheuer viel Literatur gelesen, aber als ich dann Medizin studierte, hatte ich keine Zeit, zum Vergnügen zu lesen. Und danach schon gar nicht. Nur Fachliteratur. Jetzt, wo ich endlich Zeit habe, wollte ich eigentlich noch einmal die Klassiker lesen.»

Er nahm «Schuld und Sühne» heraus und wog es in der Hand.

«Wirklich seltsam. Jetzt scheint es mir nicht mehr passend. Ich bin nicht mehr neugierig darauf. Carpe diem. Komm, Magdalena, wir legen uns aufs Bett und erzählen uns was von Bohuslän.»

Sie sprang sofort auf das Bett neben ihn, legte sich wie er auf den Rücken und schloss auch die Augen.

«Sollen wir über das Heringsangeln reden? Über Sprotten? Oder über Weihnachtsanchovis? Ich tue in meinen immer Sandelholz hinein, und die Lake muss mehrere Male gekocht werden, während der Anchovis in der alten Eichentonne meines Vaters durchzieht.»

Der Doktor lächelte.

«Ich rieche es förmlich, wenn du das so erzählst. Schade, dass der Anchovis zu Hause im Keller steht. Das ist das Einzige, woran ich nicht gedacht habe.»

Er runzelte die Stirn und spürte den Schmerz im Bauch.

«Wir müssen eigentlich gar nicht über Bohuslän reden, Magdalena. Wir denken einfach.»

«Aber ich weiß wirklich nicht, an welche Jahreszeit ich denken soll», sagte Magdalena nach einer Weile.

«Such dir einfach eine aus, die dir am besten gefällt. Ich werde die Zeit vor Mittsommer nehmen. Ein paar Wochen davor. Zwischen Traubenkirsche und Flieder.»

«Blühen dann meine Maiglöckchen?»

Sie klang schon etwas schläfrig.

«Ja, natürlich blühen die.»

«Und deine Pfingstrosen noch nicht?»

«Nein, meine roten Pfingstrosen noch nicht. Aber meine Magnolie an der Mülltonne, die blüht.»

«Ach, deine Magnolie ist so wunderschön. Aber sie blüht nur einen Tag oder zwei, nicht wahr? Man muss also darauf Acht geben.»

Der Doktor nickte.

«Dann nehme ich auch die Zeit zwischen Traubenkirsche und Flieder.»

«Ja, die ist kurz und schön. Aber du musst nicht dasselbe nehmen wie ich.»

Magdalena öffnete ein Auge.

«Hast du immer noch nicht begriffen, dass ich nur tue, was ich will? Und du willst ein Doktor sein.»

Er nahm ihre Hand, und sie schliefen fast gleichzeitig ein.

Kapitel 17

In einer der dunkelsten Nächte des Jahres fing es auf Saltön an zu schneien. Stunde um Stunde sanken dicke Schneeflocken auf das Dorf herab. Es war windstill und ein Grad minus. Es schneite nicht jedes Jahr richtig, und obwohl der Schnee viel Arbeit machte und wahrscheinlich nur einen Tag liegen bleiben würde, waren sogar die Erwachsenen ganz aufgeregt, als sie am Morgen aus dem Fenster schauten.

Es war immer noch dichtes Schneetreiben, als die Kinder das Frühstück herunterschlangen, um zur Schule und in die Tagesstätte durch den Schnee stapfen oder mit dem Tellerschlitten fahren zu können.

Der Schnee dämpfte die vertrauten Geräusche von startenden Autos und schlagenden Kirchenglocken. Nur das Pfeifen des Dampfbootes schnitt noch durchdringend durch die Luft. Diese Tradition war erst wenige Jahre alt. Die Idee dazu stammte von Runar, der im Sommer mit Booten von anno dazumal die Badegäste herumschipperte. Dazu bot er ein Menü von Braten à la Dampfboot bis Punsch. Für Dezember hatte er jetzt einen anderen Brötchenerwerb gefunden. Er fuhr von Strömstad bis Skrea durch alle großen Häfen entlang der Küste und verkaufte Marzipanschweine. Keiner wusste, wo er die herhatte, aber teuer waren sie und sahen nicht einmal aus wie Schweine, sondern wie kleine Dampfschiffe. Das richtige Dampfschiff war hübsch dekoriert mit Weihnachtsbaum am Bug und einem Julbock achtern. Seltsamerweise machten Wind und Schnee dem Strohbock gar nichts aus.

In den Kellern rasselte es an diesem Morgen von Skiern,

Schlitten und Rodeln, die herausgeholt wurden, und überall auf den Bürgersteigen standen Männer in Pelzmützen und schippten mit großen männlichen Bewegungen Schnee. Nur vor dem *Kleinen Hund* waren es zwei muffelige Bedienungen, die, mit Schneeflecken auf den langen Röcken, jede aus einer Richtung angeschippt kamen. Klas, der Koch, versuchte, während er den Lachs aufschnitt, auch noch ans Telefon zu gehen, das ununterbrochen klingelte.

Er drückte das schnurlose Telefon fest zwischen Ohr und linke Schulter und war schon ziemlich rot im Gesicht.

«Nein, ich weiß nicht, wo er ist. Vielleicht kommt er bei dem Schnee nicht mit dem Auto aus der Garage. Hier ist er auf jeden Fall nicht.»

Sowie er das Gespräch beendet und eine neue Edelstahlschüssel genommen hatte, klingelte es wieder.

«Ich habe keine Ahnung. Ja, ich habe auch schon bei ihm zu Hause angerufen. Da ist der Anrufbeantworter dran. Rufen Sie doch gegen elf nochmal an. Ich glaube aber nicht, dass es noch freie Tische gibt. Jedenfalls nicht heute Abend.»

Das nächste Gespräch stand schon in der Warteschleife. Es war der Schreiner, der den neuen Zaun gemacht hatte und jetzt fragen wollte, ob seine Tochter in der achten Kalenderwoche ein Praktikum im Speisesaal machen dürfe.

Klas verdrehte die Augen zur Decke und legte auf.

«Wer hat bloß Weihnachten erfunden?»

Er holte drei Kilo Grünkohl aus dem Kühlraum.

Kabbe lag zu Hause in Kleidern auf dem Bett. Er hatte es nicht geschafft, sich auszuziehen, hatte die Lampe nicht ausgemacht und auch den CD-Spieler nicht, der immer wieder dieselbe Scheibe mit finnischer Tangomusik abspielte.

Die ganze Nacht hatte er fast regungslos geschlafen, und jetzt lag er mit offenen Augen da und hatte vor aufzustehen, zumindest ins Bad zu gehen oder in die Küche. Aber er lag nur Stunde um Stunde da, während das Telefon klingelte und verschiedene Stimmen Nachrichten auf den Anrufbeantworter brummten oder riefen.

Sein Körper fühlte sich bleischwer an, doch war er, verglichen mit seiner Seele, noch federleicht.

Lotten schminkte sich in dem kleinen Badezimmer des Gartenhauses. Um diese Jahreszeit, wenn das Tageslicht gar nicht richtig durchdrang, ging es wirklich schnell, sich hübsch zu machen. Die Lippen mit dem Konturenstift nachgezogen, Lippenstift und Lipgloss, kurz ein Stück Haushaltspapier in den Mund nehmen, um den Überschuss abzutupfen – das war ein Kniff, den sie schon seit ihrem dreizehnten Lebensjahr anwendete. Erst als sie den Nerz übergezogen und kurz überlegt hatte, wo Sara wohl war, merkte sie, dass die Eingangstür kaum mehr aufging.

Die ganze Welt war weiß. Der Garten ihres verstorbenen Bruders lag unter einer dicken Schneedecke. Die Konturen der Gartenmöbel aus Eisen waren nur zu erahnen, und die Rhododendren sahen aus wie riesige Schneebälle. Der Weg zum Tor hinunter war weder freigeschippt noch gestreut, und Lotten musste sich am Geländer festhalten, als sie Stufe für Stufe mit ihren hochhackigen Stiefeln durch den Schnee stöckelte. Schon nach der halben Treppe waren Schnee und Wasser in die Stiefel eingedrungen, aber sie marschierte tapfer weiter.

Auf dem großen Parkplatz der Månssons neben der Garage hatte sich irgendein Verrückter hingelegt, mit den Armen gewedelt und fünf Engel in den Schnee geformt. Lotten schüttelte den Kopf. Dass die Leute unter der Woche Alkohol trinken konnten!

Sie spazierte schnell den ganzen Weg bis zu *Den Körper entschlacken, die Seele nähren* herunter und konnte nicht umhin, sich über die schneebedeckten Äste der Ulmen im Park zu freuen.

Der Laden war erleuchtet. Natürlich. Das Geschäft war Saras neue Leidenschaft.

«Man weiß nicht, ob sie Fisch oder Fleisch ist», sagte Lotten und schüttelte den Schnee von ihren Stiefeln, bevor sie hineinging.

Wenigstens konnte man aus Saras Miene gut lesen. Im Moment hatte sie gute Laune, hielt den Arm hoch und ließ aus einem Glas Goldstaub über den Laden regnen.

«Hallo Lotten, hast du meine Engel gesehen?»

Lotten legte ab, setzte einen koffeinfreien Kaffee auf und rief den Hausverwalter an, weil er noch nicht Schnee geschippt hatte.

«Wir machen um neun Uhr auf, deshalb wäre es vielleicht an der Zeit, mal etwas zu tun.»

«Ganz meine Meinung», sagte Sara und bewarf Lotten mit Goldstaub. «Ich habe heute Morgen einen Kunden zum Wahrsagen.»

Sie zeigte stolz den riesenhaften Kalender, den Lotten beim Blomgren gekauft hatte. Weil es nur noch ein Monat bis zum Ende des Jahres war, hatte sie ihn billiger bekommen.

«Tommy! Das ist der Journalist.»

Sara nickte stolz.

«Ich weiß nur nicht, ob ich Kaffeesatz, Handlesen oder Tarotkarten nehmen soll. Was meinst du?»

Lotten seufzte fast lautlos.

«Versuch doch bitte, etwas seriös zu sein. Aber egal, Hauptsache, du verdienst Geld. Bekanntermaßen habe ich deinetwegen mein Kapital aufs Spiel gesetzt.»

«Na also», meinte Sara und verschwand in ihrem Samtzelt.

Lotten stapelte verdauungsfördernde Produkte auf den Tresen.

«Ist es gestern spät geworden? Stellen Sie das Gleichgewicht wieder her mit Månssons wundertätigem Medikament. Alte Hirne werden wie neu.»

In dem Augenblick muhte eine Kuh. Das bedeutete Kundschaft, denn aus einem Apparat, den Sara von ihrer letzten Nostalgiereise nach Stockholm mitgebracht hatte, ertönte das Muhen einer Kuh.

Lotten sah auf und versuchte, Tommys Besorgnis erregend nasse Halbschuhe nicht zu beachten.

Er schüttelte den Schnee von den Füßen und lächelte. Die Schneeflocken im Schnurrbart waren noch nicht geschmolzen.

Lotten hielt eine Flasche Blutsaft hoch.

«Das hier ist wirklich etwas für Sie», sagte sie und hielt ihm die Flasche entgegen. «Sie sind doch sicher ein wenig anämisch. Das verschafft Ihnen Wärme und Kraft und alles, was Sie wollen.»

Er legte den Kopf schief.

Vor zehn Jahren vielleicht, dachte er, aber jetzt schaffe ich es nicht, Lotten.

Er schüttelte den Kopf, lächelte wohlerzogen und nahm Notizblock und Stift aus der Tasche.

«Ist Sara da?»

Lotten zeigte auf das Zelt und wandte sich wieder ihren Medikamenten zu.

Tommy steckte den Bleistift in den Mund und hängte seinen Mantel auf einen Haken.

Um durch die Zeltöffnung zu kriechen, musste er auf die Knie gehen, aber drinnen gab es viel Platz für zwei Personen und einen Tisch mit allerlei Zubehör.

Die Räucherstäbchen verursachten Tommy sofort Übelkeit.

«Hallo», sagte er. «Müssen wir hier drinnen bleiben?»

Sara nickte stumm und zog an einer langen Pfeife. Das dunkle Haar fiel ihr bis auf die Schultern, und ihr Gesicht war weiß wie der Schnee draußen.

«Sie sind wirklich lustig geschminkt. Sie sehen aus wie die Mutter in der Addams-Familie, falls Sie das kennen. Oder sind Sie zu jung dazu? Ich glaube, sie heißt Morticia.»

«Still. Ich konzentriere mich.»

«Also», sagte Tommy und nahm den Stift. «Wie Sie sich denken können, bin ich nicht an Ihren Weissagungen interessiert. Aber ich bin für jeden Eindruck dankbar, der meine Reportage über das ursprüngliche Weihnachtsfest auf Saltön etwas bunter macht. Ich muss wirklich langsam mal was fertig kriegen, denn der Fotograf hat immer noch nicht hierher gefunden. Ich kann doch wohl eine Quittung bekommen, oder?»

Sara nickte bedächtig. Sie versuchte, die Rolle eines weisen Indianers einzunehmen.

«Was möchtest du wissen, Fremdling? Kaffeesatz, Tarotkarten, oder soll ich dir aus der Hand lesen?»

«Also, eigentlich bin ich ja kein Fremdling. Schließlich bin ich gestern schon mal hier gewesen. Wir haben miteinander gesprochen, *remember*?»

Sie brachte ihn mit einem Blick zum Schweigen.

«Kaffee wäre gut», sagte er, «ich bin eine richtige Kaffeetante geworden, seit ich aufgehört habe mit dem …»

«Mit dem verdammten Alkohol», fügte Sara hinzu und starrte für einen Moment in die kleine Kristallkugel auf dem Tisch.

«Genau.»

Tommy hatte nichts aufzuschreiben, also malte er ein paar Kringel auf die leere linierte Seite.

Sara faltete sich wie ein Taschenmesser zusammen, beugte sich vor und drückte auf einen Knopf der Espressomaschine.

«Während wir auf den Kaffee warten, schließen wir die Augen. Wir bringen uns zur Ruhe, indem wir von hundert auf null zählen, rückwärts also.»

«Ich bin ziemlich ruhig», sagte Tommy.

Lotten steckte den Kopf durch die Zeltöffnung.

«Was macht ihr eigentlich da drinnen?»

«Entferne dich aus meinem Kraftzentrum, Lotten», sagte Sara, die die Augen immer noch geschlossen hatte, «und versuche nie wieder auf die eben vollzogene Weise einzudringen.»

«Sie kann nicht ganz normal sein», sagte Lotten zu einer Flasche Möhrensaft.

Da kam ein Kunde herein.

Es war Blomgren, der etwas zur Stärkung brauchte.

«Für die Knochen vielleicht?»

«Nein, nicht direkt.»

Lotten runzelte die Stirn.

«Dann für das Gedächtnis?»

Blomgren wand sich ein wenig.

«Ja, für das Gedächtnis. Das wäre sicher gut.»

Er zeigte sich erstaunt über den Preis des Produktes, und als Lotten gerade die Summe eintippen wollte, überlegte er es sich anders.

«Ich glaube, ich brauche doch nichts für das Gedächtnis. An die vergangenen dreißig Jahre erinnere ich mich nur zu gut.»

«Vielleicht kann ich dich mit etwas anderem locken», überlegte Lotten. «Dir tut doch bestimmt irgendetwas weh, Blomgren.»

Thomas Blomgren blieb in Gedanken versunken stehen.

«Ich wäre gern ein wenig mehr unwiderstehlich, wenn du verstehst, was ich meine. Es ist, als hätte ich etwas an Kraft verloren.»

Lotten starrte ihn an.

«Das war natürlich nur ein Witz», sagte Blomgren. «Habt ihr selbst gemachten Senf, den ich Paula schicken kann?»

Sein Blick war gerade auf ein Glas auf dem Tresen gefallen, auf das er jetzt zeigte.

«Na klar. Das ist eigentlich Soße mit Hormonzusätzen für Räucherlachs. Aber das haben sie in Afrika wahrscheinlich auch nicht.»

«Entschuldigung, aber in den Kaffee ist ziemlich viel Pulver geraten. Bestimmt haben Sie was falsch gemacht», sagte Tommy und versuchte, den Kaffee durch seinen Schnurrbart zu filtern.

Sara lachte laut.

«Sie verstehen wirklich nicht viel vom Wahrsagen. Aus dem Kaffeesatz will ich doch für Sie lesen. Das habe ich in Istanbul gelernt.»

Tommy stellte die Tasse gehorsam hin und atmete den Rauch im Zelt ein.

In der Zwischenzeit hatte Sara einen Teil des Kaffeesatzes auf die Untertasse gegossen. Der Rest war noch in der Tasse. Sie betrachtete mit besorgter Miene die Kaffeereste in der Untertasse und schüttelte den Kopf.

«Sie sind sehr unglücklich», sagte sie schließlich.

Tommy räusperte sich.

«Sehr, sehr unglücklich. Und einsam. Gott, wie einsam Sie sind!»

«Vielleicht könnten Sie ja etwas weniger privat sein. Ich möchte das, was Sie sagen, gern in der Reportage verwenden, die übrigens erst in einem Jahr erscheinen wird. Versuchen Sie also bitte, sich auf Weihnachtstraditionen und dergleichen zu beschränken.»

Sara tat so, als würde sie ihn nicht hören. Sie starrte auf den Kaffeesatz und drehte und wendete die Untertasse.

«Sehen Sie den Schlangenkopf hier?»

Tommy lehnte sich vor und nickte.

«Ja, stimmt.»

«Und sehen Sie den Blitz, der den Kopf der Schlange in zwei Teile geteilt hat?»

«Aha. Ich dachte erst, das sei der Stachel oder womit Schlangen auch immer töten. Ich bin ein Großstadtjunge.»

«Die Schlange ist der Alkohol, und Sie haben es geschafft, sie durch Willenskraft zu besiegen. Das ist sehr stark von Ihnen. Sie haben die Schlange durch Ihre bloße Willenskraft getötet.»

«Und durch Antabus», sagte Tommy.

«Passen Sie gut auf. Eine Schlange hat neun Leben. Sie müssen sehr achtsam und aufmerksam sein.»

«Das ist ja mein Job.»

«Es wäre leichter, wenn Sie mal schweigen könnten», sagte Sara.

«Ich werde es versuchen. Aber es ist ungewohnt für mich, dass jemand anders die Fragen stellt.»

«Ihre Willenskraft hat Ihnen das Leben gerettet. Sie hätten sterben können. Aber sehen Sie die Schlange an. Sie ist tot.»

«Ja, der Tod ist die übliche Konsequenz, wenn man zu viel trinkt. Früher oder später stirbt man daran.»

«Aber sehen Sie hier, auf der anderen Seite, da leuchtet eine starke Sonne.»

Sara drehte die Untertasse.

«Sehen Sie die Strahlen? Eins, zwei, fünf Strahlen. Das bedeutet, dass Sie das dunkle alte Leben bald hinter sich lassen werden. Sehen Sie, wie es hier strahlt.»

Tommy beugte sich widerwillig interessiert vor.

«Ja, das muss ich zugeben. Auf der anderen Seite sieht es wirklich hell aus. Und wie eine warm strahlende Sonne.»

Er steckte Block und Stift in die Jackentasche. Zunächst hatte er ja vorgehabt, etwas zu notieren, um das Ganze als einen Einschlag der seltsamen Traditionen des zurückgebliebenen Küstenortes darzustellen, aber jetzt fand er seine eigene Person doch viel interessanter.

«Was bedeutet das?», fragte er. «Ich meine das mit der Sonne, die wartet. Sollte ich vielleicht eine Last-Minute-Reise buchen? Könnten Sie mal etwas konkreter werden?»

Sara starrte lange in den Kaffeesatz.

Am Ende hob sie den Kopf und sah ihm tief in die Augen. Plötzlich sah sie wie eine Katze aus.

«Ich sehe ein L», sagte sie. «Können Sie das L dort sehen?»

Er nickte stumm.

«Sie werden jemanden mit dem Buchstaben L im Namen kennen lernen, der Sie glücklich machen wird. Verdammt glücklich, um genau zu sein. Eine Frau.»

«Ach wirklich? Und wie sieht sie aus? Können Sie das auch sehen?»

Sara senkte den Kopf noch tiefer über den Kaffeesatz.

«Sie ist kurvig. Das können Sie hier sehen.»

Sie zeigte auf einen gebogenen Rand auf der rechten Seite des Kaffees.

«Und sie ist blond. Vielleicht auch blondiert. Das kann ich nicht sehen. Aber es ist eine sehr gute Frau für Sie. Sie werden sie dort finden, wo sich Ihre Füße im Moment befinden.»

«Aha. Auf Saltön also.»

«Sie werden glücklich mit ihr sein und mit ihr zusammenleben, aber Sie müssen auf Ihre Knie Acht geben. Das macht fünfhundert Kronen.»

Tommy nahm sofort seine Geldscheinklammer aus der Brusttasche. Er schwitzte unter dem Schnurrbart und wirkte plötzlich gehetzt.

Sara gähnte. Nachdem sie so lange im Schneidersitz gesessen hatte, taten ihr wirklich die Knie weh.

«Danke», sagte Tommy, schob fünf Hunderter rüber, stolperte aus dem Zelt und lud Lotten noch für denselben Abend um sieben Uhr zum Essen im *Kleinen Hund* ein.

Kapitel 18

Die ungewöhnlich trockene und kalte Luft tat Christer gut. Er hob die Lederstiefel nicht hoch, als er sich durch den weichen Schnee schob, und drehte sich nur manchmal um, um seine Spur zu bewundern. Vor der Polizeiwache hatte ein aufmerksamer Praktikant geschippt und gestreut, damit die Polizei keine Anzeigen von wütenden Mitbürgern bekam.

Er atmete tief durch und dachte an Emily. Ob sie wohl auf Skiern stehen konnte? Er hatte die Hoffnung, sie könnte sich einen liebevollen Kurzbesuch in Göteborg wünschen, aufgegeben. Deshalb hatte er jetzt beschlossen, die Wohnung für ihren möglichen Besuch an Weihnachten ordentlich und weihnachtlich herzurichten.

Kaum hatte er auf der Wache seine Jacke aufgehängt, da hörte das Telefon nicht mehr auf zu klingeln, und alle riefen aus demselben Grund an. Ein Verrückter sei dabei, den Kirchturm zu erklimmen.

Christer seufzte. Ehe er hinausging und sich ins Auto setzte, rief er die Jungs von der Feuerwehr an.

Als er an der Kirche ankam, war der rotznasige Jugendliche schon wieder unten.

«Wir haben eine Wette gemacht», sagte er. «Ein Kumpel von mir hat gesagt, er würde an Weihnachten Madonna werden, und ich dachte, ich probiere mal einen Weg aus, der nicht so feige ist. Innen rauf, das ist doch lächerlich. Total einfach.»

Christer setzte seine gutmütige Miene auf und klopfte dem Jungen auf die Schulter, ehe er den Kirchhügel wieder hinunterschlenderte.

Die Feuerwehrleute fragten ihn, ob er nicht Lust hätte, mit ihnen Kaffee zu trinken. Die Telefonistin von der Taxizentrale hätte Safrankuchen gebacken. Christer lehnte dankend ab, doch die Einladung schmeichelte ihm. Vielleicht würde er es hier doch noch zu etwas bringen.

Als er zur Wache zurückfuhr, nahm er den Umweg an den Bootshütten vorbei. Das war in den vergangenen Wochen zu einer Gewohnheit geworden. Der Doktor war schließlich in London und Emily in Göteborg, sodass sich niemand drum kümmerte, falls in die Bootshütte von Doktor Schenker eingebrochen würde.

Alles war, wie es sein sollte, aber von der letzten Hütte im Hafen waren seltsame Geräusche zu hören, und deshalb unternahm er einen kleinen Spaziergang im Neuschnee, den Hügel hinunter.

Vor der Bootshütte standen ein paar lange, sehr schmale graue Holzkisten, von denen eine offen war. Aus einer Bodenluke hatte jemand ein sehr altes Kajak gezogen. Und niemand anders als MacFie stand mit Nadel und Garn in den Schneewehen und reparierte das Segeltuch des Kanus.

Christer lachte, sodass seine freundlichen Augen in dem runden Gesicht verschwanden. Am Ende musste er sich an MacFies Kiste abstützen.

«Was ist denn so lustig?»

MacFie sah ihn über seine Lesebrille hinweg an.

«Wer könnte sonst hier im Schneesturm stehen und ein altes Kanu flicken?»

«Es ist kein Schneesturm. Es ist absolut ruhig. Aber es schneit.»

Christer hörte auf zu lachen und schlug MacFie auf den Rücken.

«Aber warum denn, MacFie?»

«Warum? Das müssen Sie gerade sagen! Sie haben doch behauptet, man müsse sich selbst am Schopf packen, wenn man nicht lächerlich werden will.»

«Das habe nicht ich gesagt, sondern Kabbe. Um ehrlich zu sein, war ich fast genauso lächerlich wie Sie.»

«Ja, Kabbe, der hat gut reden. Dem sind Frauen doch egal.»

«Aber er hat doch andauernd mit Frauen zu tun.»

Christer fing wieder an zu lachen.

«Klar, aber er engagiert sich nicht.»

«Deshalb stehen Sie also hier und nähen.»

MacFie nickte und biss den Faden ab.

«Ich hatte völlig vergessen, dass mein Vater ein altes Kajak hatte. Es ist eine Kopie der alten Jagdkajaks der Inuit, und er hat es selbst gebaut. In jeder freien Minute ging er paddeln, vor allem nachdem er pensioniert war. Und am Weihnachtsabend hat er immer eine Tour um Farö gemacht. Das war Tradition. Wenn ich diese alte Kiste hier zusammenbekomme, dann will ich das auch machen. Vielleicht werde ich es mit Glasfiberwand auskleiden, wenn ich es dicht gemacht habe.»

Christer betrachtete das Kanu misstrauisch.

«Gibt es nicht solche Kanus aus Plastik, in Form gegossen? Ein Freund von mir in Stockholm hatte einen Kanadier.»

MacFie antwortete nicht, sondern fädelte neues Segelgarn in die große Nadel und fing wieder an zu nähen. Die grauen Fingerhandschuhe hatte er an den Fingerspitzen abgeschnitten, und sein Hut war ganz von Schnee bedeckt. Die Finger waren rot vor Kälte.

«Warum lassen Sie sich nicht von Sara die Zukunft vorhersagen?», fragte Christer und bürstete seine Polizeimütze mit dem Arm ab.

«Wahrsagen! So ein verdammter Quatsch. Und die soll Lehrerin gewesen sein. Für teures Geld auf der Pädagogischen Hochschule ausgebildet, und beschäftigt sich jetzt mit solchen einfältigen Dingen.»

«Sind Sie so naturwissenschaftlich veranlagt, MacFie? Ich dachte immer, Sie seien Humanist.»

«Das heißt ja nicht, dass ich vollkommen bekloppt bin. Meine Bienen geben mir bessere Antworten als eine verdammte Spökenkiekerin.»

«Vielleicht weiß man vieles doch nicht, ehe es mal zur Sprache kommt. Meine Mutter hatte solche Séancen mit ihren Freundinnen, wo ein Glas auf dem Tisch herumfuhr. Da traten Wahrheiten zutage, und Geister sprachen. Es war gemütlich, nebenan zu liegen und den Frauen zuzuhören. Ich hatte keine Tür an meinem Zimmer, sondern nur einen Vorhang.»

«Tragisch», sagte MacFie.

Emily stand in der Schlange vor dem Geldautomaten. Eine Schneeflocke setzte sich auf ihre Nase, und sie brach in Lachen aus. Plötzlich sah sie den Nacken des Mannes vor sich, der aus dem Kragen stak. Es war ein schmaler und faltiger Nacken im fortgeschrittenen mittleren Alter. Dieser Nacken war dem von Blomgren sehr ähnlich, und sie verspürte einen Stich in der Brust. Wehmut. Glücklicherweise war sie gleich an der Reihe. Wirtschaftlich gesehen, ging es mit ihr wirklich aufwärts. Das hier würde gut gehen. Einen Moment lang dachte sie, dass es jetzt schön gewesen wäre, mit ihrem Vater über ihre Erfolge zu reden, aber diese Zeiten waren vorbei. Endgültig vorbei.

Sie eilte nach Hause, um in der Mittagspause den Küchenfußboden im Puppenhaus zu polieren.

«Heute schaffe ich keinen Liebhaber mehr», sagte sie zu Mister und setzte ihn vorsichtig in das Auto.

Er konnte froh sein, dass er einfach so einen neuen rosafarbenen Cadillac bekommen hatte. Offiziell gehörte das halbe Auto Missis, aber man konnte sich ja denken, wie das ablaufen würde. Missis saß schon auf dem Beifahrersitz und wartete, während sie sich ihre Zähne in dem kleinen Spiegel, der an dem Sonnenschutz über der Windschutzscheibe befestigt war, ansah.

Die Kinder stritten sich auf dem Rücksitz, und Girl hatte gerade als Grenze, die nicht überschritten werden durfte, ein Haarband mitten auf den Sitz gelegt. Mister trat an den Reifen, ehe er den Wagen startete und in Emilys Schlafzimmer fuhr.

«Hör mal!», rief sie hinter ihm her.

Es war viel Arbeit, alle Möbel aus der Puppenstube herauszuholen, denn einige waren noch festgeklebt. Aber sie war froh, dass sie sich, auch wenn sie keinen Liebhaber zu Besuch hatte, eine Mittagspause gönnte. Einige der Männer waren wirklich nützlich gewesen. Der Optiker auf der Linnégaten zum Beispiel hatte ihr doppelt so schnell wie üblich eine Brille mit Gleitsichtgläsern gemacht. Und auch noch zum halben Preis! Und der Blumenbote hatte ihr ein paar schöne kleine Stecklinge gegeben. Aber die meisten Männer waren nur für den Augenblick gut gewesen. Sie hatte Komplimente von ihnen entgegengenommen, und das war sowohl angenehm als auch praktisch. Sie verstand nur nicht, warum sie so rapide abmagerte. Krank konnte sie ja wohl nicht sein. Emily hatte sich nie gesünder gefühlt.

Seltsamerweise empfand sie trotzdem Sehnsucht nach ihrem Vater und nach Blomgren, doch diese Zeiten waren unwiderruflich vorbei.

An Christer zu denken war schwieriger. Sie verstand nicht, was da falsch war. Wo er doch so wunderbar war.

Das Schlimmste war, dass er nicht dumm war. Er merkte, dass sie ihm auswich, und eines Tages würde er das Warten vielleicht leid sein. Was würde sie dann tun? Keine Ahnung. Wahrscheinlich würde sie sich rettungslos verlieben, und dann wäre er an der Reihe, dazusitzen und zu gähnen.

Sie sah auf die Uhr. Zeit, wieder in den *Zuckerkuchen* zu gehen. Die Kunden kannten ihre Öffnungszeiten inzwischen fast besser als sie selbst. Abgesehen von ein paar Ausnahmen, hatte sie sich einen guten Kundenkreis erworben. Wenn nur Boris nicht wieder dort saß und sie mit seinen feuchten braunen Augen anhimmelte. Er war wirklich ein Fehlgriff gewesen.

Sie setzte ihre Pelzmütze auf und knotete sich einen alten Lederriemen um die Taille, damit der Pelzmantel nicht so schlotterte. Zum Mittagessen hatte sie keine Zeit mehr, aber sie konnte sich ja einen Kaffee machen, wenn sie unten war.

Der Optiker hatte ihr die Wange gestreichelt, ehe er ging, und gefragt: «Ist es nicht schrecklich, so allein zu leben?» (Er hatte eine Frau und fünf Kinder.)

«Allein? Ich habe doch ein ganzes Café!»

«Kunden, ja, die habe ich auch. Aber du hast doch, wenn ich es richtig verstehe, keine private Beziehung.»

Der würde schon sehen.

Ob ihr Papa in seinem neuen Leben mit Magdalena glücklich war?

Es war Emily egal. Welch ein Sieg.

«Ist das zur Feier des Tages?», fragte der Doktor, als er sah, wie Magdalena vor dem Toilettentisch saß und in einem Handspiegel ihre Frisur betrachtete.

Sie ließ den Spiegel auf den Fußboden fallen, ging zum Bett und setzte sich auf die Bettkante.

«Ja, Doktorchen. Ja! Ja! Ja! Heute werden wir endlich anständige Menschen werden.»

Als der Doktor später im Sessel saß und über den Syntagma-Platz schaute, wo ein Kinderchor gerade amerikanische Gospels sang, klopfte es an der Tür. Als er öffnete, rollte ein Kellner einen silbernen Wagen mit einer Flasche Champagner in einem Kühler herein, dazu zwei Gläser, eine rote Rose in einer silbernen Vase und ein paar Schüsseln mit Deckel und einen silbernen Korb mit

Crackern. Der Doktor gab ihm ein Trinkgeld und hob den Deckel von einer Schüssel nach der anderen. In der ersten war falscher Kaviar, Sahnesoße in der anderen und gehackte rote Zwiebeln in der dritten.

Als Magdalena aus dem Badezimmer kam, stand er immer noch da und starrte auf den Wagen.

«Willst du die Flasche nicht mal aufmachen? Es ist Moët & Chandon.»

«Ich verstehe nur nicht, wer wissen könnte, dass wir heute heiraten.»

Der Doktor schloss die Augen. Auf keinen Fall konnte es Emily sein, das wusste er.

Magdalena kicherte und lächelte breit.

«Ja, ich bin auch ein wenig in der weiten Welt herumgekommen. Aber mach doch die Flasche auf, denn wenn ich es mache, kriege ich noch an unserem Hochzeitstag eine Gehirnblutung. Diese Kerle pflegen ziemlich fest in der Flasche zu sitzen.»

Der Doktor bedeckte ihr kleines Rosinengesicht mit Küssen.

«Du bist eine wunderbare Braut.»

Er hatte Tränen in den Augen.

«Jetzt mach die Flasche auf», sagte Magdalena. «Meine Kehle ist völlig ausgetrocknet. Während du dagelegen und geschnarcht hast, habe ich Yanni geholfen, die Treppengeländer zu polieren.»

Der Zug nach Piräus war voll, und er wurde noch voller von all den Tüten und Paketen, die die Leute bei sich hatten. Eine Mutter mit einem kleinen Jungen ging herum und bettelte um Geld. Der Junge sang mit lauter und klarer Stimme Weihnachtslieder, und die Mutter streckte den Leuten eine alte offene Handtasche entgegen. Sie war leer. Magdalena boxte den Doktor in die Seite, und er holte umständlich einige zerknitterte Scheine heraus.

Sie mussten den ganzen Weg lang stehen, denn Magdalena hatte Angst, ihr Kleid könnte Flecken bekommen. Auch der weiße Leinenanzug des Doktors war zwischen all den rauchenden, spuckenden und fröhlich schmutzigen Menschen gefährdet. Der Doktor hielt sich an einem Riemen, der vom Dach baumelte, fest, und Magdalena drückte ihren Kopf in seine Armhöhle.

Nach einer knappen Stunde stiegen sie an der Endstation aus. Dort waren so viele Menschen, dass der Doktor fürchtete, seine Braut zu verlieren. Am Ende nahm er sie einfach um die Taille und trug sie zur Erheiterung der Griechen durch die Volksmenge.

«Du musst deine Kräfte schonen», sagte Magdalena und klopfte ihm auf den Rücken.

Ihre kreideweißen Zähne leuchteten.

«Das ist wirklich das Letzte, was ich tun muss», erwiderte der Doktor.

Als er sie vor dem Bahnhofsgebäude absetzte, kam ein Kerl im Blaumann vorbei und kniff sie in den Po.

«*Orchi!*», brüllte sie.

Der Doktor sah erstaunt aus.

«Kannst du kein Griechisch, Doktor? Und das, wo du so gebildet bist.»

«Natürlich. Ich dachte nur, du wolltest Phlox und Jungfer im Grünen. Wirst du vielleicht doch etwas nervös?»

«Nervös!»

Magdalena lachte laut.

Sie nahmen ein Taxi zum Hafen. Während der Fahrt saßen sie auf dem Rücksitz und hielten sich an den Händen. Der Fahrer sah sie ab und zu im Rückspiegel an. Sollte er an Weihnachten wohl zu seiner Mutter nach Samos fahren? Man wusste ja nicht, wie viele Weihnachten sie noch da sein würde.

Der Yachthafen neben der Kirche lag im Sonnenlicht. Einige Fischer standen mit ihren fast unglaublich langen Angeln dort. In den Eimern neben ihnen glitzerte es wie Silber.

«Sollen wir warten, bis was anbeißt?»

Der Doktor schüttelte den Kopf.

An vielen Gebäuden rund um die Kirche hingen blauweiße griechische Flaggen an kurzen Stangen von den Balkongeländern. Vor der Kirche aber wehten die nordischen Fahnen.

Auf der Treppe warteten schon der Kantor und die Hauswirtschafterin, um sie zu begrüßen.

Der Doktor drückte den Daumen an die linke Westentasche, um zu kontrollieren, ob die beiden Ringe dort waren.

Er sah Magdalena an, die in ihrem himmelblauen Seidenkleid wie ein kleiner Wellensittich aussah. Sie holte eine Schneiderschere aus ihrer Handtasche und befreite den Blumenstrauß von allem Zellophan. Am Ende kam ein ganz kleiner Strauß heraus, der aber in seiner knallgelben leuchtenden Farbe fast die Sonne übertraf.

Der Kantor und die Hauswirtschafterin lächelten das Paar an, und sie nahmen sich an der Hand. Der Kantor ließ die Kirchenglocken läuten.

Das Gesicht des Pfarrers war friedlich und freundlich. Er trug eine weiße Stola, und alles war so feierlich, dass der Doktor laut schlucken musste, als der Kantor sich an die Orgel setzte und den Hochzeitsmarsch von Mendelssohn spielte.

Magdalena merkte, dass sie den Blumenstrauß genauso fest umklammert hielt wie die Hand des Doktors. Der Kantor sang mit starker und schöner Stimme «Ich bete an die Macht der Liebe».

«Das ist gut.»

Abgesehen von der Hauswirtschafterin und dem Kantor, die sich jetzt schweigend hinsetzten, waren die Bänke leer.

«Wir haben uns hier vor Gottes Angesicht versammelt, um die Hochzeit zwischen Ihnen beiden, Magdalena Månsson und Doktor Schenker, zu begehen.»

«Wir sind hier, um Gottes Segen für Sie beide zu erbitten.»

«Und um die Freude mit Ihnen zu teilen.»

Ja, ja, dachte der Doktor, und die Tränen brannten ihm in den Augen. Gebt uns Freude. Nur ein paar Stunden.

Als der Pfarrer die Bibeltexte vorlas, hörte der Doktor intensiv und aufmerksam zu. Magdalena dachte daran, wie sehr sie diesen alten Mann liebte, der da neben ihr stand. Und sie fragte sich, wie ihr Leben wohl ausgesehen hätte, wenn sie in jungen Jahren geheiratet hätten. Sie umklammerte den Blumenstrauß noch fester.

Und sie spürte aus ganzem Herzen, dass es ganz richtig war, dem Doktor dorthin zu folgen, wo er hinzugehen sich entschlossen hatte.

Der Pfarrer wandte sich plötzlich Doktor Schenker zu.

«Vor Gott und diesen Zeugen frage ich Sie, Doktor Schenker, wollen Sie Magdalena Månsson zu Ihrer Ehefrau nehmen und sie lieben und ehren, in guten wie in schlechten Tagen?»

«Ja, ich will!», antwortete der Doktor mit bestimmter und kraftvoller Stimme.

Der Pfarrer lächelte und fragte Magdalena dasselbe.

Sie tat es ihrem Bräutigam gleich und fügte ihrem «Ja» ein «Ich will!» hinzu.

Als der Doktor die Ringe aus der Westentasche nahm und sie dem Pfarrer überreichte, zitterten seine Hände.

Und als der Pfarrer die Ringe als ein Zeichen für die gegenseitige Liebe und Treue hochhielt, weinten Braut und Bräutigam. Doch ihre Stimmen waren klar und deutlich, als sie ihre Gelöbnisse verkündeten und dann die Ringe tauschten. Dann sagte der Pfarrer, dass sie nun Mann und Frau seien, und die beiden tauschten den längsten Blick denn je aus. Und als der Doktor und Magdalena kurz darauf zu den Klängen des Bohuslän-Liedes die Kirche als Eheleute verließen, hagelte es Reiskörner über sie.

«Violetta!», rief Magdalena und warf sich der Putzfrau vom siebten Stock im Hotel *Grand Bretagne* um den Hals.

«Wir sind auch da!», rief eine kleine Schar Kinder.

Der Doktor winkte den Kindern, und Magdalena warf ihren Brautstrauß Violetta zu, die ihn mit ausgestreckten Armen auffing.

Der Fahrer des bestellten Wagens wartete und entspannte sich, indem er seine Glaskugeln durch die Handfläche gleiten ließ. Doch als die beiden kamen, stand er schnell auf und machte eine kleine Verbeugung. Der Doktor kontrollierte, dass auch niemand Blechdosen an das Auto gebunden hatte. Dann dankten er und Magdalena dem Pfarrer, der Hauswirtschafterin und dem Kantor und stiegen ins Auto. Alle Mitarbeiter der Kirche waren gerührt.

Sie standen noch da und winkten, als das Auto schon über den Hügel im blauen Himmel verschwunden war.

«Wenn du möchtest, können wir nach Hause gehen und uns ein wenig ausruhen, ehe wir ins Restaurant gehen», sagte Magdalena und streichelte die Hand ihres Mannes.

«Nein, weißt du was, meine liebe Ehefrau, jetzt musst du eine Weile versuchen, dich anständig aufzuführen. Denn jetzt will ich Kaviar und Champagner, Sardinen, Kalamaris, Kaninchen und Artischockenherzen. Und dann will ich Lamm und Tomaten und frittierte Zucchini und frische Erdbeeren auf einem Strohhalm und Melone mit luftgetrocknetem Schinken aus Italien. Ich will fröhliche Töne hören, wenn die vornehmsten Weine von Hellas durch meine Kehle fließen.»

«Wunderbar», sagte Magdalena und sah ihn an, während sie eine kleine Dose aus ihrer Handtasche nahm. «Möchte der Doktor bis dahin vielleicht ein Himbeerbonbon?»

Kapitel 19

Johanna war ziemlich nervös, als sie in ihre Wohnung kam. Sie öffnete die Tür zu Magnus' Zimmer, und da lagen immer noch all die Fünfhundertkronenscheine über den Fußboden verstreut. Es waren über fünfhunderttausend Kronen, und als sie fertig gezählt hatte, hatte sie auch eine ganze Flasche Wodka zusammen mit anderthalb Litern Cola ausgetrunken. Dann spielte sie mit den Geldscheinen Onkel Dagobert und versuchte, wie ein Delphin hineinzutauchen und sich wie ein Maulwurf wieder aus dem Haufen Scheine herauszuwühlen.

Sie war völlig verändert.

Keiner verstand, was wohl in Johanna gefahren war, am allerwenigsten Blomgren.

Am Tag nach Saras und Lottens Einweihungsparty hatte sie ihn dabei ertappt, wie er dastand und sie anstarrte, wenn keine Kunden im Laden waren. Und Johanna starrte zurück.

«Was ist los mit dir, Thomas? Habe ich Lippenstift auf der Nase?»

Am Nachmittag beobachtete sie ihn insgeheim, als er mit Orvar und dem Mann mit der Baskenmütze über ein Trabrennen diskutierte.

Es war schon schlimm, wie alt und grau er geworden war. Fast genauso öde wie das hässliche Haus, in dem er wohnte.

Als es auf Ladenschluss zuging, schlich er zu ihr hin und fragte, wann er denn kommen könne.

«Wann?», fragte Johanna. «Wie meinst du das?»

«Ja, ich sollte doch zu dir kommen.»

Seine Augen tränten.

«Ich sollte doch eine Überraschung bekommen.»

Johanna lachte.

«Die Überraschung ist, dass du nicht kommen kannst, Thomas. Ich habe etwas anderes vor. Tut mir Leid. Vielleicht ein andermal.»

Er ging ins Hinterzimmer und schaltete das Radio ein, um die Wasserstandsmeldungen zu hören, obwohl sein Boot schon vor langer Zeit aus dem Wasser geholt worden war.

«Tschüs, Thomas. Ich gehe jetzt.»

Sie war den ewigen Glögg leid und hatte beschlossen, etwas von besserer Qualität zu kaufen. So etwas wie den zwölfjährigen Whiskey, im Eichenfass gereift, den dieser Snob auf der Landzunge, Philip oder wie er hieß, auf seinem protzigen Hummerfest ausgeschenkt hatte.

Sie saß auf dem Bett von Magnus, die Füße bis zu den Knöcheln in Geldscheinen, und trank aus einem Kaffeebecher, auf dem «Ich liebe Mama» stand. Da beschloss sie, ihren Sohn in Spanien anzurufen.

Wie sich bald herausstellte, war er gar nicht in Spanien – wahrscheinlich knackte es deshalb wie wild im Handy.

«Ich bin in der rosafarbenen Märchenstadt. In Marokko, Mama. Marrakesch. Hier müsstest du mal herkommen. Die Häuser sehen aus wie kleine Zuckerstückchen. Und wir beiden sind in den Majorelle-Gärten, wo einem die blauen Häuser in die Augen stechen.»

«Ich verstehe kein Wort von dem, was du sagst. Aber soviel ich weiß, ist Hans-Jörgen nach Hause gekommen.»

«Ach der. Das ist gut. Dann kann er sich um den Laden kümmern. Sag ihm das doch bitte, wenn du ihn siehst.»

«Wann kommst du nach Hause?»

«Wer, ich? Zu Weihnachten. Wir warten nur noch, dass Yves Saint-Laurent herkommt und mit uns über Badeanzüge redet. Er und sein Freund Pierre verbringen Weihnachten immer in ihrem Haus hier.»

«Komische Namen. Warum heißen die denn nicht einfach Magnus oder so? Sag mir mal lieber, was das für ein neuer Typ ist, mit dem du zusammenwohnst.»

«Was heißt hier Typ. Das ist ein Mann mit Stil. Du weißt schon, wer es ist.»

«Hast du das bisschen Verstand verloren, was du hattest? Ich kenne doch niemanden in Marokko. Ist es der Aga Khan?»

Magnus brach in Gelächter aus.

«Jetzt weiß ich nicht, wovon du redest. Aber ich hoffe, es geht dir gut zu Hause. Ist in dem alten Kaff irgendwas passiert?»

«Ja, Magnus.»

Sie sprach leise.

«Ich habe in deinem Schrank Geld gefunden.»

«Ach, genau, das Geld. Das hatte ich ganz vergessen. Als Hans-Jörgen den Lottogewinn abgeholt hat, habe ich ein paar Schuhkartons mit Fünfhundertern von ihm bekommen. Das habe ich ganz vergessen dir zu sagen. Mach was Lustiges damit.»

«Was Lustiges? Das sind über fünfhunderttausend Kronen.»

Magnus gähnte.

«Na, dir wird schon was einfallen. Mach eine Weltreise oder fahr übers Meer. Flieg nach Florida. Oder kündige bei Blomgren, dem alten Bock. Ich wette, er ist insgeheim schwul.»

Johanna hustete.

«Warte mal, ich muss kurz was trinken.»

«Tu das. Trink so viel Kaffee, wie du willst. Das kannst du dir leisten. Ich muss jetzt auflegen. Meine große Liebe wartet im Bambuswald.»

Johanna legte auf.

Liebevoll betrachtete sie den Geldscheinhaufen. Das waren ihre Freunde. Oder noch besser: Sie hatte einen guten Sohn. Eine ordentliche Erziehung lohnte sich auf lange Sicht immer. Die verwöhnte Tochter von der fetten Emily hingegen saß in einem sumpfigen Missionsdorf und meckerte. Und auch noch schwanger. Das wusste ganz Saltön. So geht es, wenn man keine Grenzen setzt.

Wenn sie sich ein paar anständige Schnäpse gönnen könnte, um sich selbst zu feiern! Nichts Besonderes. Nur ein paar anständige Schnäpse zum Aufmuntern.

Um zwölf Uhr hatte Kabbe es geschafft, ins Badezimmer zu gehen. Er hatte in den Glasschrank mit den Medikamenten gestarrt und dann die Tür wieder zugemacht.

Als er im Bett dieselbe Lage eingenommen hatte wie vorher, wurde ihm klar, dass er keine Tablette brauchte, denn es tat ihm nirgends weh. Kein Kater, keine Kopfschmerzen, nicht einmal ein Magenkatarrh oder Muskel- oder Gliederschmerzen. Kein Fieber. Das Problem war, dass er siebenhundert Kilo wog, obwohl er kaum Fett am Leib hatte.

Der Anrufbeantworter blinkte in langen Intervallen, um ihm zu zeigen, dass er im Laufe des Vormittags mindesten zehn Anrufe erhalten hatte. Er war wirklich beliebt.

Über diesen bizarren Gedanken musste er laut und höhnisch lachen.

Die Post fiel raschelnd durch den Briefschlitz. Erst ein paar kleinere Geräusche, wahrscheinlich Rechnungen und Weihnachtsgrüße, dann ein richtiges Rumsen, wahrscheinlich von sinnlosen Weihnachtsgeschenken kriecherischer Kunden. Kabbe brauchte ganz sicher keinen Kalender fürs nächste Jahr.

Er fühlte sich furchtbar antriebslos, was seine Pläne in Gefahr brachte. Schließlich hatte er vorgehabt, bis zum Weihnachtsabend, an dem er sich aufhängen würde, alles zu ordnen.

Sowohl das Eingangs- als auch Ausgangskörbchen sollte leer sein. Er wollte jede Schublade durchgehen, Schulzeugnisse und fingierte Rechnungen verbrennen, ein paar sarkastische Briefe schreiben, eine Menge Fotos wegwerfen und vor allem sein Testament schreiben und seine Beerdigung im Detail vorausplanen. Darauf hatte er sich gefreut. Und jetzt das. Er schaffte es nicht einmal nachzusehen, wer ihm gerade eine SMS aufs Handy geschickt hatte. Bestimmt ging es um einen Job. Die nächsten vier Stunden verwendete Kabbe darauf zu überlegen, ob es jemanden gab, der ihn mochte.

Wenn es in dieser kranken Welt jemanden gab, der Kabbe liebte, dann würde er sich glatt aufraffen, zum Stift greifen und den Namen des Verrückten auf die Abendzeitung schreiben, die dort auf dem Tisch lag. Aber das blieb ihm erspart.

Er blieb in derselben Stellung liegen und fuhr fort, sich wertlos zu fühlen. Obwohl die Wohnung so groß war, vernahm er den Geruch von schmutzigem Geschirr aus der Küche.

«Vielleicht finden Sie es ja falsch, in den *Kleinen Hund* zu gehen», sagte Tommy. «Ich weiß ja, dass der Laden Ihrem Ex gehört. Wir können auch ein Taxi zu irgendeiner anderen Kneipe nehmen.»

Lotten zog eine Augenbraue hoch. Sie hatte sich lange geschminkt und ein rotes, höchst attraktives Glitzerkleid angezogen.

«Der *Kleine Hund* ist vollkommen in Ordnung. Das beste Weihnachtsbuffet in der Stadt.»

Sie bekamen sofort einen guten Ecktisch am Fenster, aber die Bedienungen, die neu und unerfahren waren, machten viele Fehler. Durch die Tür zur Küche konnte man hin und wieder das verzweifelte Gesicht des Kochs sehen.

«Ich frage mich, wo Kabbe wohl ist», sagte Lotten. «So war das hier eigentlich nie.»

Zum Glück war die alte Greta da, und die war es auch, die ihnen einigermaßen zuverlässig die Getränke servierte, während sie die erste Runde um das Weihnachtsbuffet drehten und sich die verschiedenen eingelegten Heringe holten. Die alte Greta, die offenbar irgendwie mit Kabbe verwandt war, wurde immer zu Weihnachten gerufen. Da lebte sie auf. Den Rest des Jahres saß sie mit finsterer Miene im Altersheim und häkelte runde Deckchen.

«Ich trinke Schnaps nicht allein», sagte Lotten.

«Aber das müssen Sie machen. Es stört mich gar nicht», sagte Tommy, der sich zwei Fanta hintereinander bestellt hatte.

«Nein, es ist gar nicht nötig. Ich habe schon ein wenig geladen, ehe ich hierher kam», sagte Lotten und zwinkerte. «Einen kleinen Glögg, während ich mich zurechtgemacht habe. Das hebt immer die Vorfreude, selbst wenn man allein ist.»

Sie fingen an zu essen, und Tommy versuchte, Lotten über Gewohnheiten und Macken der Leute auf Saltön auszufragen.

Am Ende hatte sie einen ganz trockenen Mund.

«Ist das hier ein Interview? Ich dachte, Sie hätten mich ganz privat eingeladen.»

Er legte schnell seine Hand auf ihre.

«Na klar. Natürlich. Ich weiß nur nicht, wovon ich reden soll. Auf eine gewisse Weise war das Leben einfacher, als man noch trank.»

Lotten lehnte sich über den Tisch und lächelte.

«Erzählen Sie von sich selbst, Tommy.»

Verdammt, dachte er. Musste man wieder ganz von vorne anfangen.

«Ich sollte das vielleicht nicht erzählen», sagte er, «ich habe mich nirgendwo je zu Hause gefühlt.»

Blomgren zündete drei Lichter im Adventsständer an. Er setzte sich in den Sessel, den er zusammen mit ein paar anderen Kiefernmöbeln per Katalog bestellt hatte, um ein klein wenig den leeren Raum zu füllen, der entstanden war, weil Emily alle Möbel aus Wut rausgeschmissen hatte, nachdem sie ihren lächerlichen Ehemann in Johannas Armen angetroffen hatte. Jedenfalls fast.

«Wenn Emily nach Hause käme, wäre sie sicher erstaunt, dass ich den alten Adventsständer auf dem Dachboden gefunden habe. Und dass ich auch noch daran gedacht habe, am richtigen Sonntag die richtige Anzahl Kerzen anzuzünden», sagte er zu den Beach Boys, die im Fernsehen so nett in ihren geblümten Badehosen sangen. Blomgren fand, dass die Beach Boys im Sommer gute Künstler waren, aber im Dezember hätte er doch lieber etwas Stimmungsvolles gehabt. Vielleicht eine Hobbysendung mit Quodlibet und Kerzenziehen. So etwas war aber nicht zu finden, und deshalb schaltete er den Fernseher aus. Nach einer Weile blies er auch die Kerzen aus. Was hatte es denn für einen Sinn, den Schein aufrechtzuerhalten? Kostete nur Geld.

Er lehnte sich im Sessel zurück und dachte über sich selbst nach. Was war nur in Johanna gefahren? Seit der ersten Mittsommerwoche, in der sie getan hatten, was sie nun mal getan hatten, war sie doch so zuvorkommend und fügsam gewesen.

Wahrscheinlich wollte sie jetzt die Unnahbare spielen, wie die Leute im Kino und in Romanen es taten. Von so was kriegte Blomgren nur Kopfschmerzen. Hatte er selbst vielleicht irgendetwas falsch gemacht?

Er dachte lange nach, die Stirn an die eiskalte Fensterscheibe im Wohnzimmer gelehnt. Natürlich hatte er gemerkt, dass Johanna verärgert war, als er von all den schönen Essenstraditionen erzählt hatte, die Emily zu Weihnachten gepflegt hatte. Das war vielleicht nicht sonderlich nett von ihm gewesen, wenn man bedachte, dass Johanna nicht außerordentlich gut kochte. Natürlich hatte sie das eifersüchtig gemacht.

Wenn sie sich nur ein wenig Mühe gab, würde sie das sicher

lernen können. Blomgren hatte auf dem Dachboden ein altes Kochbuch gefunden, in dem Emily ihre liebsten Rezepte für traditionelle Weihnachtsgerichte gesammelt hatte. Dieses Buch konnte Johanna ausleihen. Emily hatte gewusst, was Blomgren mochte und was sein Magen nicht vertrug.

Am einfachsten wäre es natürlich gewesen, wenn Emily stattdessen wiedergekommen wäre. Zwar hatte Johanna einen viel hübscheren, schlankeren und geschmeidigeren Körper. Emily sah aus wie ein Flusspferd, aber das war nicht so schlimm. Es war blöd von ihr gewesen, all die Möbel rauszuschmeißen, ganz zu schweigen davon, dass sie im Auto gewohnt hatte. Hinterher hatte er gehört, dass es etwas gewesen sein könnte, was man PMS nannte, und in dem Fall würde er ihr natürlich verzeihen. Über solche Sachen wie PMS hatte er nie was gelernt, weder zu Hause noch in der Schule, und auch sein Bruder Orvar schien keine Ahnung davon zu haben, obwohl er jünger war. Er hatte ihn neulich im Laden gefragt.

«PMS, ja da klingelt es schon bei mir, aber kann sie das wirklich seit Mittsommer gehabt haben?», fragte Orvar. «Ziehen die dann in die Stadt und machen ein Café auf? Wenn alle das täten, würde es ja ein ganz schönes Chaos geben.»

«Aber es ist ja auch Chaos. Das ist dir doch wohl klar, dass alle jungen Leute Saltön verlassen, um nach Stockholm, Göteborg und sogar London zu gehen.»

«Und Afrika», fügte Orvar hinzu.

«Vielen Dank für diesen Hinweis. Und Emily bringt es fertig zu sagen, es sei gut, dass Paula Saltön verlassen hat und ins Ausland gezogen ist. Gut für ihre Entwicklung! Man kann doch wohl keine bessere Entwicklung nehmen als hier auf Saltön – sieh doch mal uns beide an!»

«Nein, lieber nicht», sagte Orvar.

«Haben wir es denn nicht gut? Ich habe den Zigarrenladen von Papa übernommen, und du musst auch keine Not leiden.»

Orvar wandte sich wieder seinem Wettschein zu.

«Wie gut, dass du immer weißt, wie die Dinge liegen. Kurz und gut. Bequem, Blomgren, sehr bequem.»

«Du heißt doch auch Blomgren», sagte Blomgren verständnislos.

In seinem Katalogsessel hatte Blomgren ein paar neue Ideen. Er ging in die Küche und inspizierte den Inhalt des Kühlschranks. Eine Dose Streichkäse, der die Frechheit besessen hatte, schimmelig zu werden, vier Leichtbier und ein Paket Eier, deren Haltbarkeitsdatum im November abgelaufen war. Er seufzte.

Wenn das nicht so peinlich gewesen wäre, hätte er die Würstchenbude anrufen und bitten können, ihm zwei Würstchen mit Kartoffelbrei zu schicken. Jetzt war er genötigt, sich selbst in die Kälte hinauszubegeben.

Als er zur Bude kam, war Fredrik gerade dabei zu schließen, aber Blomgren bekam noch ein Schälchen Kartoffelbrei, das er im Schein der Straßenlaterne aß.

Die Lösung hieß entweder Emily oder Johanna. Eine dritte Frau konnte er nicht gebrauchen.

Ohne Frau zu leben überschritt seine Vorstellungskraft.

Er hatte zwar den Laden, das Haus und das Boot, aber das genügte nicht.

Und dass Paula niemals kommen und sich in Saltön niederlassen würde, das hatte er in Afrika begriffen. Wenn man einen Zigarrenladen hatte, wurde man zum Psychologen.

Sara verspürte schon in der Kälte die Parfümwolke, als sie zu Månssons Residenz hinaufging, und tatsächlich lag das Gartenhaus im Dunkeln, Lotten war also wirklich weggegangen.

«Schön, mal allein zu sein», sagte Sara zu einem Keramikzwerg auf dem Nachttisch. Dann verpasste sie dem Zwerg eine gerade Rechte, sodass er auf den Fußboden flog, und warf sich aufs Bett.

Wenn sie ganz gerade auf dem Rücken lag, berührte sie mit dem Kopf das eine Ende und mit den Füßen das andere. In manchen Hotels hatte sie sich in die Badewanne legen müssen. Als ob einsdreiundachtzig eine nennenswerte Größe wäre. Die fette Tochter des Doktors, Emily, musste einsneunzig sein. Ihre Handgelenke waren wie Holzkloben.

Sara schloss die Augen. Das Wahrsagen machte Spaß. Hoffentlich waren alle zukünftigen Kunden so gehorsam wie Tommy. Aber einen, der das nicht war, kannte sie nur zu gut.

«Der verdammte MacFie.»

Sie versuchte einzuschlafen, aber das schien sinnlos, obwohl sie noch aus einer Schachtel im Laden Baldrian geknabbert hatte, ehe sie das Geschäft geschlossen hatte.

Warum konnte sie nicht einschlafen? Warum war sie so streitsüchtig? Sie stand zum elften Mal aus dem Bett auf und zog die Gardinen zu. Warum war es nicht dunkel?

«Na klar, Vollmond. Wer kann schon schlafen, wenn Vollmond ist? Eine Frau, die an geheime Energien, die Anziehungskraft der Planeten und der Erde und an die Astrologie glaubt, jedenfalls nicht.»

Sie zog sich zwei Fleecepullover und zwei ebenso dicke Fleecehosen, Daunenjacke, grobe Schuhe und zwei Mützen an.

In die Tasche stopfte sie sich zwei Dosen Energydrink. Das war zwar kein besonders wärmendes Getränk, aber man konnte ja nie wissen, was einem zustieß, wenn man unter Einfluss des Mondes einen Spaziergang unternahm.

Sie landete im Fischerhafen und bemerkte, dass in dem geschlossenen Zollkontor, in dem sich jetzt der Kanuclub befand, Licht brannte.

Die Tür stand weit offen, und ein Mann im Trockenanzug, der

ungefähr so groß war wie sie, trug gerade ein Kanu hinaus. Sara sah auf das Thermometer, das an der Hauswand hing. Neun Grad minus.

«Wollen Sie sich umbringen?»

Der Mann fuhr zusammen.

«Ach, da sind doch um diese Zeit noch Großstadtpflanzen unterwegs. Nein, ich werde mich nicht umbringen.»

Sara starrte ihn an. Sie wusste überhaupt nicht, dass Blomgrens kleiner Bruder reden konnte. Bisher hatte sie ihn im Zigarrenladen nur lachen hören.

«Orvar! Paddeln Sie mitten im Winter mit dem Kanu?»

«Und im Sommer, im Frühling und im Herbst. Das ganze Jahr über. Es gibt vier Jahreszeiten. Aber das sollten Sie doch wissen, wo sie Lehrerin sind.»

«Nicht mehr. Ich habe jetzt einen Laden für sinnliche Abenteuer.»

Orvar hatte offensichtlich keine Lust, sich noch weiter zu unterhalten, denn er ging von ihr weg und zum Ponton hinunter, wo er das Kajak in das mondbeschienene schwarze Wasser setzte. Kein Windhauch. Auch nicht das kleinste Kräuseln auf der dunklen Wasseroberfläche.

Er legte das Paddel, das auf dem Steg lag, auf das Deck des Bootes und öffnete dann eine Luke im Bug, in die er eine Tasche, eine Thermoskanne und einige andere Dinge stopfte. Dann packte er den Süllrand des Kajaks mit beiden Händen und ließ sich in den Sitz gleiten. Zwei Minuten später sah sie ihn paddelnd in Richtung Mond verschwinden.

Sara war zutiefst neidisch. Als Orvar hinter einer Klippe verschwunden war, ging sie zum Klubhaus hinauf, aber er hatte das Licht ausgemacht und hinter sich abgeschlossen.

Eine Stunde später kam er wieder zurück, und Sara stand auf dem Steg und wartete auf ihn.

«Können Sie mir das beibringen?», fragte sie. «Also, Kajak zu fahren?»

Er stieg auf den Ponton, der ein wenig schaukelte, hob das Kajak aus dem Wasser und trug es zum Klubhaus hinauf.

Dann kam er wieder zurück und holte Paddel und Gepäck. Sara stand immer noch dort.

«Hallo, haben Sie die Sprache verloren? Können Sie mir beibringen, wie man Kajak fährt?», schrie sie. «Ich habe hier eine verdammte Stunde gestanden und gewartet.»

Orvar schloss das Haus auf, zog die Schwimmweste und den Spritzschutz aus und hängte beides auf einen Haken. Das Gepäck warf er auf sein Moped, das vor dem Haus stand.

Er ging hinaus und hob das Kajak auf einen Ständer und drehte einen Wasserhahn auf und spritzte das Salzwasser mit einem Gartenschlauch herunter.

«Anderthalb Stunden habe ich gewartet, verdammt nochmal.»

«Und wer hat Sie darum gebeten? Ich jedenfalls nicht.»

«Mann, Orvar, Sie könnten ruhig ein wenig freundlicher sein. Das hier scheint wirklich Spaß zu machen. Ich könnte Ihnen umsonst wahrsagen.»

Orvar verzog das Gesicht. Er ging auf die andere Seite des Kajaks und spritzte weiter.

«Wenn Sie paddeln lernen wollen, dann gehen Sie in einen Kurs für Anfänger», sagte er. «Die finden im Sommer statt.»

«Aber ich will jetzt paddeln!»

Als Orvar fertig war, drehte er den Hahn zu und trug das Kajak ins Haus, das vom Boden bis zur Decke voller Kajaks auf Holzgestellen war. Er hob es in ein leeres Fach in der dritten Reihe.

Auf einem Schild stand «Orvar H. Blomgren».

«Wofür steht das H?», fragte Sara.

Er drehte sich um.

«Hier dürfen sich nur Mitglieder aufhalten.»

«Soll ich das Paddel für Sie aufhängen?», fragte Sara, die gesehen hatte, dass an der einen langen Wand eine Menge Paddel mit Riemen aufgehängt waren. Über einem leeren Fach stand auch dort «Orvar H. Blomgren».

Er hängte sein Paddel auf, ohne sie eines Blickes zu würdigen.

«Wenn Sie im Winter paddeln wollen, dann können Sie beim Badehaus fragen», sagte Orvar. «Da machen sie manchmal im Januar wenigstens Sicherheitsübungen.»

Sara seufzte.

«Warum muss man immer auf alles, was lustig ist, so lange warten?», sagte sie und ging zur Tür. «Das Leben ist doch ein einziges langes Warten auf nichts.»

Sie ließ die Tür offen stehen, um Orvar die Freude zu machen, hinter ihr herzuschreien, dass sie die Tür zumachen solle und ob sie zu Hause Perlenvorhänge hätte.

Aber das tat er nicht.

Als sie ein Stück weit gegangen war, und gerade überlegte, ob sie über den Friedhof gehen sollte oder nicht, kam Orvar mit dem Moped hinter ihr hergefahren.

«Kommen Sie morgen Abend zum Steg, dann kann ich Ihnen ein bisschen was zeigen. Können Sie schwimmen?»

«Wie ein verdammter Aal.»

«Das H steht für Hannibal», sagte Orvar und fuhr davon.

Kapitel 20

In den unpassendsten Momenten schoss ihr plötzlich der Gedanke an ihren Vater durch den Kopf. Das war doch lächerlich. Wenn eine Beziehung abgeschlossen war, dann diese.

Emily knetete wütend den Weizenteig. Inzwischen zog sie solche Teige vor, die nur schlechter davon wurden, wenn man sie zu lange bearbeitete.

Einige Kunden hatten schon gefragt, ob sie an Weihnachten geöffnet haben würde.

«Natürlich nicht», hatte sie geantwortet. «Da fahre ich auf meine Heimatinsel.»

«Ach, wie romantisch», sagte ein junges Mädchen. «Ist das so eine Insel, wo es keine Elektrizität gibt und alle sich in der Kirche versammeln und einander an den Händen nehmen?»

In der Pause würde sie auf jeden Fall rausgehen und eine schöne Weihnachtskarte kaufen. Die wollte sie dann Christer schicken, um ihn sich warm zu halten. Bestimmt mochte er solche amerikanischen Karten, die Glockenmelodien spielten, wenn man sie aufklappte. Oder «White Christmas». Als sie das letzte Mal mit Christer gesprochen hatte, hatte er erzählt, dass auf Saltön der Schnee liegen geblieben war und dass es sehr kalt war. Ein ungewöhnliches Wetter für die Westküste. Bestimmt würde es noch vor Weihnachten regnen und windig werden.

Emily fühlte sich einsam. Sie begriff nicht, was mit ihr los war.

Selbst wenn sie ihrem Papa zu verstehen gegeben hatte, dass sie keinen Kontakt mehr zu ihm wollte und dass sie sich als vaterlos betrachtete, dann hätte er ihr doch eine Ansichtskarte schicken können. Oder ein kleines Geschenk. Er wusste doch, wie verknallt sie in die Schaufenster von Fortnum & Mason war. Und von Harrods. Er hätte ihr wenigstens einen kleinen Plumpudding von Harrods schicken können. Oder ein Früchtebrot.

Der Gedanke an ihre Lieblingsgerichte zur Weihnachtszeit verursachte ihr Übelkeit. Sie machte den Gürtel noch ein Loch enger. Sowie sie mal ein wenig Zeit hatte, musste sie sich neue Kleider kaufen. Alles hing und schlotterte nur so. Vielleicht konnte sie das in der Mittagspause machen, aber es war auch nicht gerade ein Vergnügen, sich mit anderen Menschen auf Weihnachtseinkauf zu drängeln. Außerdem waren die Kleider nach Weihnachten alle runtergesetzt, und da würde sie dann mit langem Gesicht dastehen.

Sie hatte sowieso etwas anderes vor. Ein Zimtschneckenkäufer hatte sofort angebissen, als sie ihm etwas zu lange in die Augen geschaut hatte, während sie achtundzwanzigfünfzig gesagt hatte. Jetzt zu Weihnachten waren die Leute so durstig nach Zärtlichkeit.

Ein frischer Akademiker um die vierzig. Langer Hals und intelligente Augen. Vielleicht würde er ihr eine Zeit lang die Einsamkeit vertreiben.

Sie ging zu seinem Tisch und bot ihm einen weiteren Kaffee an.

Der Langhals wurde sehr dankbar und redselig.

Sein Lebensinhalt war ein Projekt über Kröten. Er wurde fröhlich wie eine Lerche, als er ihr erzählte, dass er ein Forschungsstipendium erhalten habe. Er war schon sechs Monate lang unterwegs gewesen, um die Stinkkröten auf Flatholmen in der Nähe von Lysekil in Bohuslän zu erforschen, und konnte sogar ihren Lockruf nachahmen.

Die Leute am Tisch nebenan sahen peinlich berührt weg, aber Emily fand ihn süß. Er hatte braune Augen, was sie liebte, wenn sie nicht zu hell waren, und außerdem ein Grübchen im Kinn. Das hatte sie noch nie gehabt.

«Ich würde wirklich gern viel mehr über Stinkkröten wissen», sagte Emily, «aber die Pflicht ruft.»

Sie schüttelte ein wenig die Kaffeekanne, in der nur noch ein Bodensatz war.

«Wie schade!»

«Aber ich habe natürlich jeden Nachmittag eine Stunde Mittagspause, wenn ich das Café schließe. Ich wohne oben.»

Als der Krötenmann gegangen war – er hieß auch noch Vincent –, lüftete Emily das Schlafzimmer und bezog das Bett mit rotem Bettzeug mit kleinen Fröschen darauf, die Zwergenmützen trugen. Es machte wirklich Spaß, die Froschbettwäsche zu nehmen, jetzt, wo sie fast zu viel über Stinkkröten und ihre lustigen Klänge und Gewohnheiten wusste.

Sie hob Mister aus dem Auto, nachdem sie geprüft hatte, ob die Handbremse auch ordentlich angezogen war.

«Aha, du bist also unterwegs und fährst allein herum. Nun, wie du vielleicht gemerkt hast, hatte ich andere Sachen zu tun. Ich muss dir danken, denn diese Beschäftigung bildet viel mehr, als ich gedacht hatte. Ich weiß ziemlich viel über Astigmatismus und die regelmäßigen Spaziergänge der Stinkkröten, um nur ein paar Beispiele zu nennen.»

Missis stand in der Küche und bügelte. Sie hielt den Kopf gesenkt.

«Ich weiß, du bist sauer», sagte Emily, «aber ich kann ja nicht nur bei euch zu Hause alles weihnachtlich machen. Neue Bettwäsche mit Fröschen in Zwergenmützen sollte sich jede moderne berufstätige Frau mal gönnen. Nicht wahr?»

Sie warf einen Blick in den Spiegel im Flur und stellte fest, dass sie ihre Haare mal in einer aufregenden Farbe tönen lassen müsste. Alles Kanariengelb, das sie beim Hummerfest getragen hatte, war weg. Sie erkannte ihr Gesicht gar nicht wieder. Es war nicht mehr einfach rund, sondern hatte eine richtige Form. Sie hatte sogar Wangenknochen. Das kannte sie überhaupt nicht.

Kabbe lag seit Tagen in seinem Bett, und seine Gesichtsfarbe wurde zusehends grauer. Da klingelte es zum ersten Mal an der Tür. Einmal, zweimal, dreimal. Danach wurde ein Zettel in den Briefkasten gesteckt.

Schließlich stand Kabbe auf. Seine Beine waren so schwach, dass er sich an der Wand abstützen musste, als er in die Diele hinausging. Er hob das oberste Stück Papier hoch und gab dem Haufen von Zeitungen einen Tritt.

Mit dem Zettel in der Hand ging er in die Küche, warf einen Blick in den Kühlschrank, machte eine abfällige Miene und trank dann fast einen Liter Wasser direkt aus dem Hahn.

Dann sank er auf einen Küchenstuhl und las: «Kabbe, komm tuttswiet zurück. Alle gehen auf dem Zahnfleisch.»

Er erkannte die altmodische und schnörkelige Handschrift der alten Greta. Eigentlich waren sie nämlich gar nicht verwandt, wie alle dachten.

In einer Winternacht vor drei Jahren war Kabbe gerade auf dem Weg nach Hause gewesen. Er kam aus Uddevalla, wo er einen heimlichen Besuch bei einer Dame gemacht hatte. Da tauchte vor seinem Kühler plötzlich ein Tretschlitten auf.

Kabbe warf blitzschnell das Lenkrad herum und schaffte es, eine Katastrophe zu verhindern und die Schlittenfahrerin zu verschonen. Der Schlitten und die Frau fielen in den Graben, es war aber nichts passiert.

Kabbe hielt am Straßenrand, schaltete das Standlicht an und zog die Winterjacke über den Anzug, den er immer trug, wenn er untreu war.

Die alte Frau war von Saltön, er kannte sie aber nicht. Sie hatte traurige Augen und langes graues Haar. Er war erschrocken, als er hörte, dass sie vorgehabt hatte, bis nach Saltön mit dem Tretschlitten zu fahren. Sie gab auch zu, dass sie schon einigermaßen erschöpft war. Sie zitterte, und ihr war ein wenig schwindelig.

«Wenn Sie wollen, fahre ich Sie zum Doktor», sagte Kabbe. «Oder nach Hause.»

«Nach Hause?», entrüstete sich die Frau. «Ein Altersheim ist kein Zuhause.»

«Ja, aber ich fahre Sie trotzdem hin. Da haben Sie schließlich Ihr Bett.»

«Aber nur, wenn Sie nüchtern sind.»

«Natürlich bin ich nüchtern. Ich fahre schließlich Auto.»

So machte Lotten es immer. Wenn er eine größere Fahrt unternommen hatte, roch sie an ihm, um herauszufinden, ob er getrunken hatte. Aber Kabbe wusste natürlich, dass sie eigentlich rauskriegen wollte, ob er in der Nähe von Damenparfüm gewesen war.

Die Frau saß neben ihm und verschränkte ihre langen sehnigen Finger.

«Als Entschädigung würde ich Sie gern zum Weihnachtsbuffet einladen», sagte Kabbe. «Ich bin der Besitzer der Restaurants *Kleiner Hund*. Und Sie dürfen natürlich auch jemanden mitbringen.»

«Wen denn?», fragte die Frau interessiert.

«Ich weiß nicht. Ich meine nur, dass es dann vielleicht netter ist. Vielleicht eine Freundin?»

Die Frau starrte aus dem Fenster.

«Meine Freundinnen sind tot. Die kann ich nicht mitnehmen, das sähe ja wohl komisch aus.»

Kabbe brach der Schweiß aus.

«Und Verwandte?»

«Kann ich vielleicht meine Katze mitnehmen? Sie heißt Sven-Göran Eriksson und stammt aus Värmland, falls Sie wissen, wo das ist.»

Kabbe fuhr eine Weile schweigend. Offenkundig hatte die Alte eine Schraube locker.

«Also, eine Katze ist nicht so gut», sagte er schließlich. «Wegen des Gesundheitsamtes. Und der Gewerbeaufsicht. Mit denen ist nicht zu spaßen. Da ist es wohl besser, wenn Sie allein kommen. Sie können ja stattdessen zweimal kommen und Weihnachtsbuffet essen.»

«In dem Fall würde ich lieber in der letzten Woche vor Weihnachten in Ihrem Restaurant arbeiten», sagte die Frau. «In der Zeit fühle ich mich immer so einsam. Der Rest des Jahres geht schnell rum.»

Kabbe konnte unmöglich gleichzeitig Auto fahren und dieses komplizierte Gespräch führen.

Er fuhr rechts ran und runzelte die Stirn.

«Werte Dame. Das Restaurant *Kleiner Hund* ist nicht wie Ihre kleine Küche mit den Fleischbällchen in einer kleinen Pfanne und ein paar gekochten Kartoffeln mit Dilldekoration, die dann nur zum Fernsehsessel getragen werden müssen.»

Die Frau verzog das Gesicht.

«Ich habe zweiunddreißig Jahre auf den Amerikadampfern gearbeitet. Meine kleine Küche, wie Sie es nennen, gibt es nicht, denn da, wo ich wohne, hat man keine eigene Küche. Sven-Göran Eriksson und ich besitzen nur einen Tauchsieder, falls Sie wissen, was das ist.»

Kabbe reichte ihr die Hand zu einem geschäftsmäßigen Handschlag.

Tags darauf kam die alte Greta in einer perfekten altertümlichen Bedienungsausrüstung mit schwarzem Kleid, weißer Schürze und weißem Band im Haar. Sie wurde, trotz eines etwas barschen Auftretens und viel Eigeninitiative, der Liebling von allen.

«Also, für Mineralwasser nehme ich kein Geld, so schlecht, wie das schmeckt. Aber das Wasser aus dem Hahn kostet zwei Kronen das Glas, denn das kommt aus der Quelle.»

Kabbe hatte noch nie eine bessere Mitarbeiterin gehabt. Die anderen Bedienungen fanden, es sei ein Glück, dass sie nur eine Woche im Jahr arbeitete, denn sie heimste alles Trinkgeld ein.

Für Klas den Koch war sie einfach Kult. Seine dunkelbraunen Augen bekamen einen besonderen Glanz, wenn sie ihn kurz und knapp lobte.

«Gar nicht so schlecht die Fleischbällchen, wenn man bedenkt, dass sie von einem Jungspund wie dir gebraten worden sind.»

Wenn sie am Abend vor Weihnachten ihre Arbeitswoche beendete, bekam sie einen riesigen Korb mit den besten Spezialitäten aus dem *Kleinen Hund* mit ins Altersheim. Die Idee fand sie nicht so prächtig, aber Kabbe hievte einfach, ohne um Erlaubnis zu fragen, Korb und Greta ins Auto und fuhr sie nach Hause. Sie kniff den Mund zusammen.

«Frohe Weihnachten und vielen Dank für dieses Jahr», pflegte Kabbe dann zu sagen.

Sie steckte die Nase in den Korb.

«Ist auch eine Flasche Mumma dabei?»

«Natürlich. Aus Porter vom Festland gemacht.»

«Bis nächstes Jahr», sagte Greta, ging rein und schloss die Tür hinter sich.

«Nehmen Sie auch Drop-in-Kunden?», fragte Christer mit der Polizeimütze in der Hand.

Lotten sah aus, als hätte sie die Nacht im Wellnesshotel verbracht.

Sie lächelte Christer breit an.

«Natürlich. Willkommen! Madame Sara sitzt in ihrem Zelt und raucht Hasch. Sie ist offen für neue Herausforderungen.»

Christer verdrehte die Augen.

«Ich mache natürlich nur Witze», sagte Lotten und klimperte mit den Wimpern. «Aber gehen Sie nur rein.»

Christer war durchaus kräftig gebaut und dick, aber er war geschmeidig wie ein Panther und schaffte es, sich in Saras Zelt zu schlängeln, ohne Würde oder Uniform zu verlieren.

Sara saß im Lotussitz und mit geschlossenen Augen, sah aber auf, als er mit dem Schlagstock auf den Tisch klopfte.

«Mein Gott. Wollen Sie mich verhaften? Ich habe eine Lizenz aus einem Institut in der Schweiz.»

Christer lächelte beruhigend.

«Nein, ich bin völlig privat hier. Entschuldigen Sie, dass ich meine Uniform anhabe.»

Sara ergriff seine Hände.

«Setzen Sie sich, lieber Bruder. Wir befinden uns außerhalb von Zeit und Raum und anderen Unannehmlichkeiten.»

«Okay.»

Christer setzte sich auf den Hocker. Die Mütze legte er auf seine Knie. Die ganze Zeit über musste er den Nacken beugen, damit das Zelttuch nicht herunterkam, aber das war kein großes Opfer.

Als Sara fragte, woraus sie ihm lesen solle, wählte er den Kaffeesatz.

«Wie schön. Das ist auch mein Favorit.»

Einen Augenblick später tranken sie den schwarzen Kaffee, und dann nahm sie wieder ihre mystische Stimme an. Sie studierte lange schweigend den Kaffeesatz auf der Untertasse.

Dann schüttelte sie den Kopf.

«Das sieht schwierig aus, Christer.»

Er lachte.

«Was Sie nicht sagen.»

Sara zeigte auf einen großen Kreis, der sich in der Mitte des Kaffees gebildet hatte.

«Ich sehe eine starke Frau», sagte sie.

«Das muss Emily sein. So sieht sie aus.»

Sara nickte weise.

«Sie ist auf dem Weg von Ihnen weg. Sehen Sie die kleine Tür dort? Sie versucht ständig hindurchzuschlüpfen.»

«Das geht nicht. Sie wird stecken bleiben.»

Sara schüttelte den Kopf.

«So einfach ist es nicht. Sie müssen große Kraft einsetzen, wenn Sie sie behalten wollen. Große Kraft, Charme und Großzügigkeit.»

Christer traute seinen Ohren nicht. Er hatte Sara nur deshalb aufgesucht, weil Emily am vorangegangenen Abend fast den Hörer aufgeknallt hatte. Jetzt nahm er an, dass er wie all die anderen Jahre auf Saltön Weihnachten wieder einsam verbringen würde. Er pflegte dann mit der Mikrowelle anzustoßen und im Fernsehen Comics zu sehen und dabei Weihnachtsgrütze zu essen. Vor allem Pluto war eine schöne Gesellschaft. Und jetzt saß hier eine Verrückte und redet mit ihm, als würde sie alles wissen.

«Und was soll ich machen?»

«Sie überraschen.»

«Sie überraschen? Wie denn?»

Sara schloss die Augen.

«Kaufen Sie ihr ein Kanu.»

«Ein Kanu? Haben Sie noch alle Tassen im Schrank?»

«Schließlich kommt sie von hier. Bestimmt ist sie als kleines Mädchen immer mit ihrem Vater im Kajak gefahren. Und jetzt möchte sie es wieder tun.»

Christer dachte angestrengt nach.

«Aber ein Gebrauchtes kostet mindestens viertausend.»

Sara starrte wieder in den Kreis.

«Ich sehe ein Kajak, das nur dreitausendfünfhundert kostet.»

«Das ist ja viel billiger.»

Sara beugte den Kopf noch tiefer und redete mit leiernder Stimme.

«Gehen Sie in den Laden, der von einem Mann ohne Frau besessen wird. Sprechen Sie mit dem Mann ohne Frau und fragen Sie nach seinem jüngeren Bruder. Der Name des Bruders beginnt mit O. Dort werden Sie die Antwort finden.»

Als Christer aus dem Zelt stolperte, lächelte Lotten ihm aufmunternd zu.

«Sagen Sie mal», sagte er, «vielleicht komme ich vor Weihnachten noch einmal wieder, und dann will ich etwas von den Präparaten kaufen, die Sie anzuwenden scheinen.»

Orvar klopfte bei Hans-Jörgen im Magazin.

«Warum bist du hier, wenn doch nicht geöffnet ist?»

«Warum klopfst du, wenn du doch glaubst, es sei geschlossen?»

Hans-Jörgen, der im Licht einer Lampe ohne Schirm dasaß und las, sah kurz auf, ehe er sich wieder seinem Buch zuwandte. Die Brille saß weit vorn auf seiner Nase, und er sah ziemlich elend aus in seinem alten blauen Trainingsanzug. Im Magazin war es kalt, aber er hatte ein altes Heizelement mit rostigem Gitter an den Füßen stehen.

«Warum sitzt du denn hier und nicht zu Hause? Hier ist es doch nicht gemütlich.»

«Habe meine Wohnung an einen Kollegen verliehen, als ich nach Spanien bin. Dachte halt, ich würde länger bleiben.»

Hans-Jörgen las weiter, während er redete. Das hatte er sicher auf der Hochschule für Bibliothekswesen gelernt, dachte Orvar.

«Also, sag es nur, wenn ich dich störe.»

«Du störst mich.»

«Ich wollte nur fragen, ob wir beide nicht zusammen Lotto spielen wollen. Es wäre doch lustig, so richtig zu gewinnen, sodass man sich mal an wärmere Gestade verziehen kann. Ich bin den kalten Norden so leid, und du hast doch schon Millionen gewonnen. Du bringst Glück.»

«Ganz sicher!»

Hans-Jörgen verdrehte die Augen.

«Was das Lotto angeht, meine ich. Ansonsten weiß ich nicht. Stimmt es, dass Magnus dir den Laufpass gegeben hat und sich einen Neuen angelacht hat?»

«Wieso glaubst du das?»

«Ja, warum glaubt man in dieser Stadt Sachen?»

Hans-Jörgen dachte nach. Dann lachte er plötzlich.

«Johanna natürlich. Sie arbeitet ja in dem Laden deines Bruders.»

«Ja, so ist das immer auf Saltön, nicht wahr? Keine Geheimnisse. Man kann nur von Glück sagen, wenn man kein Privatleben hat.»

Hans-Jörgen nickte.

«Nun, wie ist es, wollen wir zusammen spielen? Als ich mir das neue Kajak gekauft habe, war ich erst mal ziemlich klamm. Aber jetzt habe ich mein altes Paddelboot an den dicken Polizisten verkauft, also habe ich Kohle.»

Hans-Jörgen seufzte und schlug das Buch zu.

«Okay, wir können spielen, wenn du willst. Aber nicht im Laden deines Bruders. Da wird zu viel geredet. Wir fahren irgendwohin außerhalb von Saltön. Auf der anderen Seite der Brücke gibt es eine Tankstelle, die haben auch eine Annahmestelle. Hast du ein Auto?»

«Nein, aber ein Moped. Sogar mit Spikesreifen. Diese Sara, die MacFie verführt hat, ist zweimal mit mir gefahren. Ich bringe ihr bei, wie man paddelt.»

«Wirklich?»

Hans-Jörgen hob eine Augenbraue und ließ sie eine ganze Weile so stehen.

«Ja, sie ist richtig gut, muss man sagen. Kann schon vorwärts, rückwärts und zur Seite paddeln. Sie kommt sogar ins Kajak und wieder raus, ohne zu kentern. Und sie meckert nicht mal, obwohl es so kalt ist.»

«Ja, sie scheint ganz in Ordnung zu sein.»

«In Ordnung ist sie nicht. Sie plappert zu viel und flucht wie ein verdammter Bürstenbinder.»

Kapitel 21

MacFie war endlich mit der Reparatur des alten Kanus seines Vaters fertig geworden. An einem frühen Morgen zog er es auf einem Wagen zum Steg und probierte es aus. Die Luft war eiskalt, und er musste das Boot von Schnee befreien.

Einen Moment lang hielt er inne und lächelte fast, als er ein paar Stieglitze entdeckte, die hinter dem Rad des Wagens Distelsamen pickten. Irgendwann würde es auch für MacFie einen neuen Frühling geben.

Er hatte seinen Trockenanzug an und einen Helm auf, für den Fall, dass er sich an irgendeiner aufdringlichen Eisscholle oder in einer gemeinen Sturzwelle den Kopf anschlagen würde. Die Schwimmweste war voller Flecken, weil Clinton eine Dose Teer darauf ausgeschüttet hatte. Das hatte jedoch den Vorteil, dass er während seiner einsamen Reise einen angenehmen Duft einatmen konnte.

Er sah mit zusammengekniffenen Augen zum Horizont und holte trotz der kalten Luft ein paar Mal tief Luft, ehe er sich vom Land abstieß. Es war ein herrliches Gefühl, wenn sich mit einem Minimum an Kraftanstrengung das Kajak bei jedem Paddelschlag mehrere Meter vorwärts bewegte.

Er paddelte um Getskär und die Tallholmarna herum, und als er nach ein paar Stunden wieder auf Saltön war, hatte MacFie bessere Laune denn je. Er setzte sich zu Hause in seinen Schaukelstuhl und feierte mit einem Glas Calvados und etwas Gänseleberpastete, die er mit einer Plastikgabel von der Würstchenbude direkt aus der Dose aß.

«Nun, Clinton, alle alten Sünden sind vergessen. Jetzt beginnen wir eine Kajaklaufbahn. Möchtest du einmal mitkommen? Du kannst entweder im Schapp im Bug sitzen oder ganz einfach auf meinem Schoß. In eine Decke gewickelt.»

Clinton sah ihn verächtlich an. Das war so anstrengend an MacFie, dass er nicht einsehen konnte, dass alle Tage einfach gleich waren.

Als MacFie Karriere und Ehe aufgegeben hatte, um sich in einem verfallenen Holzhaus auf Saltön niederzulassen, hatte er nie Sorge gehabt, dass er die Tage nicht ausfüllen könnte. Nur dumme Menschen langweilen sich, das war seine Meinung. Solange er die Natur, seine Tiere und seine Bücher hatte, wusste er, dass er ausgefüllt war. Aber das Verhältnis mit Sara hatte alles auf den Kopf gestellt. MacFie, der immer die Ruhe in Person gewesen war, war plötzlich rastlos wie ein Vollblut.

Sowie er angefangen hatte, für seine Bienen etwas zu bauen, ließ er die Arbeit nach der ersten Planke liegen und fing an, nach der Weihnachtsbaumbeleuchtung für die Hühner zu suchen. Kaum hatte er die gefunden, ließ er sie in einem riesigen Durcheinander einfach fallen und machte stattdessen das Radio an, nahm sich einen Calvados und suchte den norwegischen Sender, der gerade etwas über das Wetter auf den Lofoten sagte. MacFie hörte mit gespieltem Interesse zu und ging dann raus, um Holz zu sägen. Er sägte zwei Kloben.

Das mit dem Kajak war die Rettung. Das Einzige, was ihn zur Ruhe brachte. Er beschloss, mindestens einmal täglich zu paddeln, bis die Sehnsucht nach Sara ganz vorbei war.

Tommy stand im Bahnhofsgebäude und zitterte. Wieso wurden schwedische Bahnhöfe eigentlich nicht mehr geheizt? Das Gebäude war nicht einmal dicht. Seine Hosenbeine flatterten, als würde er draußen auf dem Steg stehen. Gott sei Dank kam der Zug pünktlich, der Fotograf stieg natürlich als Letzter aus.

Er war blond, groß und sorglos.

«Ich habe gepennt», sagte er. «Manchmal einfach nötig. Gestern spät geworden.»

«Wann kriegst du das Auto zurück?»

«In der Werkstatt haben sie gesagt, morgen wär es fertig. Irgendein Engel sollte es dann zu einem Kaff in der Pampa fahren und es auf die Tankstelle bei der Brücke stellen, dann brauche ich morgen von hier nur ein Taxi zu nehmen. Das wird dann nicht so teuer.»

Tommy nickte mit finstrer Miene.

«Ich habe mich zu Fuß hierher begeben dürfen, da wirst du es ja wohl auch schaffen. Manchmal tut es ganz gut, ein wenig zu laufen.»

«Na klar!»

Der Fotograf gab ein Pfeifen von sich.

«Hast du ein paar gute Sachen gefunden, damit wir gleich anfangen können? Irgendeinen ollen Fischer mit Schifferbart, den ich im Gegenlicht aufs Eis stellen kann?»

«Hier gibt es nicht einmal Eis», sagte Tommy. «Aber im Grunde ist es wirklich gut hier. Hör auf mit deinem Schubladendenken. Ich könnte mich hier sogar niederlassen.»

Der Fotograf donnerte Tommy herzlich die Hand zwischen die Rippen, sodass er das Gefühl hatte, seine Lungen würden rausfliegen.

«Ich muss schon sagen, Tommy! Dich kann man nicht mal eine Woche von der Leine lassen. Wie heißt sie?»

Jeden Morgen, wenn Emily von ihrer Wohnung ins Café eilte, warf sie durch das Fenster im Treppenhaus einen Blick in den Garten. Zwar war es immer dunkel, aber manchmal konnte man doch die Augen einer Katze entdecken. In den vergangenen Wochen war außerdem eine große Birke mit einer bunten Lichterkette geschmückt worden, die irgendjemand von der Hausverwaltung jeden Morgen einschaltete. Vielleicht war auch ein

Timer dran. Emily hatte keine Zeit, sich weiter zu engagieren. Sie bezahlte ihre Abgaben an die Hausverwaltung, nickte neutral, wenn sie jemanden im Eingang traf, und kümmerte sich ansonsten nicht weiter. Sie war eine berufstätige Frau, die keine Zeit und keine Lust hatte, sich mit Kleinigkeiten zu beschäftigen.

Trotzdem sah sie auf dem Weg nach unten aus dem Fenster, und heute war etwas geschehen.

Dort standen mindestens dreißig brennende Fackeln um einen großen länglichen Gegenstand, der in rotes Papier eingeschlagen war. Und auf der anderen Seite stand Christer mit ausgebreiteten Armen und einer Weihnachtsmannmütze auf dem Kopf.

Das Treppenhaus war erleuchtet, und sein Gesicht wies zum Fenster. Er musste sie gesehen haben.

Emily winkte ein wenig linkisch und lächelte ihm zu.

Dann lief sie in den Hof hinunter und warf sich ihm um den Hals.

«Ach, Christer, du bist wirklich ein wunderbarer Mensch. Aber was ist das denn?»

«Das ist für dich, Emily. Vielleicht ein paar Tage zu früh, aber trotzdem.»

«Ich muss ins Café. Mach du doch das Paket auf, sei so lieb.»

«Nein, mach es selbst auf, Liebling. Danach kann ich dir zwei Stunden im *Zuckerkuchen* helfen, bis ich zur Arbeit zurück muss.»

«Du bist wirklich ein Held, Christer.»

«Wie schön, dass du noch gerührt sein kannst, obwohl du so eine gefühlskalte Karrierefrau bist.»

Sie nahm ein zuckerfreies Kaugummi, um eine bissige Antwort zu unterdrücken.

Johanna zog ihre engen schwarzen Jeans mit den aufgenähten Goldsternen an und schob sich in jede Tasche einen Fünfhunderter.

Dann warf sie ihr goldfarbenes Polohemd über und steckte das Haar oben auf dem Kopf zu einem lustigen Knoten fest. Sie trank ein Glas Milch mit Wodka, nahm ihre Daunenjacke und marschierte zum *Saltsjöbaden* hinunter.

Dort war natürlich im Sommer Hochsaison und den Rest des Jahres nicht so viel los, aber es musste reichen. Ein echtes Orchester, rote Drinks und ein riesiger Schneeball, der sich unter der Decke drehte.

Die Band spielte. Johanna liebte die Band, hatte sie aber noch nie live erlebt.

Der Wachmann am Eingang wollte einhundertfünfzig Kronen haben. Johanna lachte und gab ihm einen Fünfhunderter.

Sie hatte keine Lust dazusitzen und sich einen schlappen Salat und einen Branntwein einzuverleiben, sondern ging direkt zur Bar und bestellte sich ein paar himbeerrote Shots. Alles fühlte sich gut an, und sie sah gut aus. Klar war sie die Älteste im Lokal, aber hübsch.

Sie lächelte ein paar diffus wirkende männliche Gesichter an, ehe sie ein Bier bestellte, das sie schnell herunterkippte.

Dann fing die Band an zu spielen.

Johanna bewegte sich auf die große Tanzfläche zu, wo ein paar junge Menschen mit ausdruckslosen Gesichtern lässig tanzten. Die meisten hingen noch an der langen Bar. Sie überquerte unbeirrt die Tanzfläche und stellte sich genau neben die Bühne, um den besten Überblick zu haben. Die hochhackigen Schuhe zu den Jeans sahen gut aus, aber sie drückten doch ziemlich an den kleinen Zehen. Sie zog sie einfach aus warf sie weg. Schließlich konnte sie sich so viele Schuhe und Stiefel kaufen, wie sie wollte.

Jetzt spielte die Band Sommerlieder. Klasse.

Die Jungs trugen enge weiße Jeans und rote Hemden. Die zwei, die E-Gitarre spielten, hatten schönes, schwarz gefärbtes Haar, der Kopf des Saxophonisten war rasiert, und der Typ am Keyboard hatte Engelshaar. Er fing sofort Johannas Blick ein.

Sie sang bei einigen Liedern mit. Das machte den Jungs Spaß.

«Der Sommer ist kurz, also halt dich ran …»

Als sie das Weihnachtslied von John Lennon schmetterten, wurde Johanna sentimental. Sie zündete ihr Feuerzeug an und schwenkte es in der Luft. Der Wachmann mit den dicken Armmuskeln kam langsam über die Tanzfläche geschritten und sagte, sie müsse jetzt nach Hause gehen.

«Willst du mehr Trinkgeld?», fragte Johanna und suchte in der Jeanstasche.

Aber das wollte der Wachmann nicht.

«Scheiß drauf», sagte Johanna.

Da packte er sie sanft unter der Achsel.

Sie machte überhaupt keinen Ärger, sondern erwähnte nur, dass sie den ganzen Schuppen auch gleich kaufen könnte.

Als sie ins Taxi steigen sollte, kam ein anderer Wachmann mit ihren Schuhen hinterher, aber Johanna meinte, er solle sie als Erinnerung behalten. Sie könne sich dreihundertsieben neue kaufen.

Um drei Uhr am nächsten Morgen wachte sie in ihrem eigenen Erbrochenen auf.

Kabbe wusste nicht, woher er die Kraft nehmen sollte, sich aufzuhängen. Es waren nur noch drei oder fünf Tage bis Weihnachten. Er hatte nicht mehr mitgezählt. Jedes Mal, wenn er ins Badezimmer oder in die Küche ging, um Wasser zu trinken, knickten die Beine unter ihm weg, und er musste auf einem Küchenstuhl Pause machen, ehe er wieder ins Bett ging.

Im Spiegel am Kühlschrank sah er ein Gesicht, in dem alles nach unten wies. Ein bleiches bärtiges Gesicht mit roten Augen. Es dauerte lange, ehe er begriff, dass er selbst das war.

Er verstand auch nicht, warum der Anrufbeantworter nicht langsam mal voll war. Wie viele Nachrichten von Leuten, denen er sowieso scheißegal war, wollte der eigentlich noch aufnehmen?

Jetzt hörte er wieder die gereizte Stimme des Kochs.

«Hier ist Klas. Verdammt, Kabbe, jetzt musst du wirklich kommen. Wir sind total am Ende. Reiß dich zusammen.»

Im Hintergrund war Küchenlärm zu hören.

«Und übrigens Kabbe, Lotten war in deinem Büro und hat in deinen abgeschlossenen Schubladen und deinem Tresor rumgeschnüffelt.»

Kabbe stöhnte nur.

«Ziemlich schlecht, Klas. Du hältst dich wohl für besonders schlau, was? Ich bin kein kleines Kind mehr», sagte er zu dem Anrufbeantworter und donnerte das Telefon auf den Fußboden.

Der Telefonhörer lag auf dem Boden und gähnte ihn mit einem durchdringenden Tuten an. Nach einer Weile verstummte er.

Im Restaurant *Kleiner Hund* konnte man wirklich merken, dass der Chef fehlte.

Tommy und der Fotograf, die ihre Reportage mit einem netten Planungsmittagessen einleiten wollten, mussten eine halbe Stunde warten, ehe sie von der alten Greta die Erlaubnis erhielten, das Weihnachtsbuffet aufzusuchen. Tommy bestellte zwei Mineralwasser, der Fotograf ebenso viele Biere, und dann stürzten sie sich auf den eingelegten Hering.

Aber es gab kein «Janssons», und auch keinen Fisch, sondern nur eine leere Platte, auf der normalerweise der geräucherte Lachs in eleganten Scheiben aufgehäuft lag.

Tommy bat im Namen der Restaurants um Entschuldigung und beteuerte, dass es sich hier um einen Ausnahmezustand handelte.

Dem Fotografen war es egal.

«Scheiß drauf», sagte er. «Wenigstens ist es billig. Iss eben Eier.»

Er schien unruhig zu sein und schlug vor, dass sie gleich nach dem Mittag so viele Interviewpartner wie möglich besuchten, und dann natürlich die Kirche und irgendeinen kleinen Fischerhafen.

«Es wird früh dunkel», sagte er, als Tommy nochmal zum Heringstopf zurückkehrte. Er hatte den Anchovis vergessen.

«Warum hast du es denn so schrecklich eilig?», fragte Tommy. «Du kannst doch ein paar Tage hier auf Saltön bleiben.»

«Nie im Leben.»

Er fühlte sich hier eingesperrt und wollte gern schnell vorankommen.

«Ich habe einen tierisch guten Job laufen. Soll mit einem Reporter meines Alters nach Indien fahren. Kasper Kråkmark heißt er. Er ist der Beste, findest du nicht? Und er schreibt so verdammt gut. Denkt auch in Bildern. Ohne sich reinzuhängen, meine ich. Es gibt einige Leute, die sagen, er sei so begabt und wissbegierig wie du, ehe du dich dumm und dämlich gesoffen hast.»

Tommy wurde unglaublich wütend.

«Ich trinke nicht mehr. Himmel nochmal.»

«Das weiß ich, aber du bist doch untendurch, oder? Du glaubst doch wohl nicht im Ernst, dass du nochmal wieder nach oben kommst. Aber es muss natürlich auch Leute geben, die eine Mutter und ihre Tochter interviewen, die am selben Tag ein Kind bekommen, und solchen Scheiß. Weihnachten in den Schären!»

Tommy hatte plötzlich den Eindruck, als würden sie zu unterschiedlichen Welten gehören.

«Jetzt geh und hol dir deinen Reis à la Malta, damit wir endlich loskommen.»

Der Fotograf kam schnell mit einer riesigen Schüssel zurück, und Tommy beeilte sich, Kassler und Rotkohl herunterzuschlingen.

«Ich hoffe, du bist jetzt nicht sauer», sagte der Fotograf. «Ich weiß, dass du vorher unheimlich große Dinger gemacht hast.»

«Schon okay», sagte Tommy.

Sowie sie mit der Arbeit fertig wären, würde er sich anständige Schuhe kaufen.

Der Fotograf zog die mit Zwergen bedruckte Gardine weg, um auf den Kai zu sehen.

«*In the middle of nowhere*. Aber die Alte, die uns bedient hat, die wäre ein Foto wert. Wo ist sie denn hin verschwunden? Die hatte ein verdammt gutes Gesicht. Verhärmt.»

Tommy sah ihn nachdenklich an, während er den heißen Kaffee in kleinen Schlucken trank.

«Vielleicht hast du Recht», meinte er. «Die alte Greta, das ist etwas zum Vorzeigen. Unglaublich weit weg von Lifting und Großstadthetze.»

Der Fotograf zog eine Augenbraue hoch.

«Bist wohl ein bisschen vornehm geworden. Hat man in diesem Ort schon mal was von Espresso gehört?»

Die alte Greta verließ das Lokal durch den Kücheneingang. Sie war lang, mager und ging etwas gebeugt. Der Mantel war grau, ebenso der Schal, den sie sich um den Kopf gebunden hatte. Ihre Stiefel waren braun, ein Vorkriegsmodell, und sie trug die groben Stricksocken über den Schaft gekrempelt.

Sie steckte die Hände in den Muff aus Wolfspelz, den sie von Kabbe bekommen hatte, und lenkte ihre Schritte zur Notfallzentrale von Saltön. Sie wusste genau, mit wem sie reden wollte, hoffentlich war er auch da.

Sie hatte unglaubliches Glück, denn sie musste nicht einmal den ganzen Weg laufen. Sie traf ihn, als er mit Weihnachtsgeschenken beladen aus seinem Auto ausstieg und gerade in seine Villa aus mexikanischen Ziegelsteinen gehen wollte.

«Doktor Ström!»

«Hallo, Greta. Was für ein herrlicher Tag!», sagte er und schlängelte sich mit einiger Mühe durch das Gartentor.

Eines der Pakete musste einen ganzen Holzschuppen enthalten, so groß war es.

«Nicht so herrlich, wie er glaubt», sagte Greta und stampfte leicht mit den Füßen im Schnee. «Leg er mal die Pakete weg. Ich muss mit dem Doktor reden.»

Er lächelte angestrengt und setzte die Pakete vorsichtig unter dem Vordach ab und kam dann zurück zum Bürgersteig.

«Sie sehen gesund aus.»

«Das bin ich auch. Bis auf weiteres.»

«Dann wünsche ich schöne Weihnachten. Vielleicht sehen wir uns, denn ich habe heute Abend frei und werde mit ein paar Kollegen zum Weihnachtsbuffet kommen. Sie servieren doch wie immer im *Kleinen Hund*?»

«Ja, ja», sagte die alte Greta. «Jetzt komm er bitte mit mir, anstatt so viel zu reden. Wir müssen zu Kabbe gehen. Zum Chef.»

«Greta, das hier ist mein freier Tag, und ich habe wirklich Weihnachtsstress. Was haben Sie sich denn jetzt ausgedacht?»

«Das werden Sie gleich sehen.»

Sie versuchte, ihn zu sich zu winken.

«Es ist nur eben über die Straße.»

Doktor Ström warf einen besorgten Blick auf seine Weihnachtsgeschenke vor dem Eingang. Dann schaltete er die Alarmanlage am Zaun ein und hatte Greta bald eingeholt.

«Ist Kabbe krank?»

«Er stirbt», sagte Greta. «Das ist jedenfalls meine Meinung.»

Vor Kabbes Tür wartete Christer zusammen mit einem Schlosser aus Uddevalla. Er sah nervös aus.

«Ich hoffe, dass Sie eine Erlaubnis für das hier haben», sagte er zur alten Greta. «Das entspricht nicht gerade den Regeln.»

«Scheißegal. Doktor Ström ist Psychiater.»

Drinnen in seinem Bett hörte Kabbe, dass jemand an der Tür

arbeitete. Doch er hatte schon vor langer Zeit aufgehört, sich um irgendetwas zu scheren.

Die Herren warteten im Eingang. Sie hatten sich beide gut im Griff. Beide waren im Laufe ihres Berufslebens schon oft mit dem beißenden Gestank von Schmutz und schlechter Luft konfrontiert gewesen. Die alte Greta machte die Terrassentür weit auf und griff sich das Seil mit der Schlinge vom Küchentisch, ehe sie zu Kabbe hineinging.

«Hallo, Chef.»

Es dauerte lange, bis er die Augen ganz aufmachen konnte, und seine kräftige Stimme war durch eine rasselnde Altmännerstimme ersetzt worden.

«Die alte Greta.»

Sie setzte sich auf die Bettkante und nahm seine Hand.

Er sah sie an.

«Jetzt sag nicht, dass ich mich zusammenreißen soll.»

Sie lachte.

«Glauben Sie, ich bin senil? Ich werde doch wohl einen kranken Mann erkennen.»

Er lächelte widerwillig. Greta stand auf.

«Ich habe jemanden mitgebracht.»

Eine halbe Stunde später stand der Krankenwagen vor Kabbes Tür, wo sich, seit der Schlosser weggefahren war, schon ein paar interessierte Bewohner von Saltön versammelt hatten und die Vorgänge beobachteten.

Jetzt ging die Tür auf, und die Krankenpfleger kamen mit Kabbe heraus, der mit einer roten Decke zugedeckt auf einer Trage lag.

Er wandte das Gesicht von der Volksmenge ab. Doktor Ström fuhr mit im Krankenwagen. Dann ging die Tür wieder auf, und die alte Greta kam mit ein paar vollen Mülltüten heraus. Sie ging an allen Neugierigen auf dem Weg zur Mülltonne vorbei und gab dabei Johanna das Seil mit der Schlinge.

«Hier Johanna, falls du eine Reise machen willst oder so.»

Als Christer am Würstchenstand parkte, um sich eine beruhigende Zwischenmahlzeit zu gönnen, stieß er auf Sara, die mit langen Schritten auf dem Weg zum Kai war.

«Hallo!»

«Halten Sie mich nicht auf», sagte Sara. «Ich werde eine Stunde hinausfahren und paddeln. Zum ersten Mal ganz allein. Orvar sagt, ich sei schon so weit. Verdammt weit. Viel Spaß. Frohe Weihnachten.»

«Warten Sie!»

Nachdem er eilig einen doppelten Cheeseburger mit einer Extraportion Pommes und allem bestellt hatte, lief er hinter ihr her.

«Warum haben Sie gesagt, dass Emily ein Kanu haben will? Das stimmte überhaupt nicht. Sie hat noch nie in so einem Ding gesessen.»

Sara blieb abrupt stehen und starrte ihn an.

«Sie verwechseln die private Sara mit der wahrsagenden Sara. Stellen Sie sich mal vor, Sie hätten Ihre Privatklamotten an, und ich wollte einen Einbruch anzeigen.»

Christer sah verwirrt aus.

Sara klopfte ihm tröstend auf die Schulter.

«Es wird schon alles in Ordnung kommen, warten Sie mal ab. Fast jeder braucht ein Kanu. Die meisten wissen es nur nicht.»

Kapitel 22

Emily nahm Missis aus dem Fernsehsessel.

«Ich habe genau gesehen, dass du eingeschlafen warst. Das habe ich auch immer gemacht, wenn Blomgren seine langweiligen Sendungen geguckt hat und Gesellschaft dazu wollte. Aber was ich dir jetzt erzähle, wird dich sofort hellwach sein lassen. Weißt du, was mir heute Morgen passiert ist? Christer kam mit einem ganzen Kanu für mich an. Ein gebrauchtes Kanu! In Weihnachtspapier eingewickelt. Dafür muss er vierzig Meter Papier gebraucht haben. Und Rosetten dazu. Es stand hier im Garten! Ja, da steht es immer noch. Wer verschenkt ein Kanu an jemanden, der in der Großstadt wohnt? Ich frage ja nur. Wer verschenkt überhaupt Kanus? Vor allem an jemanden, der noch nie in einem gesessen hat. Denkt er vielleicht, dass ich aussehe wie ein Kanu? Es ist ja rührend von ihm, dass er mit Geschenken herkommt, aber trotzdem. Das war richtig anstrengend. Glücklicherweise musste er wieder zurück. Aber ich habe schon eine Schwäche für ihn. Nicht einmal Mittagspause habe ich gemacht. Hoffentlich gibt es noch einen Becher Hüttenkäse oder Joghurt im Kühlschrank. Sonst kann ich vielleicht was von euch leihen, oder?»

Zwei Tage vor Weihnachten kamen Magdalena und der Doktor mit dem Taxi zum Hotel gefahren. Der Doktor hatte schlimme Magenschmerzen, und sie hatten ihr Soupé im Restaurant in Koulinaki abbrechen müssen.

Als sie um den Schlüssel baten, hielten sie einander an den Händen.

Der Portier, der sich gerade intensiv mit einer Blumenbotin

unterhielt, eilte an seinen Platz in der Rezeption. Er lächelte ihnen breit entgegen und fragte, ob sie sich jetzt, wo Weihnachten vor der Tür stünde, nicht nach der Schweiz zurücksehnen würden.

Der Doktor sagte freundlich, dass sie das nicht täten. Er würde aber gern das Zimmer bezahlen, denn sie wollten am nächsten Morgen früh abreisen.

«Aber nicht vor dem Frühstück!», sagte der Portier. «Ich hoffe, Sie haben Ihr Frühstück im *Grande Bretagne* immer genossen.»

«Absolut», sagte Magdalena. «Vor allem die Honigmelone und den Champagner. Ein kleines Glas Champagner am Morgen bringt doch die Lebensgeister in Fahrt.»

Der Doktor sandte ihr einen bedeutungsvollen Blick, den sie ernst beantwortete.

Er bezahlte mit seiner Kreditkarte, die er umständlich in die Brieftasche zurücksteckte, nachdem er den Betrag in sein Kassenbuch eingetragen hatte. Dann übergab er dem Portier einen Brief, auf dem «Frau Emily Schenker aux mains» stand. Und darunter eine Anschrift auf Saltön.

«Aber natürlich. Entschuldigen Sie bitte», sagte der Portier. «Schweden. Nicht die Schweiz. Diese Länder verwechsle ich immer.»

«Der Brief soll an Heiligabend aufgegeben werden.»

Der Portier verbeugte sich.

«Meine Tochter wird sicherlich von sich hören lassen, wenn wir abgefahren sind», sagte der Doktor. «Und ich möchte, dass sie dann diesen Brief bekommt. Aber es könnte auch sein, dass sie nicht kommt, deshalb will ich ihn nicht zu lange hier aufbewahren lassen. Ich vertraue der Post, sodass es nun in Ihrer Verantwortung steht, diesen Brief auf den Weg zu bringen. Dann weiß ich, dass er sie erreichen wird.»

«Sie können sich darauf verlassen, mein Herr», sagte der Portier und wandte sich wieder dem schönen Blumenfräulein in einem roten Weihnachtsmannmantel zu. Er überreichte ihr eine rote Rose aus der Vase auf dem Tresen. Dabei kam er aus Versehen an den Brief an Emily. Der fiel auf den Boden, verschwand unter dem Kassenschrank und ward nicht mehr gesehen.

Der Doktor und Magdalena standen bereits im Fahrstuhl. Sie hielten einander an den Händen und fuhren schweigend hinauf.

Alles war gepackt und in Ordnung gebracht, und das Zimmer war voll von Hunderten duftender Rosen in verschiedenen Gelbtönen, die sie am Nachmittag gekauft hatten.

Der Doktor zündete die Kerzen in den vierzehn Leuchtern an, die sie auch gekauft hatten, holte die beiden schwedischen Bibeln aus der Reisetasche und drückte auf den Kassettenrecorder.

Von der Kassette auf dem Nachttisch des Doktors erklangen klare und helle Knabenstimmen. Nocturne.

Er hatte bereits aus dem verschlossenen Medikamentenschrank alles geholt, was sie brauchten.

Sie legten sich im Doppelbett zurecht, und der Doktor hielt seine Bibel in der linken Hand und fasste mit der Rechten Magdalenas Hand. Sie küssten sich, und dann begann er, die Weihnachtsgeschichte zu lesen. Magdalena schloss die Augen.

Durch das Fenster waren die traurigen Klänge einer Klarinette zu hören.

«Schlimmer als die ausgesprochenen Forderungen und Wünsche der Menschen sind nur die unausgesprochenen», sagte Emily zu Christer, als er anrief.

«Du kommst also nicht über Weihnachten nach Saltön, um mich zu besuchen?»

«Ich meinte, allgemein gesehen», sagte Emily. «Ich habe mich entschieden. Ich werde den Zug nehmen und an Heiligabend um drei Uhr auf Saltön sein.»

Christer lachte. Er war so glücklich. Emily hatte völlig überraschend versprochen, dass sie über Weihnachten bei ihm sein würde. Sowie er aufgelegt hatte, ging er mit einem strengen und distanzierten Blick durch seine öde Wohnung. Hier musste aufgeräumt, geputzt und poliert werden. Außerdem würde er zum Markt gehen und einen frischen Tannenbaum kaufen, so wie ihn die richtigen Leute hatten.

Auf dem Marktplatz traf er Lotten, die aus demselben Grund unterwegs war.

Sie hatte immer noch großartige Laune, obwohl sie sich ärgerte, dass sie nur einen ganz kleinen Baum kaufen konnte.

«Das fällt mir schwer. Schließlich hat mein Vater jedes Weihnachten im Nya Skogen selbst einen vier Meter hohen Baum geschlagen.»

Sie erbot sich, Christer bei der Auswahl zu helfen, und er nahm das Angebot dankbar an. Von der anderen Seite des Marktplatzes kam die alte Greta angelaufen.

«Ich finde, ihr solltet lieber Kabbe besuchen, anstatt hier zu stehen und zu schwätzen», sagte sie und ging, ohne stehen zu bleiben, an den beiden vorbei.

Christer und Lotten starrten einander an. Fünf Minuten später saßen sie in Christers Auto.

Kabbe lag in Kleidern auf einem Bett in einem netten Einzelzimmer, das mehr einem Hotel glich als einem Krankenhaus. Lotten strich ihm linkisch über die Wange, zog einen Stuhl heran und setzte sich neben das Bett.

«Ich habe nichts dabei», sagte sie. «Keine Weintrauben, kein Konfekt, keine Nelken und was man sonst zu einem Krankenbesuch mitbringt.»

Sie sah ihm in die Augen. Kabbe betrachtete die Decke.

«Das macht nichts, Lotten», sagte er. «Ich hasse Nelken.»

«Ja, aber Weintrauben magst du. Ich meine, das hast du jedenfalls früher getan.»

«Ich habe mich nicht sonderlich verändert, Lotten. Ich habe eine Depression. Findest du das peinlich?»

Er sah sie an. Sie errötete.

«Überhaupt nicht. Seit ich dich kenne, bist du manisch. Wahrscheinlich ist es jetzt an der Zeit, dass du mal depressiv wirst.»

Sie schlug sich erschrocken die Hand vor den Mund, als sie seinen schockierten Blick sah. Plötzlich lachte er.

«Du bist einzigartig, Lotten.»

«Ja, das sagen alle Leute.»

Sie war immer noch rot im Gesicht.

«Du kannst dich wirklich lächerlich machen.»

Er lachte wieder freundlich.

Dann drehte er sich auf die Seite. In dem Augenblick ging die Tür auf, und Christer kam herein. Er hielt einen kleinen Weihnachtsstern in einem Topf in der Hand. Im Vergleich dazu sah er wie ein Riese aus.

Er stellte die Pflanze mit sorgenvoller Miene auf den Tisch, ging dann zum Bett und schüttelte Kabbe die Hand.

«Hallöchen, Kabbe. Wie sieht's aus?»

Kabbe lächelte matt. Seine Lippen waren ausgetrocknet.

«Furchtbar müde. Das machen die Medikamente. Vielleicht kommt ihr besser ein andermal wieder. Der Doktor sagt, ich muss ein paar Wochen hier bleiben.»

Lotten warf Kabbe einen Handkuss zu und trippelte hinaus.

Als Christer ihr folgen wollte, rief Kabbe ihn nochmal zurück.

«Hat Lotten einen Neuen kennen gelernt? Sie sieht verliebt aus.»

Christer dachte eine Weile nach.

«Das glaube ich nicht. Dann hätte sie es wohl auf der Fahrt hierher erzählt.»

«Schade», sagte Kabbe. «Es sah so aus.»

Saras Laune wurde immer schlechter, je länger Lotten brauchte, um aus der Mittagspause zurückzukommen.

Sie hatte mitten in einer interessanten Sitzung mit dem Mann mit der Baskenmütze unterbrechen müssen, weil ein Kunde hereinkam, um Sibirischen Ginseng zu kaufen. Das ganze Energiefeld ruiniert.

Aber der Mann mit der Baskenmütze verlor seinen Humor nicht.

«Was Sie bisher gesagt haben, stimmt perfekt, nämlich dass ich an Menschen und Massenmedien interessiert bin. Die Zukunft können wir ja ein andermal behandeln.»

Die Stunden vergingen. Lotten ging nicht einmal an ihr Handy. Um fünf Uhr schloss Sara resolut den Laden. Orvar hatte ihr versprochen, dass sie mit dem Leihkajak auf eine lange Tour zum Sund am Festland mitgehen durfte. Dort wollte Orvar seinen besonderen Weihnachtsbranntwein holen, der aus getrockneten Heidekrautblüten gemacht war.

Sara eilte nach Hause, um sich umzuziehen.

Im Gartenhaus leuchtete es gemütlich, aber das Wohnhaus lag wie immer im Dunkeln. Lizette Månsson schien rund um die Uhr zu arbeiten.

Erstaunlicherweise war die Tür offen, und als sie in die kleine Hütte kam, begriff sie auch, warum. Alle Möbel waren umgestellt, es war gefegt und roch nach Scheuerseife. Die zwei Taschen von Sara standen gepackt vor der Tür.

«Was ist denn hier los?»

«Guten Abend», sagte Lotten.

«Warum hast du das gemacht?»

«Weil du dir eine andere Wohnung suchen musst. Das hier ist sogar für mich allein etwas zu klein. Außerdem wird Tommy einziehen.»

«Tommy, wer ist denn das, verdammt?»

«Das kann dir doch egal sein.»

«Soll das heißen, dass ich rausgeschmissen bin?»

«Soweit man rausgeschmissen werden kann, wenn man weder einen Vertrag hat noch je den Versuch unternommen hat, Miete zu zahlen.»

«Du bist verdammt nochmal unbezahlbar. Ich habe große Lust, dir eine fette Ohrfeige zu verpassen. Das brauchst du offenbar.»

«Ich kenne einen Polizisten!»

«Da kriege ich aber Angst», sagte Sara, nahm ihre Taschen und knallte die Tür hinter sich zu.

Einen Moment später setzte sie die Taschen noch einmal ab und riss die Tür wieder auf.

«Und glaube ja nicht, dass ich noch einmal meinen Fuß in deinen dämlichen Laden setzen werde! Da kannst du jetzt allein sitzen mit deiner Cellulite und auf deinen lächerlichen Produkten kauen. Ohne Wahrsagerin kriegst du keinen einzigen verdammten Kunden.»

Sie donnerte die Tür wieder zu und fing an, den Hügel hinunterzugehen.

Da wurde die Tür erneut aufgerissen, und sie konnte Lottens untersetzte kleine Gestalt im Gegenlicht sehen.

«Das geht dich gar nichts an! Du bist gekündigt, du verdammte Touristin. Die Schlüssel zur Hütte und zum Laden liegen morgen bis zwölf Uhr in meinem Briefkasten. Sonst zeige ich dich an, Sara, dass du es nur weißt!»

Sara lachte grob, als sie sich, in jeder Hand eine Tasche, von Residenz und Gartenhaus der Månssons entfernte. Sie fühlte sich befreit. Es war einige Grad unter null, aber der Schnee leuchtete in der Dunkelheit. Mitten auf dem Hügel fing sie an zu pfeifen.

Als Orvar zum Kanuclub kam, bekam er sechs Dosen Energydrink und zwölf Schachteln Ginseng, die sie im Laden geholt hatte.

«Alles in Ordnung?», fragte er.

«Absolut, abgesehen davon, dass ich nicht weiß, wo ich wohnen soll.»

«Du kannst heute Nacht hier im Klubhaus schlafen», sagte er, «wenn du es nur keinem sagst und morgen früh gleich weg bist.»

«Danke.»

«Ich nehme mal an, dass es besser ist, am Morgen eine Wohnung zu suchen, als um diese Uhrzeit und noch dazu am Abend vor Weihnachten.»

Sara nickte.

«Sollen wir dann losfahren?»

Sie hob mit einer routinierten Bewegung das ausgeliehene Kajak aus dem Ständer und war vor ihm auf dem Ponton.

«Du musst in der Bucht dann eine halbe Stunde warten, während ich raufgehe und die Flasche bei meinem Kumpel hole», sagte Orvar, als sie aus dem Hafen glitten.

Die Luft war eiskalt, mäßiger Wind aus West.

«Nein, ich komme mit. Es wird lustig, einen Kumpel von dir kennen zu lernen.»

«Vergiss es.»

«Wie bitte?»

«Wir fahren mit dem Wind nach Hause. Darauf kannst du dich dann freuen, während du wartest.»

Als sie im Sund angelegt hatten, zog Orvar den Trockenanzug aus. Darunter hatte er ein Weihnachtsmannkostüm. Die Haare waren frisch geschnitten. Aus dem Schapp im Bug holte er ein rotes Paket, das mit Plastik umwickelt war.

Sara starrte ihn erstaunt an.

«Du kannst ruhig einen kleinen Spaziergang machen», sagte Orvar. «Ich bin in einer Dreiviertelstunde zurück.»

«Und warum darf ich nicht mitkommen? Wo ich auftauche, werde ich rausgeschmissen. Fürchtest du, dein Kumpel könnte sich für mich interessieren? Was ist denn das für ein verdammter Typ?»

«Kein Typ», sagte Orvar und lächelte. «Ein Mädchen. Mein Mädchen.»

«Aber …»

Sara ließ das Paddel fallen.

«Es müssen ja nicht alle auf Saltön alles wissen. Das ist meine Devise. Du hältst es wohl anders, was?»

Orvar setzte die Weihnachtsmannmütze auf und verschwand im Tannenwald.

Aus einer erleuchteten Sommerhütte, die etwa hundert Meter weiter oben lag, konnte Sara Tangomusik hören. Vor der Tür flackerte das Feuer einer Fackel. Am liebsten hätte sie geheult.

Warum sollte sie überhaupt auf dieser menschenfeindlichen Insel bleiben? Sie hatte keinen Job. Sie hatte keine Wohnung. Und MacFie hatte sie schon gar nicht.

Plötzlich sehnte sie sich nach Stockholm zurück. Vielleicht sollte sie über Weihnachten zu ihrem Vater fahren. Aber der musste bestimmt in seinem Reformhaus arbeiten, und wenn es eins gab, worauf sie keine Lust mehr hatte, dann Tofu und Soja. Sie wollte von keinem einzigen Husten mehr hören.

Nicht von einem Milligramm Honig. Und da dachte sie plötzlich wieder an MacFie. Dieser lächerliche Mensch, der an Bienen mehr interessiert war als an Menschen.

Sie fand einen Bleistift in der Innentasche ihrer Jacke. Von einem Baum nahm sie einen Zettel herunter, auf dem stand, dass es verboten sei, hier vor Anker zu gehen. Auf die Rückseite schrieb sie:

«Lass dir Zeit, Orvar. Ich paddele allein nach Hause. Ich meine, ich paddele allein nach Saltön. Und frohe Weihnachten, falls wir uns morgen nicht mehr sehen.»

Sie schlich sich zu dem Haus. Jetzt konnte sie einen Song von

Elvis und klirrende Gläser durch das Fenster, das weit offen stand, hören.

Sie klemmte die Nachricht in die Tür und ging zum Kajak hinunter. Dann lieh sie sich Orvars Schwimmer und seine Pumpe aus, denn sie war schließlich nicht so sicher wie er, und paddelte nach Hause.

«Nicht nach Hause. Nur nach Saltön», sagte sie zu sich selbst.

Ihr Frust ließ etwas nach, als sie ein paar Meter gepaddelt war und der Wind ihr in den Rücken fuhr. Als sie das Kajak auf Saltön hochholte, fühlte sie sich wieder stark. Sie ging in das Kanuhaus und machte sich ein Bett aus Schwimmwesten. Als Decke nahm sie einen Spritzschutz. Sie schlief sofort ein und erwachte erst wieder, als die Kirchenglocken läuteten.

Emily schloss den Laden am Abend vor Weihnachten eine Stunde früher. Sie hatte ohnehin ungewöhnlich wenig Kunden gehabt. Die meisten, die reinkamen, wollten Geld für den Parkautomaten wechseln oder fragen, ob sie wisse, wo es einen guten Blumenladen oder einen Weihnachtsbaumverkauf gab.

Als sie das Schild mit «Über die Weihnachtstage geschlossen» an die Glastür hängte, sah sie Boris mit schnellen Schritten von der anderen Straßenseite kommen. Sein erwartungsfrohes Lächeln erstarb, als sie abwehrend winkte und das blaue Rollo vor dem Schaufenster herunterzog.

Sie hatte es nicht eilig. Die Familie wünschte sich vielleicht auch am Abend vor Weihnachten ein wenig Privatleben. Sicherlich waren die Erwachsenen insgeheim mit den Weihnachtsgeschenken beschäftigt. Aber es waren Amerikaner, und die feierten eigentlich vor dem ersten Weihnachtstag gar nicht richtig Weihnachten. Emily hatte den Kindern geholfen, Strümpfe an ihre Bettpfosten zu hängen.

Wenn sie nur mit dem Feuer vorsichtig waren. Sie konnte

sich denken, dass Grandma und Grandpa im Keller saßen und die Geschenke mit angezündeten Kerzen versiegelten, und beide konnten jeden Moment einnicken. Genau wie Emilys eigener Vater.

Sie konnte nicht umhin, darüber nachzudenken, was er wohl tat. Inzwischen war sie nicht mehr eifersüchtig. Das hatte nachgelassen, einerseits, weil sie angefangen hatte, sich als erwachsen und vaterlos zu betrachten, andererseits, weil ihr klar geworden war, dass sie auf Magdalena Månsson eifersüchtig gewesen war. Wie peinlich.

Einer Eingebung folgend, rief sie die Auskunft an und bekam die Nummer von Lottens Handy. Sie hatte keine Ahnung, wo sie wohnte, seit sie Kabbe verlassen hatte.

Es war doch erstaunlich, dass Emily und Lotten, die so enge Freundinnen gewesen waren, kaum mehr miteinander geredet hatten, seit Lotten Kabbe kennen gelernt hatte. Sie hatte Kabbe, das größte Schwein von ganz Saltön, ihrer besten Freundin vorgezogen. Für Emily war es kein Problem gewesen, sich noch weiter mit Lotten zu treffen, auch als sie verheiratet war. Blomgren hatte an seinen Laden zu denken, und er hatte nichts gegen Frauenabende einzuwenden, solange die sich in seinem eigenen Wohnzimmer abspielten. Kneipen mochte er nicht.

Lotten ging sofort mit fröhlicher Stimme ran. So war sie in der Schulzeit auch gewesen. Leicht einzuschätzen. Sie war entweder strahlend glücklich oder stinksauer. Emily sah vor ihrem inneren Auge sich selbst und Lotten, wie sie als kleine Mädchen ein Hüpfspiel spielten und beide die Erste sein wollten. Sie waren die Töchter von den wichtigsten Männern auf Saltön – dem Doktor und dem Konservenfabrikanten – und beide gewohnt, ihren Willen zu bekommen. Manchmal hatten sie sich geschlagen und gekratzt, aber die meiste Zeit hatten sie gekichert und getuschelt. Doch Lotten hatte Emily immer mehr bedeutet als umgekehrt. Wenn ein neues Mädchen in die Klasse kam, dann wurde Lotten immer sofort ihre beste Freundin, und dann tröstete Emily sich mit Keksen, Eis und Süßigkeiten.

Als sie anfingen, sich für Jungs zu interessieren, konnte Lotten Emily jederzeit vergessen.

«Aber Lotten, wir wollten doch nach dem Café noch zusammen ins Kino.»

«Ja, aber jetzt habe ich Bertil getroffen, und der ist viel spannender als du. Außerdem ist er ein Junge. Du kannst jetzt mal abhauen, Emily. Geh nach Hause und iss ein Stück Torte.»

«Emily, wie nett. Und frohe Weihnachten, auch wenn es noch einen Tag hin ist. Bist du in Göteborg? Alle reden von deinem Café. Sowie ich mal eine Minute Zeit habe, werde ich kommen und dich besuchen. Du hast doch wohl Prinzesstörtchen? Ich erinnere mich, dass du von Prinzesstörtchen gelebt hast, als wir ins Gymnasium gingen. Das waren vielleicht Kalorienbomben. Aber damals hat man sich darum nicht gekümmert, also du jedenfalls nicht.»

Emily war überrascht. Sie war auf ein zähes Gespräch eingestellt gewesen. Aber nachdem sie eine Weile über die Leute auf Saltön gekichert hatten, ohne doch auf ein Thema zu kommen, das sie selbst betraf, fingen sie an, vom Weihnachtsfest in diesem Jahr zu sprechen.

«Wirst du herkommen?»

«Ja, das werde ich, aber ich rufe dich an, weil ich gern wüsste, ob du was von deiner Mutter gehört hast. Und von meinem Vater.»

Lotten hatte nichts gehört, und sie war auch nicht im Mindesten beunruhigt.

«Mama und ich hatten ein langes Gespräch, ehe sie abreiste. Wenn ich nicht gewusst hätte, dass sie verliebt und glücklich ist, dann hätte ich es für einen Abschied gehalten. Sie hat mich sogar umarmt, und das ist wirklich nicht passiert, seit ich ein Kind war. Und sie war so aufrichtig. Hat erzählt, dass sie noch nie jemanden so geliebt habe wie deinen Vater, den Doktor. Auch meinen Vater nicht. Das hat mir wehgetan, aber es war trotzdem gut. Sie hat gesagt, dass sie mit dem Doktor leben und sterben wolle. Ist es nicht phantastisch, so starke Gefühle für jemanden zu haben? Sie ist ja immerhin fast achtzig. Ja, sie ist wohl fünf, sechs Jahre älter als dein Vater.»

«Papa und ich haben uns auch verabschiedet, doch nicht auf so schöne Weise. Ich habe gesagt, dass ich mit ihm fertig bin, und er hat gesagt, dass er das durchaus gemerkt hat. Wir haben uns darauf geeinigt, dass jeder seinen eigenen Weg geht. Aber ich glaube nicht so recht, dass er es ehrlich meint.»

«Wie schade. Aber freust du dich denn nicht für ihn? Dass er Mama gefunden hat?»

«Ja, inzwischen schon. Aber ich habe ein paar Monate gebraucht, um zu begreifen, wie die Dinge liegen. Ich habe ihnen ihre Liebe nicht gegönnt, weil ich es selbst so chaotisch hatte und so einsam war. Auf jeden Fall glaube ich, dass es daran lag. Vielleicht war ich auch immer zu eng mit Papa verbunden und er mit mir. Mit Blomgren und Paula ist es genauso.»

Sie verabredeten, dass Emily und Christer am Weihnachtstag zu Lotten kommen sollten, um Truthahn zu essen.

«Ich wohne aber nur in einem Gartenhaus», sagte Lotten.

Emily lachte. Lotten hatte wirklich Humor.

«Zwei Sachen muss ich noch sagen», fügte Lotten hinzu. «Ich habe einen Mann kennen gelernt, der mich braucht. Er heißt Tommy. Und ich werde in diesem Jahr die Madonna sein.»

Emily war sprachlos. Das war der größte Vertrauensbeweis, den man jemandem auf Saltön geben konnte. Es wurde immer geheim gehalten, wer die Madonna sein würde. Sogar Eltern, Eheleuten und Kindern wurde verschwiegen, wen der Kirchenvorstand für die alljährliche Tradition ausgewählt hatte.

Die Geschichte mit Tommy beeindruckte sie nicht so sehr. Das hatte sie schon gewusst, seit das Paar im *Kleinen Hund* zu Abend gegessen hatte. MacFie hatte kurz darauf bei Emily angerufen, um mit ihr über den Anchovis des Doktors zu sprechen.

Lotten und Emily verabschiedeten sich, und sie fühlte sich leicht ums Herz, als sie die Küche des *Zuckerkuchens* für die Weihnachtsfeiertage in Ordnung brachte.

Als sie zu ihrer Wohnung kam, standen zwei Polizeibeamte vor ihrer Tür und warteten.

Ein Polizist und eine Polizistin.

Kapitel 23

Christer stand auf einem Hocker und war gerade dabei, Misteln aufzuhängen, als das Telefon klingelte. Er fluchte, denn er konnte nicht ans Telefon kommen. Normalerweise brauchte er nicht auf einen Hocker zu steigen, aber nicht einmal er mit seinen zwei Metern reichte im Flur bis an die Decke.

Es war ausgeschlossen, die Mistel in die Türöffnung zu hängen. Er wusste genau, wohin Emily sich im Flur stellen würde. Nach vierzehnmaligem Klingeln schwieg das Telefon, und Christer fing an, sich zu fragen, wer es gewesen sein könnte. Sein Telefon klingelte nicht sonderlich häufig. Wahrscheinlich war es irgendein Institut für Statistik, wo man wissen wollte, wie viele Stunden er in dieser Woche gearbeitet hatte. Oder jemand, der ihm eine Brandversicherung verkaufen wollte, wo gerade in Schweden so viele Kerzen brannten.

Einen Moment lang dachte er, dass es Emily gewesen sein könnte, aber das war natürlich unmöglich. Wenn er sie jetzt anrufen und fragen würde, wäre sie sicher verärgert. Sie hatte immerhin schon zugestimmt, dass er sie am Weihnachtsnachmittag um drei Uhr am Bahnhof abholte. Bis dahin waren es nicht einmal mehr vierundzwanzig Stunden.

Emily saß im Sessel und starrte die Polizisten an, die auf dem Sofa saßen. Sie umklammerte ein nasses Küchenhandtuch, das auf ihrem Knie lag.

«Wir bleiben hier, bis Sie ihn erreicht haben», sagte der Mann.

Die Frau sah fragend zu der Puppenstube hinüber.

«Enkelkinder?»

Emily schüttelte den Kopf. Ihr Gesicht war aschgrau.

«Aber ich werde bald eines bekommen», sagte sie. «Vielleicht sind sie in diesem Moment im Krankenhaus, denn Paula geht auch nicht ran.»

Aber eine Stunde später erreichte sie Christer.

«Christer, hier ist jemand von der Polizei.»

Ihre Stimme versagte.

«Papa ist tot, Christer. In Athen.»

Fünf Minuten später saß er im Auto.

Genau zwei Stunden später warf sie sich ihm in den Arm.

«Es wird alles gut», sagte er. «Es geht vorbei.»

Er strich ihr über den Rücken. Sie konnte das Schluchzen nicht unterdrücken, ein angestrengtes Geräusch, das angefangen hatte, als die Tränen vorüber waren.

Christer nickte seinen Kollegen zu, die nach einem teilnahmsvollen Gemurmel verschwanden.

«Verlass mich nie, Christer», sagte Emily.

Er durfte nicht einmal allein aufs Klo gehen.

«Ich fahre mit dir nach Athen», sagte er. «Ich werde um Urlaub bitten.»

Vor den Mitgliedern der Familie, die so taten, als wären sie damit beschäftigt, das Testbild im Fernsehen zu sehen, hielt er inne.

«Emily, sollten wir nicht diese Puppenstube rausschmeißen? Ich habe so ein Gefühl, als würde sie uns unglücklich machen.»

Sie schüttelte den Kopf.

Christer zog Emily hinter sich her zum Fenster, das auf den Hof hinausging.

«Wo ist das Kanu?»

Sie schniefte.

«Stadtmission.»
«Stadtmission?»
«Bist du jetzt sauer?»
Er dachte lange nach.
«Nein, das bin ich nicht. Wenn du nur wieder normal wirst.»
«Das kann ich leider nicht versprechen.»

Lotten stand im Laden und packte gerade Ware ein, als sie telefonisch die Nachricht erhielt, ihre Mutter sei in Athen tot aufgefunden worden.

Sie setzte sich auf einen Stuhl, und die Tränen liefen ihr die Wangen herab, als sie zu Gott für die Seele ihrer Mutter betete.

«Und für die des Doktors auch, Gott!», fügte sie hinzu.

Sie beschloss, Emily anzurufen, um zu fragen, ob sie nicht zusammen reisen wollten.

Doch dort ging niemand ran, und da rief sie selbst ein Reisebüro an und bestellte ein Flugticket. Ein Hotelzimmer konnte sie sich nehmen, wenn sie dort war. Sie könnte ja vielleicht einfach in dem Hotel wohnen, wo ihre Mutter ihre letzten Tage verbracht hatte, wenn es nicht zu teuer war.

Als sie die Ladentür schloss, um zur Kirche hinaufzufahren und eine Kerze anzuzünden, hielt ein Taxi, und Tommy und ein Mann mit einer Kameratasche auf dem Rücken sprangen heraus.

Lotten starrte Tommy an. Sie hatte völlig vergessen, dass es ihn gab.

Tommy begann damit, den Fotografen vorzustellen, aber er merkte schnell, dass irgendetwas nicht stimmte, und redete nicht weiter.

Er nahm Lotten beiseite.

«Du bist ja total bleich. Ist was passiert?»

Lotten nickte und sackte zusammen. Als er den Arm um sie

legte, erzählte sie ihm, was geschehen war und was sie jetzt vorhatte. Es berührte ihn, wie gefasst sie trotz allem war.

«Ich muss ein paar Tage nach Athen fahren, jetzt über Weihnachten», sagte sie. «Vielleicht auch noch über Neujahr.»

Tommy nickte. Er fühlte sich stark.

«Ich warte auf dich. Ich werde dir helfen.»

Sie sah ihn sprachlos an. Dann lächelte sie.

«Es gibt eine Sache, mit der du mir helfen kannst. Eine richtig große Sache. Aber es muss heute Nacht geschehen.»

Er hörte ihr gut zu, während der Fotograf auf dem Bürgersteig auf und ab ging und immer wieder auf die Uhr sah. Ab und zu kontrollierte er sein Handy. Als Tommy sich von Lotten verabschieden wollte, rief sie ihn noch einmal zurück, ging zur Kasse, nahm sechs Hunderter heraus und gab sie ihm.

«Ich hätte mein Weihnachtsgeschenk für dich gern selbst gekauft, aber nun habe ich es nicht mehr geschafft. Ein Paar Schuhe für dich, die Wetter und Wind auf Saltön aushalten. Gern in Rot.»

Er nickte gerührt, steckte das Geld ein und ging langsam hinaus.

In der Tür drehte er sich um.

«Du musst hier nichts aufräumen. Wenn ich den Schlüssel zum Laden bekommen kann, dann werde ich aufräumen. Packen und putzen. Es wäre schön, mal wieder körperlich arbeiten zu können. Wenn ich im Gartenhaus wohnen kann, kann ich da auch putzen.»

Lotten lächelte unter Tränen.

«Ich kann aus Athen Lamm und Käse mitbringen. Und Oliven. Das hätte Mama gefallen.»

Sie standen ein paar magische Sekunden da und sahen einander tief in die Augen.

«Einen Versuch ist es wert», sagte Tommy.

«Ja, wir können es wenigstens versuchen.»

«Das tut ja keinem weh.»

«Jetzt muss ich gehen, Tommy. Gib auf dich Acht.»

Sie zog ihren Pelz an und eilte davon. Er sah ihr lange nach.

Dann ging er zu dem Fotografen, der inzwischen ziemlich geladen war. Als Tommy bei ihm ankam, explodierte er.

«Verdammt nochmal, was bist du unprofessionell geworden hier am Ende der Welt. Erst jagst du mich und scheuchst mich hierher, weil du Bilder brauchst, und dann stehst du ewig da und plauderst mit einem Ufo, in das du dich hoffnungslos verknallt hast. Können wir jetzt mal zur Kirche gehen, damit wir diese Madonnengeschichte für heute Nacht vorbereiten können? Ich brauche ein Stativ dafür.»

Tommy sah weg.

«Wir lassen die Madonnengeschichte bleiben.»

«Verdammt nochmal, bist du nicht ganz dicht?»

«Das ist eine sehr eigene Tradition, die sie hier auf Saltön haben. Sie wollen nicht, dass es herauskommt. Das ist ganz einfach ihre eigene, ganz besondere Sache. Aber wenn die Leute rauskriegen, dass sie jedes Jahr hier einen Amateur als Madonna verkleidet herumklettern lassen, dann kriegt der Pfarrer vielleicht die Kündigung. Es ist ein Ritual, das als heidnisch aufgefasst werden kann, wenn man es nicht kennt. Auf jeden Fall ist es nicht gerade hochkirchlich.»

«Verdammte Scheiße, du hast die Seiten gewechselt! Hast du eine Gehirnwäsche gehabt? Und der Rest von der Reportage, was ist damit? Glaubst du, ich bleibe nur zum Spaß über Weihnachten hier bei den Hottentotten?»

Tommy zuckte mit den Schultern.

«Wir lassen den ganzen Scheiß sein.»

Der Fotograf stand mit hängenden Armen und offenem Mund da. Das Stativ fiel zu Boden.

«Ich bin erschöpft, deshalb werde ich wahrscheinlich noch

ein wenig hier bleiben. Schicke mir eine Rechnung über deine Spesen und schiebe die ganze Schuld auf mich.»

«Das werde ich auch tun, darauf kannst du Gift nehmen.»

Der Fotograf brauchte zehn Sekunden, um seine Ausrüstung zusammenzupacken und abzuhauen.

Tommy ging mit schnellen Schritten zum Hotel, um auszuchecken. Seine Füße waren kalt und nass. Wie schön, dass es auf Saltön nur ein Schuhgeschäft gab.

Blomgren erwachte am Morgen im Fernsehsessel vor laufendem Apparat.

Er rief Paula an. Alles war ungefähr so, wie es sein sollte, abgesehen davon, dass sie lange nicht mit ihrem Großvater gesprochen hatte.

«Ach so, der», sagte Blomgren. «Hier reden ziemlich viele über ihn und Magdalena Månsson. Sie sind erwachsene Leute. Wenn sie wollen, können sie doch mal etwas länger Urlaub machen. Viele Menschen in ihrem Alter wohnen den ganzen Winter über in Spanien. Das hängt von den Bronchien ab.»

«Aber London, Papa. Wer lässt sich denn in London nieder?»

Blomgren wurde ungeduldig. Er hatte etwas anderes auf dem Herzen und senkte geheimnisvoll die Stimme.

«Paula, antworte ehrlich ja oder nein! Darf ich runterkommen und bei dir Weihnachten feiern? Ich will da sein, wenn das Baby geboren ist. Mein Enkelkind!»

Paula rang nach Luft.

«Aber Papa, Afrika gefällt dir doch nicht. Kaum warst du aus dem Jeep ausgestiegen, fing es schon an, dich überall zu jucken, und wir hatten kaum gegessen, da warst du schon wieder weg.»

«Es ist jetzt alles anders auf Saltön», sagte Blomgren. «Aber vielleicht bin auch ich es, der Saltön mit anderen Augen sieht. Ich nehme mal an, die Leute leben ihr eigenes Leben. Und ich will da sein, wenn das Baby geboren wird. Ich kann Wasser abkochen.»

«Lieber Papa, das hier ist ein modernes Krankenhaus. Ich werde mich sehr freuen, wenn du herkommst, aber jammere nicht wieder andauernd über die Mücken.»

«Ich habe Mückenmittel im Laden. Um diese Jahreszeit kauft die sowieso keiner, deshalb kann ich vor der Inventur noch alle mitnehmen.»

Paulas Stimme klang glücklich.

«Aber Papa, eins möchte ich dich noch fragen: Wenn du es schaffst, und auch möchtest, meine ich, könntest du Mama bitten, mir ein Glas von ihrem selbst gemachten Senf zu schicken?»

Blomgren seufzte.

«Ich muss sowieso auf dem Weg zum Flughafen über Göteborg. Da werde ich wohl den Umweg über den *Kaffeekuchen* machen können.»

«*Zuckerkuchen*, Papa. Aber ruf sie erst an, damit sie nicht schon auf dem Weg nach Saltön ist. Sie will dort Weihnachten feiern.»

«Ehrlich? Da weißt du mehr als ich. Aber mit wem, wenn ich fragen darf?»

«Ruf mich an, wenn du weißt, wann du landest, Papa.»

Jetzt konnte Johanna mal eine Weile allein zurechtkommen, das machte sie ja so gern. Sie durfte sogar die Verantwortung für den ganzen Laden übernehmen. Blomgren war nicht nachtragend gegenüber Leuten, die ihn schlecht behandelt hatten. Eine ausgebliebene Überraschung zum Beispiel nahm er mit wohlwollendem Gleichmut auf. Er beeilte sich, damit er Johanna über ein paar praktische Dinge informieren konnte, ehe er sich nach Göteborg aufmachte.

Kleine feine Schneeflocken segelten auf seinen Hut nieder.

Im selben Augenblick verließ Johanna durch die Hintertür den Zigarrenladen. Auf den Tresen hatte sie einen Brief mit ihrer Kündigung gelegt.

Außerdem hatte sie ihren privaten Korkenzieher mitgenommen, ihre Plastikflaschen, die Thermoskannen, eine geblümte Kittelschürze und ein Paar orthopädischer Latschen.

Sie ging mit geradem Rücken und leicht schmerzenden Schultern, wie immer nach dem ersten Drink am Morgen. An einem Hauseingang blieb sie stehen und zündete sich eine Zigarette an. Die erste Zigarette am Morgen ließ in ihrem Kopf immer alles im Kreis gehen. Bei der zweiten merkte sie nicht einmal mehr, dass sie rauchte. Plötzlich hatte sie sie in der Hand, bis es Zeit war, sie wieder auszudrücken.

Vielleicht sollte sie sich Nikotinpflaster kaufen. Der Alkohol reichte schon.

«Ein Laster genügt», sagte sie zu sich selbst und ging auf das Reformhaus zu.

Aus der Tür kam Sara mit zwei prallvollen Tüten.

«Räumt ihr den Laden schon aus? Habt ihr Konkurs gemacht?» Johanna klang hoffnungsfroh.

«Nein, ich habe nur die Schnauze voll.»

«Schade, wo ich mir doch von dir die Zukunft vorhersagen lassen wollte, Sara.»

Sara knallte die Tür zu und ließ die Schlüssel in den Briefkasten fallen.

«Das kannst du trotzdem. Dein Charakter ist nichts wert. Du säufst zu viel und rennst hinter einem Kerl her, der dich nicht haben will. Und so weiter. Bitte schön, die ganze Wahrheit gratis. Frohe Weihnachten.»

Johanna starrte ihr nach.

«Kannst du nicht auch was Positives sagen? Das machen sie doch immer, die Wahrsagerinnen. Sie öffnen sozusagen eine Tür. Und schließlich ist Weihnachten.»

Sara drehte sich um und lächelte.

«Du wirst unglaublich reich werden. Die Taschen voller Money.»

«Wow.»

Erst jetzt bemerkte Sara, dass Johanna eine große Reisetasche dabeihatte und auf dem Weg zum Bahnhof war.

«Willst du verreisen? Wirst du lange weg sein?»

«Das hast du wohl nicht in der Kristallkugel gesehen.»

Sara ging zu ihr hin.

«Beste Johanna. Kann ich vielleicht nochmal dieses Zimmer mieten, das du unter dem Dach hast? Hier stehe ich am Weihnachtsabend und habe keine Wohnstatt. Denke an Jesus und die Krippe und die Herberge und all das.»

«Vergiss es! Wenn ich so reich bin, wie du behauptest, dann habe ich es nicht mehr nötig zu vermieten.»

Johanna ging weiter, aber Sara stellte die Tüten ab und lief hinter ihr her.

«Ich habe das zweite Gesicht, das ist klar. Ich sehe vor meinem inneren Augen, dass ein Reiter auf einem weißen Pferd zu dir kommen wird, wenn du das Dachzimmer an eine dunkle Schönheit aus Stockholm vermietest. Von Beruf Lehrerin.»

«Zu spät», erwiderte Johanna und biss einen Zahnstocher ab. «Ich habe mir gerade eine Last-Minute-Reise nach Marokko gekauft.»

Sie winkte und ging in den Bahnhof.

«Jetzt fängt das Leben an», sagte sie, als der Zug kam. «Werter Herr Schaffner: Vor sich sehen Sie eine freie Frau.»

Sie stieg schwungvoll in den letzten Wagen, und sobald sie ihren Platz gefunden hatte, fing sie an, im Rucksack nach der Flasche zu suchen, die sie mit Wodka gefüllt hatte. Auf diese Weise bekam sie nicht mit, wer aus dem anderen Zug, der gerade in Saltön ankam, ausstieg.

Sie verpasste ihren Sohn und Philip, die braun gebrannt und fröhlich in die wartende Limousine sprangen, um zum Haus des Botschafters zu fahren.

«Professor Higgins», sagte Magnus und zündete seinem neuen Freund ein Zigarillo an. «Kannst du aus meiner Mutter nicht auch eine feine Dame machen?»

Philip lächelte. Er hatte nicht mehr diesen angespannten Zug um den Mund. Seine Augen hinter der Sonnenbrille funkelten.

«Es gibt Grenzen, Magnus. Ach was, ich mache Witze. Natürlich werden wir sie anrufen und zu Stockfisch einladen, sowie wir richtig angekommen sind. Und Stockfisch serviert man auf einem weißen Leinentuch.»

«Soll das heißen, wir sehen keine Comics und essen kein Marzipan?»

«Werde mal erwachsen, kleiner Magnus. Hier wird es ernst. Stockfisch mit grünem Erbspüree und Schweinefleisch und ein besserer Bordeaux. Wir sind nur wegen des Stockfischs nach Schweden zurückgekommen. Und nicht wegen der Comics.»

Um drei Uhr setzte sich MacFie mit den anderen Mitgliedern seines Haushaltes an den Tisch.

Doch Gregory Peck, Audrey Hepburn, Cyd Charisse und die anderen Hühner stolzierten die meiste Zeit herum und konnten es gar nicht fassen, dass sie drinnen sein durften.

«Jetzt sprecht doch bitte», sagte MacFie zu ihnen. «In der Heiligen Nacht können alle Tiere sprechen. Aber es ist natürlich noch nicht Nacht. Und mein Großvater hat immer behauptet, es sei die Lucianacht, in der die Tiere sprechen können, ich weiß ja nicht, wie ihr es damit haltet.»

Clinton saß sehr anständig und würdevoll am Tisch und fraß Stockfisch mit Bacon und kleinen grünen Erbsen.

MacFie hatte sogar drei Sorten Hering auf den Tisch gestellt.

Rotkohl gab es, und Kassler und kleine Schweinsfüße. Geräucherten Lachs und halbe Eier mit schwarzem Kaviar. Leberpastete und Entenleber. Cheddarkäse und Brie und Reis à la Malta. Kein Kompott. Keine Paté. Auf die Gerichte, die seine französische Frau geliebt hatte, konnte er inzwischen leicht verzichten.

Leider gab es keinen Weihnachtsanchovis. MacFie bedachte den Doktor mit einem herzlichen Gedanken.

«Ich freue mich für dich, Doktor», sagte er feierlich. «Nur weil man alt ist, muss das Leben nicht gleich zu Ende sein. Aber du hättest mir ruhig den Schlüssel zu dem Schrank mit dem Anchovis hier lassen können.»

Er ging zum Eckschrank und inspizierte den Vorrat an Branntwein. Heidegagel? Moosbeere? Schwarze Johannisbeere? Östgötaländischer? Läckö? Rauschbeere? Traubenkirsche? Er traf seine Wahl, ging wieder zum Tisch zurück und goss sich ein.

«Dann nehmen wir den hier», sagte er zu Clinton und erhob das kleine spitze Glas mit Heidegagel.

«Meine sehr verehrten Damen und Herren, wir trinken auf Weihnachten und das wiederkehrende Licht. Schon bald werden wir wieder den Ton der Lerche über den rauschenden Schwingen der Eiderenten hören. Schon bald wird es auf Saltön wieder nach Teer und Firnis riechen.»

Clinton sah seinen Herrn forschend an.

«Ja, ich weiß, ich will heute Abend noch mit Vaters Kajak raus. Deshalb nehme ich ja nur einen armseligen kleinen Schnaps. Frohe Weihnachten, meine lieben Untertanen.»

Gregory Peck krähte indigniert und lange, aber Audrey Hepburn legte den Kopf schief und sprang auf den batteriebetriebenen CD-Spieler. So setzte sie die passenden Klaviertöne in «As time goes by» in Gang.

Als die frühe Dämmerung fiel, war MacFie bereit. Er hatte gespült, geputzt und die Gäste aus dem Haus gescheucht.

Er hatte das Weihnachtsoratorium gespielt und sich zum Kanufahren umgezogen.

Er hatte die Teppiche ausgeschüttelt und die Thermoskanne mit heißem, wenn auch ganz schwachem Glögg gefüllt.

Und er pfiff vor sich hin, als er zu dem renovierten alten Kajak seines Vaters ging.

Während er die Gässchen hinunterging, konnte er nicht umhin, in das eine oder andere Fenster hineinzusehen. Überall leuchteten Weihnachtsbäume und Kerzen. Man hörte Lachen und Reden von den Menschen drinnen, die aßen, tranken und Weihnachtsgeschenke verteilten.

MacFie hatte sehr gute Laune, nicht zuletzt, weil kein Wind war. Es war ein ruhiger und stiller Abend. Nicht so wie bei den Weihnachtsstürmen, von denen sein Großvater immer erzählt hatte, wenn er die Weihnachtsgeschichte vorgelesen hatte.

In Großvaters Kindheit gab es nämlich immer am Weihnachtsabend ein schreckliches Unwetter. Das Barometer fiel, der Wind frischte auf, und gegen Abend wütete ein voller Sturm. Schneeregen durchnässte alle, die draußen waren, und im Hafen von Saltön brachen sich hohe Wellen.

Jedes Mal, wenn MacFies Großvater seinem kleinen Enkelsohn von den Weihnachtsstürmen berichtete hatte, waren die Meter pro Sekunde mehr geworden, und beim letzten Mal war es ein voller Orkan gewesen, in dessen Verlauf der Hahn vom Kirchturm geweht und die Boote aus ihrer Vertäuung gerissen und weggespült worden waren.

Jetzt hätte MacFie selbst schon Großvater und Schlimmeres sein können.

Er war ganz zufrieden mit sich, als er zu Ehren seiner Vorväter jetzt eine Kajaktour unternahm.

Er trug das Kajak zum Ufer hinunter und setzte sich mit dem Paddel als Stütze in den Sitz.

Das Meer war völlig schwarz und glatt, als er sich vom Ufer abstieß. Als er am Kanuklub vorbeikam, warf er einen Blick auf den Ponton. Dort stand erstaunlicherweise eine Figur, die sich für eine Kajakfahrt bereitzumachen schien. Hatten die Leute denn am Weihnachtsabend nichts anderes zu tun? MacFie schüttelte mitleidig den Kopf und paddelte weiter.

Sara hatte sich im Kanuklub eingerichtet. Eine weitere Nacht würde nicht schaden. Schließlich hatte sie getan, was sie konnte, um sich zu Weihnachten eine Herberge zu besorgen. Nachdem sie von Johanna abgewiesen worden war, war sie zum Magazin gegangen, wo erstaunlicherweise Licht brannte. Die Tür war offen, und drinnen saß Hans-Jörgen allein, mit einem Teller und einem Weihnachtsbier vor sich. Aus einem alten Grammophon erklang unter lautem Knacken Musik. Es klang wie «White Christmas».

Sara begriff sofort, dass er überglücklich sein würde, Gesellschaft zu bekommen, und schon gar, wenn sie auch noch übernachten würde – ein Gast der besten Sorte.

Doch da täuschte sie sich völlig. Er warf sie mehr oder weniger hinaus und verwies sie an das Hotel.

Dann hatte sie die Jugendherberge aufgesucht, wo an der verschlossenen Tür ein mit einem fröhlichen kleinen Weihnachtszwerg versehenes Schild hing, auf dem stand: «Wegen Weihnachten geschlossen.»

Sara war es langsam leid, ihre Taschen über die spiegelglatten dunklen Straßen von Saltön hin und her zu schleppen, während aus jedem Haus ärgerlicherweise Weihnachtslieder zu hören waren.

Sie aß ein paar Gesundheitsprodukte aus den Dosen und Päckchen, die sie aus dem Laden mitgenommen hatte, und begab sich dann etwas gestärkt auf die Polizeiwache, in der Hoffnung, dort eine Übernachtungsgelegenheit zu finden.

Eine Polizistin hatte Dienst, und Sara tat ihr wirklich Leid, aber sie konnte sie nicht ohne Grund in die Zelle lassen.

«Dann muss ich also rausgehen und eine Scheibe einschmeißen.»

Aber die Polizistin lachte nur und lud sie zu Kaffee und Zuckerkuchen ein.

In dem Augenblick fiel Sara der Kanuklub ein, und als sie dorthin kam, stellte sie fest, dass Orvar wieder mit dem Kanu weggefahren war.

Auf einen Zettel hatte er geschrieben:

«Sara! Keiner wird es merken, wenn du über Weihnachten bleibst, für den Fall, dass du keinen anderen Ort zum Schlafen gefunden hast. Frohe Weihnachten!»

Sie küsste den Zettel und machte sich wieder ein Bett aus den Schwimmwesten.

«Danke, Orvar!»

Orvar selbst lächelte fast unaufhörlich, als er in der kleinen Hütte von Kristina Månsson am Sund saß.

«Dass ich selbst nicht trinke, heißt nicht, dass ich dir nicht einen Heidekrautbranntwein machen kann, Orvar», sagte sie. «Du bist ein guter Mann. Ich habe jede einzelne Blüte selbst gepflückt.»

«Ich muss auch nichts Starkes trinken», sagte er. «Es muss nur nass sein, damit ich nach Hause paddeln kann. Den Heidekrautbrand hebe ich mir für einen einsamen Tag auf.»

«Aber ich werde jeden Morgen das Bild ansehen», sagte Kristina. «Hier in der Einsamkeit kann ich gut denken, aber ich vermisse dich oft.»

In dem Augenblick klingelte Orvars Handy, und als er rangegangen war, sah er lange sehr erstaunt aus.

Zurück in dem rosafarbenen Himmelbett, musste er so lachen, dass er kaum mehr reden konnte.

«Mein großer Bruder Blomgren. Wie nennst du ihn doch gleich?»

«Holzbock.»

«Genau. Und was sagst du noch immer über seine spontanen Ideen?»

«Nichtexistent!»

«Und was denkt er von seinem kleinen Bruder?»

«Dass er noch nicht trocken hinter den Ohren ist.»

«Genau», sagte Orvar und umarmte sie. «Aber jetzt ist Bruder Blomgren nach Afrika abgehauen, und er hat mir den Laden überlassen. Und außerdem hat er ganz freiwillig frohe Weihnachten gesagt.»

Sara lag auf ihrem selbst gemachten Bett im Kanuklub ausgestreckt. Single-Weihnachten war ein völlig überschätztes Phänomen. Als sie spürte, wie ihre Lebenskräfte und ihr Glaube an das Gute wieder zurückkehrten, hatte sie plötzlich Lust auf eine Mondscheinfahrt im Kajak. In der Heiligen Nacht. Was könnte besser passen? Die Einsamkeit über dem tiefen Wasser abschütteln, wo Fische und Muscheln lebten, ohne sich im Geringsten um die Jagd nach Geschenken, Weihnachtsstress, Gallensteine und Kater zu sorgen. In der Stille vorangleiten und eins mit der Natur sein.

Sie zog sich um und holte ihre Ausrüstung hervor. Mit einer Hand stützte sie sich auf dem Süllrand ab, mit der anderen auf dem Steg, und schob sich so in den Sitz. Da sah sie einen langen, mageren Mann in einem schönen, aber altmodischen Kajak am Ufer entlangpaddeln.

Er fuhr schnell an ihr vorbei, und schon bald konnte sie nur noch seine grellgelbe Schwimmweste erkennen.

«Verdammt», murmelte Sara, nahm einen Schluck Red Bull aus der Flasche, die sie sich um den Hals gehängt hatte, und legte einen zusätzlichen Gang ein.

Nach etwa zehn Minuten war sie keuchend hinter ihm. Sie scheuchte ein paar Schwäne auf, die mit Flügelschlägen wie Orgelgebraus abhoben.

«Verdammt, MacFie», sagte Sara und schlug mit dem Paddel auf sein Kajak. «Hast du nicht mitbekommen, dass man inzwischen so etwas wie Plastik erfunden hat?»

MacFie ließ das Stechpaddel mit der abgerundeten Seite nach unten im Wasser treiben, während er sich langsam umdrehte.

«Nur zur Information, dein Kajak ist nicht aus Plastik, sondern aus Glasfiber gemacht.»

«Verdammt. Du hast gewonnen», sagte Sara.

Sie starrten einander an und brachen dann in Lachen aus.

«Du unmöglicher MacFie. Sollen wir zu dir oder zu mir nach Hause paddeln? Oder geht jeder zu sich?»

Er ließ das Paddel im Wasser ruhen. Am linken Handgelenk trug er eine Armbanduhr, die wasserdicht sein musste. Sara fragte sich plötzlich, von wem er die wohl hatte. Sie hatte sie noch nie gesehen.

«Zu uns», erwiderte MacFie. «Es soll angeblich der Trick sein, widerspenstige Damen zum Essen einzuladen. Das habe ich aus sicherer Quelle erfahren. Was meinst du?»

Sara lehnte sich an die Rückenlehne und streckte das Paddel, so hoch sie konnte, in die Luft.

«Jaaaaaa!»

Christer und Emily saßen dicht beieinander auf einer grünen Bank im Wartesaal des Krankenhauses. Lotten saß ihnen gegenüber und blätterte in einer Zeitschrift. Draußen vor dem Fenster lag still und dunkel die Heilige Nacht.

Hatte sie auch das Sonnenöl dabei? Wo sie nun schon mal hier war. Andererseits würde sie so schnell wie möglich mit ihrer kleinen Mama, die so friedlich aussah, nach Hause fahren. Es fehlten nur noch die Papiere.

Ab und zu kamen Menschen in Wintermänteln herein. Sie hatten Essen und Weihnachtsgeschenke für ihre Angehörigen, die Patienten im Krankenhaus waren, dabei.

«Wie lange müssen wir wohl noch warten?», fragte Lotten.

Niemand antwortete, die Stunden vergingen.

Das Klingeln aus Christers Handy durchbrach die Stille.

«Man darf hier kein Handy eingeschaltet haben», sagte Lotten zu Emily.

«Das weiß er.»

Christer stand auf und ging zum Ausgang, das Handy ans Ohr gepresst. Er runzelte die Stirn, während er mit leiser Stimme sprach, aber was am anderen Ende gesagt wurde, war anscheinend schwer zu verstehen. Emily sah ihm ängstlich nach. Er blieb er direkt vor der Tür stehen, damit sie ihn sehen konnte.

Plötzlich veränderte sich sein Gesichtsausdruck von Sorge in strahlende Freude.

Er riss die Tür auf und eilte zu Emily und nahm sie in den Arm.

«Großmutter, Telefon für dich», sagte er. «Es ist Blomgren.»

Emily stand auf und warf die Handtasche auf den Boden. Lotten und Christer umarmten sie jeder von einer Seite, als sie den Hörer nahm.

«Ist das wahr? Und dass du uns angerufen hast! Danke!»

«Drei Komma drei Kilo», verkündete Emily den anderen, als sie später in einer Bar saßen und Kaffee tranken. Stell dir vor, Paula wog fast vier. Können wir jetzt losgehen und Babysachen kaufen?»

Sie drehte sich zu Christer um.

«Könnte sein, dass auch hier die Geschäfte Weihnachten geschlossen sind», sagte Christer, «aber wenn du Wolle hast, stricke ich einen kleinen Pullover.»

Emily lachte zum ersten Mal seit langem. Ihr abgemagertes Gesicht wurde rosig.

«Ich bin so glücklich, dass Blomgren angerufen hat. Er hat versprochen, dafür zu sorgen, dass ich heute Abend mit Paula reden kann.»

Und schon sank sie wieder auf die Bank.

«Und Papa kann das nicht mehr miterleben.»

Sie fing an zu weinen.

«So ist es fast immer», sagte Christer. «Das Timing ist fast immer schlecht.»

Der Mond stand hoch am Himmel, als Tommy das bodenlange weiße Kleid anzog. Das hatte in den letzten Jahren einen praktischen Klettverschluss bekommen, sodass er damit leicht die Treppen im Kirchturm hinaufsteigen konnte.

Die Musik in der Kirche klang mächtig, und jetzt war endlich der Zeitpunkt für ihn da, sich zu zeigen und alle Aufmerksamkeit der Menschen auf dem Hügel vor der Kirche auf sich zu ziehen. Er wusste, dass es schnell gehen würde. Drei Minuten würde er ungefähr zu sehen sein, ehe er sich im Schutz der Dunkelheit wieder hinter die Treppe stellen würde. Während dieser Zeit fiel die sechzig Meter lange, aus goldenem Garn gewebte Leiter vom Turm auf die Erde. Tommy würde dann gerade noch Zeit haben, vom Küster eine Tasse Kaffee entgegenzunehmen. Dann musste er wieder heruntersteigen. Und fünf Minuten später würden die Kirchenglocken läuten.

Drei Minuten auf der Spitze eines Kirchturmes. Tommy sah über Saltön und fühlte sich, als wäre er nach Hause gekommen. Den Jubel vom Kirchhügel nahm er gar nicht wahr. Die Nacht war sternenklar, und der Schnee lag in großen Hügeln am Kai. Auf den Decks der großen Boote waren Weihnachtsbäume angezündet, und die Kirche unter ihm war erleuchtet. Weit draußen erspähte er das graue Haus von MacFie, wo zwei schlaksige Gestalten Arm in Arm auf der Veranda standen und mit einer Katze sprachen. Ansonsten befanden sich die meisten Menschen auf dem Kirchhügel oder zu Hause in ihren Stuben.

Aus einigen Wohnungen schien Licht.

Selbst ganz hinten auf der Landzunge im Haus des Botschafters brannte Licht, doch die Residenz der Månssons war ebenso dunkel wie das Haus des Doktors, das Blomgrens und das Restaurant *Kleiner Hund*. Aber Lottens Gartenhaus verströmte einen warmen Lichtschein. Er lächelte, als er das sah, und blickte auf seine neuen roten Schuhe hinunter. Die gefielen ihm wirklich.

Die breite weiße Tür glitt auf, und der Lichtschein aus dem Flur fiel auf Kabbe. An der Türklinke baumelte ein kleiner Wollzwerg.

Die Krankenschwester lächelte ihm zu, rollte einen kleinen Tisch herein und reichte ihm seine Medizin für die Nacht.

Kabbe stellte das Kopfende des Bettes aufrecht und schluckte die Tabletten mit zwei Glas Wasser.

«Es ist Heiligabend, nicht wahr?»

Sie nickte.

Sie sah ganz alltäglich aus, hatte aber eine ungewöhnliche, lustige Nase.

«Und zu Hause sitzt die Familie und wartet mit den Geschenken?»

Kabbes Stimme war heiser und wie eingerostet, die Haut war bleich und die Lippen trocken. Aber sein Blick war nicht mehr so leer.

«Ich habe keine Familie», sagte sie und lächelte wieder. «Ich bin geschieden, deshalb arbeite ich gern an den hohen Feiertagen. Dann gehen sie schneller rum.»

Sie drehte den kleinen Wagen, um durch die Tür zu fahren,

und Kabbe sah interessiert auf ihre Beine. Die waren wirklich hübsch.

Sie spürte seinen Blick und drehte sich um.

«Dann eine gute Nacht», sagte sie, «und frohe Weihnachten.»

«Ja, nicht wahr?», erwiderte Kjell Albert Nilsson.

Illustration: Superstock

Weihnachten mit rororo

Zauber und Reiz der glitzernden Tage im Dezember: Ein Lesefest für Jung und Alt

Henning Mankell u. a.
Weihnachtsgeschichten aus Skandinavien 3-499-23819-5

Peter Ustinov (Hg.)
Das UNICEF-Weihnachtsgeschichtenbuch
3-499-23818-5

Ursula Richter (Hg.)
Weihnachtsgeschichten am Kamin 19 3-499-23757-1
«Weihnachtsgeschichten am Kamin» 1–18 sind ebenfalls lieferbar.

Ursula Richter (Hg.)
Weihnachtliche Schlossgeschichten
3-499-23758-X

Viveca Lärn
Weihnachten auf Saltön
3-499-23377-0

Weihnachtliche Klostergeschichten
Mit Rezepten aus der Klosterküche
Gesammelt von Ursula Richter und Gudrun Reher. *3-499-23489-0*

Das große Rowohlt Weihnachtsbuch
Herausgegeben von Gudrun Reher und Ursula Richter
3-499-22677-4

Virginia Doyle
Das giftige Herz

3-499-23820-9

Weitere Informationen in der Rowohlt Revue oder unter www.rororo.de

rororo
Illustration: Superstock